Анна Бабяшкина

И это взойдёт

УСАДЕБНЫЙ РОМАН

Москва
2021

Bibliografische Informationen der Deutschen Nationalbibliothek:
Die Deutsche Nationalbibliothek verzeichnet diese Publikation
in der Deutschen Nationalbibliografie; detaillierte bibliografische Daten
sind im Internet über dnb.d-nb.de abrufbar.

«Вы должны устроить здесь рай, который не захочется покидать. Если справитесь, то сами пожелаете тут остаться, а до тех пор считайте, что работа не выполнена и уйти вам нельзя»,— слышит ландшафтный дизайнер, приехавшая переустраивать загородную усадьбу, от своего влиятельного работодателя.

Оказавшись в ловушке, героиня вынуждена делать выбор — смириться с участью жертвы, бессильной и беспомощной, или бороться до последнего. А может… полюбить и принять все происходящее и поверить, что рай вокруг себя мы создаем сами?

Это история о любви и травме, стокгольмском синдроме и его преодолении, о тайнах природы и загадках человеческой души, об изоляции и инновациях, а также о том, каковы настоящая свобода и истинная сила. Анна Бабяшкина — лауреат премии «Дебют», входила в лонг-листы премий им. Белкина и «Нацбест».

© 2020 Anna Babyashkina
Cover: Anastasia Ivanova
Herstellung und Verlag:
BoD – Books on Demand, Norderstedt
Illustration:
Anna Babyashkina (113, 137, 275, 338),
Anastasia Ivanova (7, 233, 349, 399, 469),
Adobe Stock (199, 459).
ISBN 9783756873715
www.babyashkina.ru

Род проходит, и род приходит,
а земля пребывает вовеки.

•

Книга Екклезиаста

Есть странная привязанность к земле,
нелюбящей; быть может, обреченной.

•

Ольга Седакова

2014.
ПЕРВАЯ ВЕСНА

Флора. Партизанинг

Это был тот самый день, когда ветер судьбы окреп и для многих «все сошлось».

В комнату сквозь тюль струился веселый узорчатый свет. За окном — молодое апрельское небо. Я перемешивала в огромной миске семена многолетников. Крупинки сухо шуршали, задевая друг друга. Молодые туи зеленели в контейнерах на балконе, готовясь к вечернему переселению.

Компьютер негромко тренькнул, но я услышала его сквозь рассыпчатый шорох семян. К этому звуку мое ухо особенно чутко, я могу расслышать его всегда, даже в невероятном шуме, хоть посреди концерта группы Stomp: это был сигнал о новом комментарии, оставленном к моему посту на Facebook. Я тут же бросила миску и побежала к ожившему ноутбуку. Так и есть! Еще один человек прокомментировал альбом с фотографиями сада, которым я занималась в прошлом году. И неважно, что за кадром остались засохшие из-за обрубленных корней елочки, ставшие к весне ржаво-красными. Зато как роскошно у меня получилась божья коровка, семенящая по изогнутой травинке к капельке росы! Ну да, обшитые гранитной плиткой грядки «декоративного огорода» в реальности походили на сельский погост. Но я все-таки нашла тот единственный ракурс для фотографии, при котором этот уголок выглядел как царство изобилия. Ну да, дизайн-проект неоригинален. Зато оцените, как прекрасен на макросъемке осенний лист, застрявший в паутине. А клумба с колокольчиками — разве это не шедевр? Яркие босоножки и соломенная шляпка, забытые на пышном зеленом газоне,— мой любимый кадр. И вообще, если судить по этому фотоальбому, лучшего сада никто никогда не создавал, и все мои 657 лайков и 74 репоста вполне заслуженны.

Я не дутая интернет-знаменитость, как можно подумать, не мелюзга, а довольно популярная личность и широко известный внутри МКАД и даже в Ближнем Замкадье ландшафтный дизайнер. Люди знают меня под ником Беспечная Садовница. В своем блоге я публикую фото цветов, деревьев, букашек и красивых садов.

Благодаря этому блогу я не только получаю свои «пятнадцать минут славы», но и нахожу заказчиков, которые приглашают меня обустроить их участки. Так что это рабочий инструмент. Создать миф о себе среди публики сегодня, пожалуй, даже важнее, чем создать самого себя. И ради поддержания мифа Беспечной Садовницы этой ночью мне придется немножко потрудиться.

Погас закат, чернильная высота покрылась светящейся пыльцой. Улица стихла. Лишь редкие машины проносились мимо с жужжанием тяжелых уставших шмелей.

Я впрыгнула в ярко-красные резиновые сапоги, подхватила пакет с семенами, коробки со своими зелеными сокровищами и отправилась на «место преступления».

Весна выдалась ранняя, и днем солнце припекало, но сейчас, с наступлением ночи, улица встретила меня легким холодком. Лопата, грабли, совок, резиновые перчатки, огромные бутыли с водой, какие в офисах громоздят на кулеры — все уже лежало в просторном заднем отсеке моего пикапа. В путь!

«Место преступления» я присмотрела еще осенью. В окраинном районе, на границе гаражного кооператива. Развязка кругового движения в центре была прикрыта грубой лепешкой асфальта. А посреди серой нашлепки — тщедушный клочок незакрытой земли. Каждый раз, проезжая мимо залысинки, я думала о том, сколько людей ежедневно упираются взглядом в это печальное зрелище. Зимой пятачок припорошило снегом. В новогодние праздники здесь воткнули пластмассовую уродину, которая задумывалась как елка. Но снег наконец сошел, земля размякла от тепла и поплыла растопленной снежной влагой. Пришло мое время.

Я включила аварийку и припарковалась прямо на внутренней стороне круговой развязки. Привычными движениями выгрузила из машины рассаду, инструменты, воду. Щелчок — и у меня на лбу загорелся пришитый к шапочке фонарик, как у шахтера.

Лопата жадно врезалась в разбухшую, плотную землю. Тяжелые комья переворачивались и падали, разваливаясь, как свежая халва. В темноте белели лунно-молочные корешки сорняков. Лопата снова и снова ныряла в сырую почву, поддевала ее, выворачивала, разбивала комья. Ритм захватывал. Но я не позволяла себе отдаться ему полностью, чутко прислушиваясь к приглушенным звукам ночного города и краем глаза поглядывая вокруг. На соседней улице появились два светящихся электрических глаза. Пришлось отложить лопату и выключить фонарик, став почти невидимой для водителя. Мотор пробасил мимо, обдав меня коротким, крепким и ледяным порывом ветра. Поежилась.

Наконец пустырь был вскопан и причесан граблями. От земли шел легкий пар, он струился в свете фонаря как дым костра. «С новосельем, ребята!» — поздравила я туи, устраивая их в удобные ямки по центру клумбы. Вокруг них посеяла не боящиеся заморозков куколь, смолку, дельфиниумы и чернушку.

Вот и все. «Миссия» завершена.

Небо приобрело театрально-фиолетовый оттенок. Рассвет уже забрезжил, и воздух наполнился теми туманными образами, из которых ткут утренние сны.

Я быстро погрузила в машину нехитрый скарб садовницы-партизанки и занялась самым простым, но важным делом: сделала снимки на мобильный телефон. И тут же отправила их в Facebook, отметив точный адрес украшенной развязки. Да, я тщеславна. Еще мне нравится, что мой пример вдохновляет других. В начале «партизанщины» френды просто наблюдали за мной — как за городской сумасшедшей, которая зачем-то за свой счет превращает пожухшие проплешины в цветущие островки. А потом многие стали поступать так же. В блоге я не писала больше ни о чем — ни о заказчиках, ни о личной жизни, ни о погоде, ни о политике. Только трава-мурава, чтобы всем было понятно: я настоящая фанатка, и мало кто в этом городе так любит зелень, как я. Мне хотелось, чтобы, сказав «садовница» или «ландшафтный дизайнер», люди тут же вспоминали именно меня.

Забравшись в машину, я открутила шапочку термоса, и горьковато-трезвый аромат кофе заполнил салон. Уезжать не торопилась, хотя и знала, что формально нарушаю закон: с точки зрения муниципальных озеленителей я вторгаюсь на их территорию, «разрушаю и уничтожаю» городской ландшафт. Но я никогда не трогала хоть сколько-нибудь обихоженные участки земли. Даже если их озеленили чудовищно бездарно — как рядом с соседней школой, где на днях в глинистые лужи повтыкали сосновые саженцы, умудрившись при этом отчекрыжить им макушки. Ну да, накосячили ребята — с кем не бывает?

Я приезжала только к тем лоскуткам земли, до которых другим не было дела. Видимо поэтому у меня до сих пор не возникало серьезных проблем с полицией. Лишь прогоняли пару раз с уже вскопанных и удобренных газонов, но мне легко удавалось завершить начатое следующей ночью.

Деликатный стук в окно показался громким, как разрыв петарды. Я подпрыгнула от испуга, горячий кофе хлынул на брюки, обжигая бедра. В салон заглядывал молодой гладко выбритый мужчина. Он помахал красной корочкой, но я даже не успела прочитать, что в ней написано.

«Проследуйте», — кажется, это единственное, что я расслышала из его слов. Впрочем, и без них все было понятно: попалась.

Я не очень удивилась и совсем не встревожилась. В конце концов, все самое страшное в моей жизни уже случилось прежде, и теперь меня довольно сложно заставить нервничать. К тому же это приключение может стать хитом среди читателей моего блога. Даже классно, что мне помогают создавать миф о себе!

Я снисходительно кивнула и повернула ключ зажигания.

«Нет, вы поедете на моей машине»,— вполне дружелюбно и интеллигентно распорядился представитель закона.

Поленов. Лекция

«Зерно знает, в какое дерево оно вырастет. И яйцо знает, какая птица из него вылупится. Всё в природе знает свое предназначение — кроме человека, который сидит и думает: кто я? Дубок? Пшеничка? Про что я? Какое у меня место в жизни?» — невыспавшийся одутловатый мужчина вещал с экрана компьютера. Лицо его выглядело помятым из-за несимметричных бровей: одна улетала к середине лба, вторая же нависала над глазом так, словно в веко его ужалила оса. Говорил он густым уверенным голосом, весьма артистично, но двое зрителей, которые наблюдали за его выступлением через монитор, явно не подпали под харизму спикера. Один из них — чуть за пятьдесят, в спортивном костюме, с приглаженными песочно-седыми волосами, потирал подбородок и покусывал верхнюю губу отличными фарфоровыми зубами. Периодически он зажмуривался и слегка встряхивал головой, будто пытаясь вытрясти из нее слова, которые только что залетели к нему в уши. Он-то и был здесь главным. Сторонний наблюдатель догадался бы об этом: монитор был повернут именно к этому зрителю, в то время как второй чаще заглядывал в лицо своего босса, чем в экран — спешил считать мнение начальника.

Второй был лет на десять моложе. Солидный кожаный портфель он держал у груди будто щит, а ноги прятал под кресло, словно боялся наоставлять следов в чужом кабинете. Кабинет был домашним — прикорнувшая под столом лохматая собака, неформальные фотографии на стенах, зеленая лужайка за окном.

Камера на экране компьютера взяла более общий план и показала, что рассказчик, вещающий про дубки и пшеничку, говорил не с пустотой — он стоял на сцене. А из зала за ним наблюдали человек пятьсот — преимущественно молодых мужчин, большинство в очках. Лекция проходила в просторном зале со стеклянными стенами, за которыми раскинулось поле, где сновали экскаваторы и грузовики. Борис Максимович Поленов (а седым мужчиной, хозяином кабинета, был именно он) нажал на паузу и внимательно всмотрелся в лица слушателей. На них читались те же чувства, что и на лице Поленова: недоумение, разочарование и даже раздражение.

— И что, Виталик, всех резидентов согнали слушать это позорище? — недовольно спросил Борис Максимович.

— Всех, кого смогли,— уклончиво ответил его собеседник.— Так что? В Сеть выкладывать? Пресс-релиз выпускать?

— Ни в коем случае. Сливаем эту историю по-тихому. Желательно, чтобы журналисты о ней вообще не узнали. Кто-нибудь еще там снимал?

— Нет, только наша камера, эксклюзив. Лекция-то... гм... недешевая,— пресс-секретарь закашлялся, пытаясь остановить какие-то еще слова, рвавшиеся изо рта.— Мы сказали, что все права принадлежат Технопарку и все такое. Если кто будет снимать — выведем из зала.

— Это грамотно,— кивнул Поленов.— Сколько еще осталось этой галиматьи?

— По контракту он должен прочитать десять лекций за семьсот тысяч долларов,— поерзал Виталик.— Это первая.

— На остальные народ можно сгонять не так старательно. И скажите этому клоуну — культурно, конечно, но так, чтобы понял,— пусть нигде не упоминает ни сумму гонорара, ни о чем он у нас вещал.

— Будет сделано.

Помощник встал с кресла.

— Я, может, не в свое дело лезу,— внезапно осмелел Виталик.— Но зачем? Зачем мы перекачиваем государственные деньги в карман этого прощелыги, который — есть такие сведения — финансирует оппозицию?

Поленов вздохнул и указал глазами на потолок — мол, причину надо искать там, выше.

— Было такое пожелание от человека, которому нельзя отказать. Значит, в этом есть смысл. Мол, мы все такие прогрессивные, не авторитарные, вот и оппозиция у нас есть, и мы с ней даже конструктивно взаимодействуем. Типа так мы Западу будем больше нравиться. Дорисовываем себе европейскость,— Поленов немного помолчал.— Но ты, Виталик, не думай о том, о чем тебя не просят. Думалка устанет.

— Да я просто этого Ваню давно знаю, еще в девяностые у него пресс-секретарем работал,— сбивчиво заговорил тот.— Знаете, как он «сделал» эту свою первую IT-компанию с капитализацией якобы в сто миллионов долларов?

Поленов коротко кивнул — мол, ну, рассказывай.

— У него был офис — задрипанная комнатенка в загибающемся НИИ, на двери — пластиковый файлик с надписью «Компания "Аррива-Интернет"», а в ней — пять человек сотрудников, включая меня. Компьютеры завозили из США.

Однажды Ваня меня вызывает: «Пиши пресс-релиз — «пятнадцать процентов акций "Аррива Интернет" выкуплены менеджментом компании за полтора миллиона долларов, таким образом капитализация компании составила десять миллионов долларов». Потом почесал бороденку и говорит: «Не, десять миллионов мало. Пиши: "выкупили пятнадцать процентов за пятнадцать миллионов долларов, капитализация составила сто миллионов"». Так и написали, в газетки разослали. И все! Компания возглавила рейтинг газеты «Коммерсантъ» в разделе IT, а Ванюша сделался крупным специалистом по IT-консалтингу.

— Так ведь деньги за продажу акций должны были все-таки прийти компании на счет? У него уже была пятнашка грина?

— В тот же день акции были выкуплены компанией у менеджмента обратно. Только пресс-релиз об этом не выпускали.

Поленов хмыкнул. История явно подняла ему настроение:

— Что же ты, узнав это ноу-хау, не снял соседнюю комнату и не выпустил пресс-релиз, что у тебя компания с капитализацией в двести миллионов?

Виталик застенчиво пожал плечами и лукаво улыбнулся:

— Наверное, потому что я — не проходимец. Писать без пробела.

— А может ты, Виталик, дубок? — расхохотался Поленов.— Иди уже, суббота все-таки. Привет семье.

Флора. Приглашение, от которого невозможно отказаться

Апрельским субботним утром мы летели по МКАДу. Машины стремились из города на дачи, но пробки еще не парализовали движение. За окном мелькали новостройки-«карандаши» и громоздкие развязки, подкрашенные розоватыми солнечными лучами. А мы все мчались в крайнем левом ряду. И тут я наконец насторожилась.

— Куда мы едем? — с подозрением спросила я.— В какое отделение полиции? И почему так далеко?

— Уже близко, сейчас все узнаете,— спокойно ответил парень.— Как говорится, вам понравится.

— Мне уже не нравится! — набычилась я.

— Потерпите,— загадочно усмехнулся он.

Я попыталась я его спровоцировать.

— Дикий у вас способ знакомиться с девушками!

Он недоуменно вскинул бровь, пробежав взглядом по моим заляпанным землей и облитым кофе джинсам и чумазым резиновым сапогам. «Конский хвост» на голове и болоньевая куртка его тоже не впечатлили. Взгляд парня задержался на моем лице — без косметики, с густыми размашистыми бровями. А что? Сама Кара Делевинь сейчас так носит! Однако не похоже, чтобы он был в восторге от моего «нейчер лук», подумала я. Но тут же догадалась, что дело, видимо, не в моем прикиде. А в том, что парню не больше двадцати пяти. И фривольные намеки девушки за тридцать скорее смахивают на распущенность. Все время забываю о том, что я уже не свеженькая нимфетка, а распустившийся бутон.

— Неужели вас с самого детства зовут Флорой? — аккуратно сменил он тему.

— Да, так в паспорте и написано: Флора Алексеевна Елисеева. Родители назвали. Они были те еще оригиналы,— ответила я, мысленно поблагодарив парня за деликатность.

— Имя вам подходит,— не слишком убедительно произнес он.

— А вас как зовут? — из вежливости поинтересовалась я.

— Николай,— ответил он и, кажется, ждал какой-то моей реакции. Но я просто кивнула. Что оригинального можно сказать про Николая?

Машина свернула с Рублево-Успенского шоссе на боковую дорогу с отменным асфальтом, и через пару минут мы приехали. Вошли в невысокое здание на окраине соснового участка, окруженного внушительным каменным забором, из которого, не маскируясь, высовывались видеокамеры. Внутри домика было множество мужчин военной выправки. Стоял запах пота, одеколона и почему-то подгоревшего молока. У меня многократно спросили имя, хотя мой паспорт все это время лежал перед ними раскрытым. Все его страницы отсканировали. Биографию запротоколировали с такой тщательностью, будто собрались писать обо мне статью для энциклопедии (я, если что, не против!). Меня обыскали (весьма целомудренно) и забрали мобильник: «Извините, таков порядок. Получите обратно, когда будете выходить. Здесь запрещено ставить метки геолокации, фотографировать и пользоваться соцсетями. Но каждому не объяснишь, поэтому мы просто забираем телефоны при входе и возвращаем при выходе».

Я возмущенно фыркнула, но не особенно удивилась. Мне приходилось слышать, что из соображений безопасности в особо важных домах на входе отбирают мобильники, но сама я с таким столкнулась в первый раз. В довершение всего у меня взяли отпечатки пальцев, и наконец дверь в запретный сад открылась. Меня вывели на солнышко по другую сторону забора.

Мощенная плиткой дорожка лежала ровно, как прочерченная по линейке. В конце ее за янтарными стволами сосен виднелся помпезный дом желто-сливочного оттенка, спроектированный в духе русской дворянской усадьбы. Фасад выглядел внушительно благодаря центральной полукруглой колоннаде. Колонны несли на себе протянувшийся во всю ширину мезонина балкон.

Прямо перед домом на свежераскатанном рулонном газоне стоял накрытый стол, окруженный тепловыми фонарями. Откинувшись на спинки плетеных кресел, за ним завтракали двое. Мужчина и женщина. Его я узнала сразу — это был Поленов, очень важный чиновник, самый-самый топ-уровень, связанный с инновациями. Рядом сидела его жена. В отличие от мужа она почти не мелькала в телевизоре, но тем не менее ее лицо мне было знакомо (пролистывать журнал Tatler иногда полезно). Меня вели прямо к ним по пружинящему, будто лакричный мармелад, газону. «Адъютант» (тот самый Николай) жестом предложил мне сесть в пустовавшее третье кресло. Потом коротко кивнул и отошел на почтительное расстояние. Повисла пауза.

Я с любопытством рассматривала хозяев. Чиновник и его жена выглядели уже остывшей друг к другу, но вполне сжившейся парой. Из тех, кто за столом садится так, чтобы случайно не встретиться взглядом и не соприкоснуться рукавами, бочком к супругу — так держатся люди на парных парадных портретах времен задастых платьев и бархатных камзолов. Но эта пара была все-таки попроще. Он — в спортивном костюме, с румянцем человека, только что сделавшего энергичную зарядку и приятно уставшего (я почувствовала что-то родное в этой физической истоме — меня окутывала такая же после ночных упражнений с лопатой). Она — старосветская скучающая барыня, кутается в рыхлую шаль с кистями. Того и гляди затянет какой-нибудь печальный романс про любовь, живущую «в сердце больном».

Ясно было, что она младше, но при этом казалось, что старше. В нем чувствовались драйв и харизма — от студента-хипстера его отличали разве что волосы с проседью — жесткие, постриженные «площадкой», и четко прорисованные складки на лбу.

Оценивающий, чуть насмешливый взгляд Поленова ничего не сообщал о происходящем. По лицу жены, напротив, за секунды пробежал вихрь эмоций. Изумление моментально сменилось раздраженной растерянностью и наконец немым вопросом, адресованным одновременно и мне, и мужу. Я чувствовала примерно то же, что и она, только без раздражения.

— Чай, кофе? — вполне буднично, безо всяких церемоний и приветствий предложил чиновник.

— Здравствуйте, Борис Максимович. И вы, Марина…— я не помнила ее отчества и замялась.— И вы, Марина, тоже здравствуйте.

— Так чай или кофе? — Борис Максимович сделал вид, что не заметил моей неловкости.

— Кофе,— согласилась я. Мой-то мне допить так и не дали.

К столу тут же подскочил официант, чтобы налить напиток из золоченого кофейника в столь же пафосную чашку, украшенную двуглавым орлом.

На столе млели пирожки, печенье, рыбная нарезка, тарталетки с красной икрой, фрукты. Дольки молодых огурчиков пахли весной, отпуском и свежестью. Хозяин дома пил зеленый чай, хозяйка — черный со сливками.

— Что происходит? — наконец заговорила жена.

— А это, Марина, та самая Беспечная Садовница, которую хлебом не корми — дай что-нибудь озеленить. Мы же ее выбрали, чтобы сад в порядок привести? Так вот, знакомься! Человек приехал и готов сотрудничать. Вы же готовы? — он на секунду переключился на меня. Я, хоть и не понимала, о чем речь, кивнула, едва не поперхнувшись кофе.— Ну вот, готова. Пожалуйте бриться, как говорят.

После этих слов Поленов заметно повеселел и даже прихлопнул в ладоши. Жена же его, напротив, внезапно помрачнела и обиженно прищурилась. Лицо ее было несколько обрюзгшим, как у много плачущего или пьющего человека.

— Ах, садовница…— Марина с недоверием осмотрела меня от макушки до кончиков пальцев, сжимавших чашку.— Привез, значит, все-таки…— произнесла она с той тяжелой, нарочитой сдержанностью, которая обыкновенно служит у женщин прелюдией истерики.— Не прошло и года… Ну спасибо…— в ее голосе слышалась подавленная визгливая злость.— Только я уже ничего не хочу! Ни-че-го и ни-ко-го! Ни сада твоего, ни садовницы,— она демонстративно отвернулась.

— Ну все, шлюс дес абендс! — чиновник сжал челюсти, брезгливо поморщился и с тоской оглянулся по сторонам. Впрочем, истерика жены его мало обеспокоила. Скорее раздосадовала и вызвала желание отвлечься на что-нибудь поприятнее.

Будто услышав его беззвучную команду, к Поленову тут же подбежала колли, до этого дремавшая на ступенях дома. Она ткнулась носом в его ладонь и усердно замотала пушистым хвостом. «Вот какая я молодец,— говорила собака всем своим видом.— Умею радоваться и быть благодарной, в отличие от некоторых!» Хозяин потрепал ее за ухом.

— Значит так,— обратился чиновник ко мне.— Есть задача переустроить парк в этой резиденции,— он прочертил указательным пальцем пару кругов в воздухе, как будто крутил на нем мини-хулахуп.— Говорят, на вас можно положиться. Не знаю, что уж в вас такого особенного, но вам дали неофициальные, но хорошие рекомендации,— Поленов недоуменно пожал плечами, демонстрируя, что сам этого «особенного» во мне не обнаруживает.— Сделать надо достойно, представительно и… по-нашему, по-русски. Понимаете? По рабочим вопросам вы будете общаться непосредственно с Мариной. Она как раз очень хотела заняться чем-нибудь созидательным. Да, Марина?

— Перехотела! — парировала супруга. — Мне уже вообще ничего не надо! Это тебе нужно устраивать здесь приемы и это у тебя здесь «представительские функции». Можете идти! — внезапно обратилась она ко мне и, кажется, в первый раз посмотрела мне в глаза.

Борис Максимович слегка поморщился и снисходительно покачал головой, глядя на меня: мол,

не обращайте внимания, скоро пройдет. Я поежилась, не зная, как правильнее себя повести.
И уйти, и остаться при этой семейной разбор-
ке было одинаково неудобно. Градус истерики
жены как-то совсем не совпадал с безучастной
реакцией мужа.

— Марин, ну что ты делаешь? Как вводить
в твой круг новых людей, если ты их так встреча-
ешь? И после этого жалуешься, что тебе не с кем
общаться,— с укоризной, но ровным голосом
взялся поучать жену Борис Максимович.— Что
человек будет думать о тебе, о нас? Что она, гм…
расскажет, выйдя за ворота этого дома?

Тут я вскочила:

— Я пойду! Честное слово, я забуду все, как
только выйду за ворота. Обещаю. До свидания,—
на секунду замялась, пытаясь понять, по какой
тропинке мне положено отступать с семейного
пикника.

Внезапно Марина повернула ко мне опухшее
лицо, как мопс, вдруг почуявший проплываю-
щую мимо вкусняшку. Шмыгнула носом и вдруг
демонически расхохоталась.

— Ты посмотри на нее,— указывала она
на меня рукой, как будто приглашая мужа по-
дивиться вместе с ней.— Она пошла! Ха-ха-ха.
Она решила уйти! Она решила. Ха-ха-ха,— женщина так странно смеялась, что по моей спине

скатилась холодная капля пота.— Вы остаетесь! Я сказала! — неожиданно властно отрезала хозяйка дома, вставая из-за стола и роняя шаль.— Я отойду, а вы,— она ткнула в меня пальцем,— дождетесь меня.

Марина направилась к широкой парадной лестнице особняка. Я растерянно опустилась на стул.

— Я могу отказаться? Или вам нельзя говорить нет? — осторожно поинтересовалась я.

— Почему же? — как будто искренне удивился Поленов.— Можете. Колхоз — дело добровольное. Очень даже можете отказаться. Но не захотите. Так ведь?

Кроны сосен танцевали в глубине акварельно-прозрачного неба. Шелест ветвей сплетался с гудением тепловых фонарей и далеким чив-чи-чью зябликов. Я обвела взглядом участок, пытаясь представить, как он выглядит с высоты. Было легко догадаться, что это один из тех парков, где чаще решают вопросы, чем отдыхают. Интересно, кто работал тут раньше? Этот профан явно не слишком старался — парк, похоже, запущен. Даже газон — рулонная дешевка. Но почему я? В стране десяток крупных ландшафтных фирм и еще полсотни звезд-индивидуалов. Все они были бы счастливы заполучить такой заказ. И вдруг он по причудливой игре случая может достаться мне. Странное везение. Можно ли упустить такой шанс?

— Ну да, не откажусь,— ответила я и рассмеялась собственной предсказуемости.

Поленов, как фокусник, вытащил откуда-то из рукава бумагу и написал на ней цифру. Количество нулей в ней мне насто-о-о-олько понравилось, что я посчитала глупым торговаться и энергично кивнула. Подумала и еще разок кивнула. Протянула ему руку, чтобы он ее пожал, подтвердив, что я не галлюцинирую.

— Договор будет оформлен официально? — уточнила я.

— Обижаете! — игриво, по-свойски поморщился хозяин, и я совершенно возликовала, хотя и не поняла до конца, что именно означает эта фраза.

— Скажите, а для чего надо было обставлять нашу встречу вот так, как какую-то полицейскую операцию? Если бы вы написали мне сообщение в Facebook, я бы приехала в удобное вам время и место. Можно было просто пригласить.

Поленов с недоумением посмотрел на меня и пошевелил бровями, изображая фразу «о чем это вы говорите?».

— Ну зачем было хватать меня на улице, сажать в машину и тащить сюда в грязной одежде? Я бы и так приехала,— пояснила я.

Поленов изумленно рассмеялся и подманил жестом Николая.

— Вы зачем девушку испугали? — с насмешкой упрекнул он помощника.

— Да времени не было согласовывать и договариваться. Вы же только вчера поздно вечером сказали, что сегодня утром сможете встретиться. Ну вот я и организовал, как мог...

Тут уже я ошарашенно хмыкнула. Да уж, похоже, тут нельзя не исполнить приказ начальника.

Когда Марина вернулась, она выглядела собранной и деловитой. Даже принесла с собой геодезический план, хотя я еще не успела заикнуться о нем. Мы отправились осматривать участок.

— Вы такая, какой я вас себе и представляла, когда читала ваше досье,— произнесла она, внимательно меня рассматривая.

— Какая же? — полюбопытствовала я, польщенная тем, что эта высокопоставленная дама тратила время на фантазии обо мне, а перед этим кто-то тратил время, чтобы составить досье.

— Невзрачная дикарка.

Я, конечно, не рассчитывала, что тут со мною будут деликатничать, но надеялась на некоторый политес и дистанцию (все-таки уже не девяностые на дворе). К тому же крокодилом я себя не считала.

— Почему это вы решили, что я дикарка?

— Вы одиноки — не отрицайте! Иначе бы не копались по ночам в городских клумбах. Какой нормальный мужчина отпустит свою женщину из теплой супружеской постели? Это удел одиноких дурнушек. Все просто! — она испытующе взглянула на меня, ожидая подтверждения своим словам.

Я удержалась от «ответного комплимента» — все-таки Поленовы собирались неплохо мне заплатить.

— Вы разбираетесь в людях,— с сарказмом похвалила я.

— Приходится,— подтвердила она.— Знаете, сколько людей хотят «дружить» со мной, как кошки с мышкой? Каждый!

— Погодите, если я такая уж невзрачная, одинокая и, прямо скажем, не самая авторитетная ландшафтная дизайнерша в этой стране, то почему же сюда притащили именно меня? Выходит, все крутые ребята отказались?

Марина поморщилась:

— Вот кого мы совсем не хотим видеть рядом, так это мэтров, амбициозных умников и любимчиков журналистов. Хватит! С тех пор как мы с мужем занимаем заметное положение в обществе, всякий норовит к нам приобщиться. Каждый хочет что-нибудь эдакое на нас написать, очень авторское. Но вы-то, Флора, конечно, не станете и пытаться, верно? Вы же понимаете, что у вас... м-м-м... не тот масштаб?

— Для справки, я популярный блогер, известная «зеленая партизанка» и дорогой ландшафтный дизайнер.

— Ну конечно, разумеется,— Марина, посмеиваясь, приобняла меня за плечи и потащила вперед.— Простите, это моя ошибка. Я не должна так прямо говорить. Все время забываю, что люди не привыкли к честности. Ничего, постепенно мы с вами придем к правильному градусу искренности. Ведь правда?

— Давайте лучше о проекте,— я высвободила руку из ее цепкой клешни.— Что вы хотите сделать на участке?

Как и многие скучающие барыньки, Марина мечтала устроить «настоящий русский сад». Что-нибудь в духе Чехова, ранних фильмов Михалкова и усадеб из Бунина. Недоласканные и недолюбленные, эти дамочки с широкой душой и еще более широкими бедрами верят, что стоит им устроить вокруг дома темные аллеи и сиреневые облака, как они тут же окажутся героинями романтического сюжета: «Иду я такая вся в белом платье, с маленькой собачкой на атласном поводке, а из-за черемухи выходит он, сгорающий от страсти. Падает на колени, целует руки и умоляет, умоляет о… благосклонности». В руках у нашей героини непременно кружевной зонтик, им она и отбивается от поклонников…

В общем-то беседа прошла как обычная первая встреча с заказчиком. Я даже слегка забыла, с кем имею дело. Объясняла порядок работы: надо будет взять пробы грунта, сделать анализы, эскиз, затем — 3D-визуализация, потом уже непосредственно работа на участке и так далее. Впрочем, ушли мы за время беседы недалеко. Просто пересекли просторный, как профессиональное футбольное поле, газон, немножко прошагали мощеной дорожкой через сосновый лесок и незаметно приблизились к пятерке небольших аккуратных домиков на краю участка — очевидно, для прислуги.

— Здесь вы и будете жить,— Марина указала на один из домиков.— Вот в этом, крайнем, он как раз свободен.

— Это ни к чему,— отмахнулась я.— Мне не нужно жить здесь, чтобы управлять проектом. Я буду приезжать, когда это необходимо.

— *Мне* нужно, чтобы вы жили здесь,— не то приказала, не то попросила хозяйка дома.— Я хочу участвовать в процессе от и до. Что там будет? Рисование? Я тоже буду рисовать. Исследовать землю, выбирать цветы, заказывать плитку для дорожек. И все остальное, что вы планируете делать, я тоже буду.

— Вам что, скучно? — спросила я, решив испытать, готова ли Марина к той откровенности, которую так страстно проповедовала полчаса назад.

— Очень, очень скучно,— без притворства согласилась она.— Мне в последние месяцы как-то… Впрочем, неважно.

Если честно, Марина показалась мне странной. Мысль про психиатра промелькнула в моей голове, но я быстро откинула эту тревожку. Думаю, так поступили бы и вы, если бы у вас на горизонте маячил очень выгодный заказ, тешащий тщеславие. «Мне ли обвинять человека в ненормальности? В конце концов, здесь же будет БМ, а ему доверяют и не такие люди. Мне тем более грех жалом водить»,— рассудила я и ласково улыбнулась Марине, как больному ребенку.

Марина. Поворот колеса

Если бы я могла с ней поговорить, я бы все ей рассказала. И она бы все поняла. Я сказала бы ей: я не та, прежняя Марина. И, наверное, добавила бы: я лучше. Я новый человек. Я стараюсь полюбить его правильной любовью. Только мне трудно понять, как в моем положении любить его правильно. И вообще любить… Я устала тонуть в потоке обмана, одиночества и вины.

Это он делает так, чтобы я все время чувствовала себя виноватой. Хотя, конечно, вся вина только на нем. Он считает, что все хорошее всегда от него, а все плохое — от других.

Вчера вечером я ужинала одна (как почти всегда) и смотрела на картину, которую Боре подарили подлизы с работы. В центре холста — рыцарь в доспехах. Свет падает так, что слева латы сияют, а правая половина тела проваливается в тень. На шлеме — горизонтальная щель. А в ней — глаза, один в один Борины. Он повесил эту картину в столовой. Уверяет, что она восемнадцатого века, старинная, изображен совсем другой человек и вообще он «не видит никакого сходства». А сам любуется ею и поглядывает в зеркало. Видно, что так он себя и воображает — рыцарем. Благородным. Самоотверженным. А я вижу только металл и холод. Когда он заходит в дом, я сразу это чувствую — прямо от порога, даже если сижу в дальней комнате. Он приносит с собой какой-то всепроникающий, напряженный, гудящий звон, похожий на зудение высоковольтного провода. Дом мгновенно наливается свинцовой тяжестью, и становится страшно, что сейчас мы — вместе с Борей и особняком — уйдем под землю. Я сразу бегу из комнат в сад — в панике, как с тонущего корабля. А он думает, я его стесняюсь.

Но сейчас я чувствую: что-то изменится. Начнется какая-то новая жизнь, может даже счастье. Я слишком долго была печальна, замкнута, слезлива. Благоговела перед ним. Все ждала приглашения в яркую жизнь, а он оставлял меня на задворках. Устала ждать. Однажды утром, когда он собирался отплавать свою стометровку в бассейне, я решилась. Спросила:

— Когда у меня будет все, что положено жене такого человека, как ты? Когда начнется моя настоящая жизнь?

Он засмеялся:

— Когда она начнется, ты сразу это заметишь.

Вода в бассейне застыла в таком спокойствии, что казалось, ее там вовсе нет.

— То есть начнется все-таки? — переспросила я, с трудом удерживаясь от искушения проверить ногой, есть ли на самом деле вода поверх мелкого бирюзового кафеля.

— Зависит от тебя,— сказал он с эдакой шутливой полуулыбкой, растянувшей только левую половину рта, снял халат и шагнул в голубую пустоту. Не проверяя ногой… В полной уверенности, что все там, где ему положено быть. Пустота тут же услужливо превратилась для него в полную голубую чашу, по ней побежали волны. Борис плыл сильно, красиво, будто для видеосъемки. «Какая-то картинка из кино. И это мой муж. Так странно»,— подумала я и снова услышала этот вибрирующий электрический гул, будто между мной и Борисом протянут высоковольтный провод. Накинула халат на сухой купальник (не успела поплавать до его прихода, сама не поняла — как утекло время? Куда? Неужели я простояла час, вглядываясь в кафель на дне?) и ушла. Борис не любит, когда я хожу перед ним полуодетой. Хотя, кажется, тогда у меня еще была достойная фигура, и другие мужчины загляделись бы. (Сужу об этом чисто теоретически — я не появлялась в купальнике на людях уже вечность.) Но фигура у меня все-таки была... По крайней мере, я точно влезала в те два платья. В серебристое, блестящее и длинное, словно чешуя, в котором я была змея. И в бархатное черное, в котором я была пантера.

Хватит о прошлом. Надо про сегодня. И про завтра. И про послезавтра... Вчера было вчера. А сегодня — весна. Чувствую: тот момент, который «я замечу», — происходит сейчас. И Флора — первая ласточка перемен. Моя форточка открывается.

Вначале я, ошарашенная появлением Садовницы, повела себя как-то грубо, раздрызганно, а потом екнуло: это оно! Мое время. Сейчас все будет зависеть от меня. Он смотрит на меня, это проверка. Колесо фортуны наконец повернется. И я собралась, включилась и дальше держалась уже нормально.

Смотрю на Флору с удивлением и надеждой. Удивлением от того, что вижу нового, незнакомого человека. Ее можно узнавать. У нее есть какие-то свои истории, которые она может рассказать. Я на самом деле могу с ней разговаривать.

И с надеждой смотрю, да. Я очень хочу, чтобы это место, эта усадьба, этот сад остались такими же, как сейчас. Я к ним привыкла. Мне нравятся эти запустение, заброшенность и тоска, которыми все тут дышит. Сейчас — трагично, правдиво, жизненно, по-настоящему. И при этом хочется, чтобы все стало иначе. Очнулось ото сна, зацвело, зажило в полную силу. Хочется сохранить все и при этом все кардинально изменить, чтобы ничто не напоминало о прежнем. Как это соединить? Не знаю. Пусть выкручивается Садовница.

Егор.
From Russia with love

Аэропорт Вильнюса кажется построенным задолго до появления авиации. Можно представить, что когда-то это был загородный дворец латифундиста, а потом от здания оставили фасад, снесли внутри все перегородки и наваяли перекрытия из стекла и металла. Я успел заметить, что здесь не любят сносить что-либо до основания. Предпочитают оставить старую оболочку, видимость, а внутри все вычерпать и заполнить новым. Все вильнюсские коворкинги, технопарки, бизнес-центры, в которых мы с Вадимом побывали за эти дни, снаружи выглядели старинными особняками или советскими пионерлагерями. Внутри же они прятали все то, что привычно-обязательно наблюдать в «центрах развития инновационных технологий» — стеклянные перегородки, кресла-груши, много белых стен и стен, выкрашенных под грифельную доску, яркие диваны, пластиковые растения в добротных глиняных горшках, лаконичный дизайн. От этой двуличности литовской инновационной инфраструктуры создавалось ощущение, что все здесь как-то обманчиво, иллюзорно, понарошку. То ли дело наше «Школково» — разъезженное строительной техникой просторное поле посреди леса, на котором с нуля, из ничего возникли футуристичные стеклянные корпуса, огромные, голубовато-прозрачные, как айсберги. Каждое — детище именитого архитектора. Во всем чувствовались лобовая, решительная атака на будущее, масштаб, воля к прорыву, попытка перепрыгнуть из позавчера сразу в послезавтра — ловкий трюк, возможный лишь в виртуальной реальности. Только, казалось, компьютерная игра зависла прямо во время прыжка главного героя, и он так и остался висеть в воздухе, дрыгая ногами. Я ощущал себя таким персонажем, потому что компания Future Vision, в которой я значился руководителем и техническим директором, воспарив технологически, никак не хотела приземляться на ноги и превращаться в нормальную коммерческую фирму с оборотами, доходами и международными контрактами.

Вадим забрал со стойки регистрации оба посадочных — свой и мой, тщательно уложил вглубь портфеля из натуральной кожи.

«До бординга еще больше часа, пойдем потратим баблишко в дьюти-фри и выпьем», — предложил он.

Я поправил на плече то и дело соскальзывающий рюкзак и потащился за товарищем, мысленно сжавшись и приготовившись к испытанию.

Испытанием был проход зоны дьюти-фри и предвылетных кафешек. Вадим почти не глядя закидывал в корзинку раздражающе бессмысленные вещи: духи, игрушки, шоколад, сувениры, магниты. Каждый раз, бывая с ним в дьюти-фри, я начинал сильно сомневаться в умственных способностях коллеги. Покупать весь этот мусор за неадекватные деньги мог только полный дебил. Но Вадим, судя по всем остальным его, из нормальной жизни, поступкам и словам, дебилом не был. Такой вот явный и раздражающий диссонанс. Поэтому я предпочел погромче включить музыку в наушниках и игнорировать происходящее. Зато потом Вадим снова превратился в нормального парня и мы вместе пошли выпивать перед взлетом. В совместных командировках этот момент я любил больше всего. Тут, где небо соприкасалось с землей, возникала какая-то не воспроизводимая ни в каких других условиях искренность.

Я боялся летать. Не настолько, чтобы признаться в этом кому-то еще, но вполне сильно, чтобы признать страх перед самим собой. Пристегивая ремень безопасности в самолетном кресле, я ощущал, что полностью отдаюсь во власть судьбы. От этого вынужденного доверия на меня нападала исповедальность. Хотелось объяснить что-то про себя, хотя бы и тому, кто, скорее всего, в ближайшие часы сгинет вместе с тобой. Казалось, что высказанное продолжит где-то жить, даже если исчезнут уши, слышавшие твою исповедь.

В последние полгода мы много летали вместе с Вадимом по всему свету, и он внезапно сделался мне кем-то вроде духовника. Что и отталкивающе тяготило, и привязывало к нему одновременно.

До посадки оставалось еще минут сорок. В светлом, парящем над взлетным полем зальчике Jutta Jazz мы устроились возле окна на высоких стульях. Панорамные окна открывали вид на самолеты и стену соседнего терминала. Несмотря на утро, мы выпили. Я рассматривал свое отражение в стекле. «Вовсе не страшный, а просто немного устал»,— подбодрил я себя. А вслух произнес:

— Ну что? Как дальше жить будем?

— Чувствую, все будет круто,— ответил Вадим, который считался коммерческим директором Future Vision.— Пора валить! У нас есть супертехнология. Благодаря «Школково» и их гранту мы довели ее до ума. Никто в мире сейчас не умеет с такой скоростью и точностью распознавать жесты. Ну и все, спасибо родине, пришло время поменять порт приписки. Пора показать Борису Максимовичу и его свите вот такой жест,— Вадим покачал рукой, будто прощаясь с кем-то далеким, затерявшимся на взлетной полосе.

— Жест распознан,— механическим голосом рапортовал я и тоже покачал рукой.

Оба засмеялись.

К столику подплыл официант.

— Вам повторить? — с достоинством предложил он.

Мы, не сговариваясь, кивнули.

— Ну правда,— возбужденно заерзал Вадим и, как будто я возражал ему, начал доказывать.— Единственные, кому удалось продать наше решение на отечественном рынке,— производители телевизоров «Богатырь». Кто-нибудь видел живого человека, покупающего телевизор «Богатырь»? Может, технологию купят отечественные Amazon, Google, Facebook, Microsoft-Kinect?

Ах, да, у нас же нет своих Amazon, Google, Microsoft. Значит, надо идти к настоящим. Если хочешь работать с европейцами, американцами — со всем миром, надо отклеивать с себя ярлычок «from Russia with love», переезжать в Европу, открывать тут фирму и притворяться европейцем.

Повисла пауза.

— Они говорят: «Вы плохо стараетесь, — нарушил молчание Вадим. — Ходите ли вы на лекции менторов? Есть информация, что вы их не посещаете. Поэтому у вас и нет результата». Ну конечно поэтому! Мы ж без этих лекций мышку от клавиатуры не отличим!

Я кивнул. Слушал я эти лекции — более бесполезную трату времени сложно представить. Стоит индюк, нравится себе до дрожи, от важности раздулся, слюной брызжет. И несет не то чтобы полный бред, но какое-то душеспасительное мычание.

Я зачем-то даже конспектировал поначалу:

«Бизнес — это социальный проект».

«Хороший бизнесмен — соль земли».

«Зерно знает, в какое дерево оно вырастет. И яйцо знает, какая птица из него вылупится. Все в природе знает свое предназначение — кроме человека, который сидит и думает: кто я? Дубок? Пшеничка? Про что я? Какое у меня место в жизни? Неважно, каким бизнесом вы занимаетесь, важно уметь делать выводы. Через любую деятельность ты придешь к своей собственной, главное — что-то делать и учиться. Мотивация нужна не из головы, а от сердца».

«Люди делятся на два типа: тех, кто ждет, и тех, кто не ждет. Первые ждут, что их заметят, пригласят, замотивируют. Это крепостные. Вторые действуют сами. В свою команду старайтесь брать вторых».

«Бизнес — это джаз. Что вы знаете о джазе и импровизации?»

«Бизнес — это Олимпиада. Что вы знаете о подготовке спортсменов к олимпийским играм?»

«Бизнес — это вечеринка. Как вы обычно ведете себя на вечеринке?»

И так далее и тому подобное. Не думал, что так выглядят лекции в «лучшем бизнес-инкубаторе России».

Однажды я не выдержал и спросил:

— Скажите, зачем мы тратим время на эту ерунду? Нельзя ли поближе к практике? Как продавать программное решение иностранным партнерам? Как обходить то, что из-за санкций и «Крымнаш» они не хотят связываться с российскими компаниями? Как работать на внутреннем рынке, если у нас в стране, по сути, только один платежеспособный заказчик — государство, а ему кроме ракет, бомб, пропаганды и других средств поражения ничего не нужно? Это все-таки Технопарк, а не клуб «Спасаем души»!

— Вы живете в двадцать первом веке,— расхохотался ментор.— Вы что, хотите, чтобы я вам дал допотопную инструкцию в духе «вот корова, кормить сюда, потом подергать вот здесь, молочко мешаем-мешаем, пока не загустеет, заворачиваем в бумажку, пишем "маслице", кладем вот на этот прилавок и обмениваем на деньги»?

— Да, хотелось бы конкретики.

— Когда вы постигнете философию бизнеса, ответы на ваши вопросы сами родятся у вас в голове,— отмахнулся он. И начал раздавать домашние задания. Снова полный бред в духе: «вот вам яблоко, посмотрите на него двадцать минут и запишите идеи, на которые оно вас натолкнет», «найдите ребенка, объясните ему за две минуты, чем вы занимаетесь и чем ваше решение лучше решения конкурентов». Поэтому я и перестал ходить на эти сектантские сборища, выдаваемые за бизнес-лекции. Вадим свалил оттуда еще раньше.

Однако средства школковского гранта стремительно заканчивались и надо было срочно придумать, как жить дальше. За полтора года госфинансирования нам удалось создать продукт и довести его до ума. Оформить на компанию патенты. Решением много интересовались на разных выставках и IT-roadshow, о нем писал техкранч, рассказывали блогеры. Future Vision даже выиграла профильные международные соревнования, на голову обскакав решение от Google. Но технологию никто не покупал. Почему? В этом была какая-то загадка, которую следовало разгадать. То, что говорил Вадим, было очень похоже на правду. А говорил он о том, что двери покупателей и иностранных инвесторов перед нами не распахиваются просто потому, что Future Vision — российская компания.

Наша беседа завяла сама собой. Каждый спрятался за монитором своего ноутбука, дожидаясь приглашения на посадку. Рейс все не объявляли. На столе появились свежие бокалы пива. Чувство, которое отступило на время разговора, снова вернулось — потерянность, сомнение, ощущение себя блефующим неудачником, стыдным и слабым. Еще раз посмотрел на отражение в окне: «Просто страхи». Хотелось снова стать мальчишкой — может и наивным дурачком, но с горящим и страстным взглядом. С безусловной, все затмевающей верой в себя. Когда-то же я был таким. Точно был.

Я скользнул взглядом по пакетам, развалившимся на соседнем барном стуле. В этих дурацких кульках лежали подарки. Вадим что-то вез каким-то важным и любимым людям. Каким-то женщинам.

Женщины… Мне стукнуло тридцать шесть, и в постели с девушкой я не был уже полгода. Я смотрел на женщин всякий раз, когда проходил мимо них на улице, в офисе, в столовой или в спортзале, но смотрел без желания, осознавая тщетность. Я не раз начинал с женщинами разные истории, с некоторыми даже долго был вместе. С Леной, например, продержался больше двух лет. Но каждый раз обнаруживал, что уже через год отношений я переставал быть собой. Причем каждый раз становился разным не-собой. С одной внезапно делался скупердяем, с другой — мотом, с третьей начинал пить, с четвертой превращался во вруна, причем обманывал по совершенно бессмысленным поводам (например, мог сказать, что уже смотрел фильм, про который даже не слышал). Благодаря своим женщинам я побывал социопатом и ревнивцем, мозгоедом и веганом. Обнаружив, что опять съехал на какую-то чужую тему, я сбегал.

Переезжая в Литву, можно было заявиться сюда с семьей или любимой девушкой, но я опять был один. Хотя… когда начались разговоры об эмиграции, я уже жил как будто не один, а с мыслью кое о ком, точнее, с воспоминанием.

Открыл Facebook и быстро нашел ее страницу, на которую уже не раз заглядывал за последние недели, не решаясь отправить послание.

Введите сообщение…

«Привет, Флора».

Что еще написать? «Вернись, я все прощу»? Может, эмодзи добавить? С цветами? Или вот это, с ладошкой? Говорят, все в пьяном виде пишут сообщения своим бывшим, и получается легко и естественно — слова сами так и складываются в послание. И вот я как все — пьяный, пишу послание бывшей. Ладно, хватит и просто «привета».

Отправить.

«Привет, Егор».

Ответ прилетел быстро, тут же. Я даже вздрогнул от такой моментальной отзывчивости.

«Давай встретимся?»

«Буду рада увидеться. Давай».

Вот так сразу и просто — «давай». А спросить «зачем»? Удивиться, что я написал после семнадцати лет молчания? Ахнуть изумленно: «Егор, это тыыы?!»

«Отлично. Когда и где тебе будет удобно?»

«Егор, я пока не понимаю, когда у меня будет время. Напишу на днях. У меня новый заказчик и переезд одновременно. Надо чуть-чуть разобраться со всем этим, и я сразу дам тебе знать, как только...»

Деловая какая, ух. Я недоверчиво усмехнулся. Стало беспричинно весело, захотелось немедленно выпить еще. Но тут объявили посадку.

«Буду ждать»,— успел написать я, прежде чем закрыл ноутбук.

«Пока».

Как будто с роботом пообщался. Это точно та Флора? Та самая глупышка и кракозябра? Конечно, она удивилась. Просто виду не подает. И удивится еще сильнее, когда узнает, что именно я хочу ей предложить. Перебирая в голове несколько фраз короткой переписки, я на автомате шагал за Вадимом к выходу на посадку. Немного ошарашивала бездумность, правдивость и стремительность всего случившегося. А также то, что я не успел рассказать об этом Вадиму. Традиция предполетной исповеди нарушилась.

На ходу, не глядя, схватил в дьюти-фри плюшевого медведя — нежно-серого, с заплаткой на пузике. Оплатил картой под насмешливым, изумленным взглядом Вадима. И запихнул в рюкзак.

Флора. Новая земля

На следующее утро по пустым воскресным дорогам я покатила в усадьбу. С вещами. Рулила под бравурные марши, с чувством генерала, въезжающего в столицу покоренной страны. Поверить не могла, что это я, с моим фальшивым прошлым и сомнительным настоящим, получила такой невероятный шанс — обустроить одну из самых шикарных усадеб России. Респект мне и уважуха!

Ворота перед моим автомобилем не распахнулись. Пришлось выйти из машины, отдать ключи парню из охраны, а самой отправиться вчерашним маршрутом — через будку. «Не волнуйтесь, я отгоню ее в гараж, а вещи вам доставят прямо в дом,— пояснил парень.— Так положено». Меня как будто не узнали. Паспорт снова рассматривали под микроскопом.

Обыскивали, одежду прощупывали. И как раз когда все содержимое моей сумочки вытряхнули на стол, телефон тренькнул и экран засветился. В мессенджер упало сообщение, которого я ждала меньше всего на свете. То есть не ждала вообще.

«Привет, Флора». Это писал Егор.

Охранники бесцеремонно, не сговариваясь, дружно уставились на экран телефона. Наверное, если бы они не лупились на меня со всех сторон, я тут же бы напечатала что-то вроде: «Егооор? Это тыыы? Как ты вспомнил обо мне через 17 лет?!» Но поскольку я чувствовала себя как рыба в аквариуме, окруженная юными натуралистами, на такое интимное и неожиданное сообщение хотелось ответить позже. Я сунула айфон в карман.

— Отвечать будете? — кивнул на мой карман офицер.

— Ваше какое дело? — пожала плечами я.

— Да никакого, — обиделся он. — Телефон нужно сдать, получите, когда будете выходить. И ноутбук тоже.

Я прекрасно помнила, что во время первого приезда у меня забрали айфон. И вернули при выходе. Но теперь-то я приехала надолго! То есть ко мне должны отнестись как к своей и позволить пронести на территорию все, что мне нужно.

— Глупость какая, это же средства производства. Как я, по-вашему, буду выполнять свою работу без мобильника и компьютера?

— Договаривайтесь с хозяевами. Как только они распорядятся, мы все вернем. Но пока это,— он кивнул на гаджеты,— останется здесь. Вам же говорили, что тут запрещено фотографировать, чекиниться и пользоваться социальными сетями. Безопасность.

Я смотрела на экран. Еще одно сообщение — Егор предлагал встретиться. Кончики пальцев похолодели от волнения. Ответила первое, что пришло в голову. Как будто это был не Егор, а какой-то посторонний, типа курьера из интернет-магазина. Торопливо набрала «напишу позднее, когда буду знать свой график», сдала телефон охране и на ватных ногах вошла в усадьбу.

Я приближалась к своему домику очень долго, как будто была не человеком, а камерой, движущейся издалека к невозможному объекту, хотя идти было не больше пары минут. Время было к полудню, но мне казалось, что уже начинает темнеть.

Домик, симпатично выглядевший снаружи, внутри оказался грубовато-казенным, неуютным, и я никак не могла понять, тесный он или просторный. Стены то наваливались, а то вдруг разбегались от меня, и казалось, что до них не дотянуться и не дойти.

Следовало разложить вещи по шкафам. Наверное, стоило переодеться. Но я совершенно не могла оставаться на месте — хотелось двигаться, идти навстречу кому-то и чему-то. И я пошла... Распихала по карманам наплечной сумки прорву незаменимой ерунды вроде баночек, лопаток, рулетки и захватив план участка, отправилась изучать местность.

Усадьба поистине царская: на пятидесяти гектарах правильного, почти прямоугольного участка есть все, чего можно желать от загородной жизни. Перед крыльцом особняка раскинулась небольшая парадная площадь, окруженная цветником, из которого мочалками торчали сухие прошлогодние стебли, и только пыжиковые шапки овсеца голубели среди них. Фасад дома смотрел на просторный луг с прудиком. По мере удаления от дома газон плавно превращался в регулярный садик, натыкавшийся на стену липового боскета. В этом просторном, пока еще не зазеленевшем кабинете спрятались цветники (пыльные и даже местами притоптанные). Красные гравийные дорожки изобретательно и симметрично петляли, сходясь у противоположной стены боскета и ныряя в узкий проход. Тут нарочитая рукотворность внезапно заканчивалась, и дорожки разбегались среди золотистых сосновых стволов, будто весенние ручейки. Все было задумано весьма профессионально, но выглядело запущенным — такое впечатление, что прошлым летом или чуть позже садовник заскучал и махнул на работу рукой. Со стороны левого крыла дома и въездных ворот участок охраняли сосны, а от правого крыла вдоль всего луга тянулась старая липовая аллея. Ее отделял от домиков обслуги сосновый лесок.

Задняя часть дома смотрела на вишневый сад, голенький и трогательно влажный. Почки уже набухли, как губы, готовые к поцелую. Сад опоясывала мощеная дорожка, к которой, как ключи к связке, цеплялись многочисленные тропинки. Тропинки эти вели в лесную часть усадьбы, удивлявшую и забавлявшую хаотичностью. Здесь на тебя внезапно выскакивала куртина сирени или акации. Посреди леса вдруг возникал боскет, обсаженный разросшимися старыми стрижеными деревьями. Симпатичные солнечные полянки, беседки и нетронутые участки леса не спорили между собой. Все увиденное мне нравилось.

Наконец я добрела до самого дальнего края участка. Здесь старая березовая рощица отступала под натиском набирающих силу молодых елей. Угол был не то чтобы совсем заброшенный — видно, что еще пару лет назад за ним весьма тщательно ухаживали: убирали валежник, прореживали молодую поросль, выпиливали старые и больные деревья. Но сейчас там и тут виднелись сломанные ветром ветки и поваленные бело-черные стволы… И прорвавшиеся через многолетние слои преющей листвы пирамидки елочек. Прорезавшаяся дикость.

Я вытащила лопатку, чтобы разгрести жухлую листву и зачерпнуть пробу почвы для исследования кислотности. Внезапно почудилось, что кто-то стоит за высокой, прижавшей к земле мускулистые лапы елью. Там подпрыгнула ветка, посыпался мокрый шорох. Страх, будто глоток горячего чая, отрезвил меня и заставил оцепенеть.

Я оглянулась, но никого не увидела. Присела. Добираясь до почвы, принялась соскабливать влажные, будто спитая заварка, прошлогодние листья и иголки. Слегка покачнулась, опьяненная сырыми запахами весенней земли, полившимися на меня, как только я склонилась к темной, старой, казавшей войлочной траве.

«Нет, не здесь»,— сказал какой-то чужой голос в голове. Я встала, оглянулась, недоумевая — куда мне идти? И тут же поняла куда — впереди забрезжило пятно света. Вышла к аккуратной полянке размером с половину волейбольной площадки. Напыжившиеся елочки плотно обступили ее края, будто очевидцы — место происшествия. А в центре... «Ой!» — не удержалась я и даже, кажется, хихикнула, глядя на то, что громоздилось в центре полянки. Видимо, это замысливалось как альпийская горка. Разномастные камни выстроились друг за другом паровозиком и посеменили спиралью от внушительного валуна, в котором мой насмотренный глаз сразу узнал пустотелую конструкцию из искусственного гранита, какой обычно закрывают канализационные люки. Ну какую же убогую фантазию надо иметь, чтобы воткнуть в центр композиции этакую дрянь и дешевку, которую обычно стыдливо прячут по незаметным углам? Расползающаяся улиткиным домиком каменная братия шагала как пьяная. Булыжники разбегались друг от друга и заваливались на бок. Сухие плети «бабушкиных» цветов торчали среди каменюк старыми мочалками. Они соседствовали с модными, «положенными» альпинарию сортами молодил, уже высунувших туповатые мясистые носики из серой паутины прошлогодней травы.

Я подошла к клумбе и вонзила в нее лопатку. Земля здесь оказалась черной, мягкой, удивительно живой. Из нее росла зеленая трава, уже прямая и толстенькая, но еще сохранявшая острие, которым она раздвигала земляную сладкую темноту, еще способная в приливе сил пробиться даже сквозь камень.

«Потрясающее уродство»,— не удержалась я от комментария вслух, так распирало меня насмешливое удивление.

Хмыкая, я скоблила клумбу, счищая отжившее и добираясь до сути. «Ш-ш-ш-ш-ш»,— внезапно недобро зашелестел на меня лес, встревоженный прохладным дуновением. В очертаниях деревьев и в том, как они наклонялись под ветром, словно пытаясь снять через голову невидимые платья, чудилось что-то человеческое. Меня передернуло. Трусовато, будто застигнутая за воровством, я, не поднимаясь с корточек, оглянулась через плечо. И тонко испуганно взвизгнула: в лесной тени над темной стеной елочек покачивалось бледное, круглое, потустороннее лицо. Через секунду я поняла, что это Марина. Просто Марина. Всего лишь Марина. Но ужас отпускал не сразу, постепенно, а рука автоматически продолжала скоблить грядку. Мы с Мариной молча смотрели друг друга. Плавно, неуверенно к ее лицу подплыла рука и начала скрести молочную щеку, отливавшую синеватым оттенком.

«Пробы беру»,— пояснила я громко, почти криком. Марина кивнула, продолжая водить пальцами по рыхлой щеке.

Вдруг закапал дождь — вначале неторопливо, но с каждой секундой разбегаясь — как лекарство в рюмку. Пронизывающе-холодный, будто на ходу превращающийся в капли из снегопада. Я запихнула совок и пакет с землей в сумку и помчалась в сторону Марины, с разбегу продравшись сквозь строй елок.

Шли целеустремленно, молча. Дырявая крыша веток не спасала от дождя, застилая уши белым шумом. За шиворот лезли мокрые ледяные пальцы. Я оглянулась на Марину — она все еще терзала свою бедную щеку.

— Вы чего? — удивленно спросила я.

Она не сразу поняла, о чем речь. Тогда я взяла ее руку и отвела от лица.

— А, это,— пожала плечами Марина.— Паутину ветром принесло, прилипла — не снимешь.

На щеке, вздрагивающей при каждом шаге, как будто что-то неживое — холодец или тесто, краснела корябина.

Мы молча добежали до моей избушки. Едва шагнули за порог — наткнулись на сумки и чемодан, брошенные прямо у входа. Перешагнули их, будто не видя, скинули мокрые куртки. Марина включила чайник. Укутавшись в пледы, мы устроились с чашками за широким деревянным столом. Я разложила на столе пакеты с пробами почв из разных уголков участка. Мяла землю между пальцами, скатывала в комочки и колбаски, делала пометки. Марина сидела рядом, молча наблюдая за моей работой. Мне нравилось, что она немногословна и не пытается тут же лезть в душу и все выспрашивать. Или наоборот — вываливать на меня какие-то свои истории, чувства и сюжеты. И стоило только мне мысленно порадоваться нашему комфортному молчанию, как Марина поинтересовалась:

— Вам здесь нравится?

— Только через несколько дней можно судить, успешно ли прошла пересадка в новый горшок,— уклонилась я от ответа.— У вас есть духовка?

— Наверняка есть,— неуверенно пожала плечами она.

— То есть лично вам ее видеть не доводилось? — уточнила я.— Что же вы, совсем не готовите, хотя бы для развлечения?

— А какой смысл? Никому это не нужно. Есть профессиональный повар. К тому же Борису Максимовичу очень сложно угодить,— она с интересом наблюдала за тем, как я взбалтываю смесь почвы и воды в склянках, рассматриваю взвесь на просвет и окунаю в нее лакмусовые бумажки.— Знаете, когда мы были помоложе, я, конечно, готовила. Очень старалась. И каждый раз это были невидимые миру слезы и никакой благодарности. Помню, однажды мы с сестрой договорились с мясником на рынке, с огромным трудом достали баранью ногу... Вы застали дефицит?

Я кивнула. Я могла много рассказать о дефиците и детстве, проведенном в очередях, но предпочитала послушать Марину.

— Тащили эту баранью ногу домой, и все бродячие собаки, услышав запах крови, увязались за нами. Я отбивалась от них ногой. Принесли, разузнали особенный рецепт, несколько часов стояли у плиты. Стол накрыли к Бориному возвращению, салфетки. Ужинаем. Я попробовала, и все внутри запело: прямо медовая баранина. Сочная, нежная, ароматная. Такая вкуснятина! Мне хотелось всю эту ногу одной умять. Но я сдерживаюсь, себе кладу маленький кусочек, и сестра тоже — все Боре, чтобы он, значит, лучше насладился, распробовал и оценил. Сидим, сияем, гордимся. Ждем, когда же он хвалить начнет. А он доел, отодвинул тарелку и говорит: «Какой-то специи, по-моему, не хватает. В следующий раз повнимательнее». И уткнулся в газету.

Я помнила, что мне нужно задать Марине какой-то важный вопрос, буквально висящий в воздухе, но он ускользал, и я никак не могла его ухватить.

Флора. Обещания

Вместе с Мариной мы отправились в большой дом искать духовку.

Интерьер подавлял музейной тишиной и помпезностью. Хоромы выглядели еще более неуютно, чем моя избушка. Непомерно высокие потолки в не таких уж просторных залах создавали ощущение колодца. Отовсюду хищно выглядывали двуглавые орлы. Позолота, росписи на стенах. Гигантские пустые вазы приглушенно гудели, отзываясь на шаги посетителей. Наборный паркет пестрел геометрическим и растительным рисунком. Все, что «положено иметь» в статусном особняке.

Через длинную галерею комнат, обставленных почти одинаковыми шелковыми стульчиками и диванчиками, мы добрались до кухни. Почему во всех усадьбах и дворцах делается такое количество однообразных проходных комнат с креселками, как будто их хозяева ничем больше не занимаются, кроме как красиво сидят?

Работники кухни опешили, увидев нас. Но духовку для моих банок уступили.

— Держать пять часов при восьмидесяти градусах,— пояснила я, выставляя температуру.— Как остынет, отдать мне.

— Кстати, обед будет готов через пятнадцать минут,— посмотрела на часы Марина.— Покушаете с нами?

Я отметила, что обед тут подают как в английских домах — к пяти вечера. Кроме утреннего бутерброда с сыром я еще не съела ни крошки. Так что предложение оказалось очень кстати. Любопытно, конечно, чем же потчуют у таких важных господ? Я представила себе роскошный царский стол из советских комедий — с лаковыми осетрами, горками черной икры и застенчиво улыбающимся молочным поросенком, из пасти которого кокетливо торчит пучок петрушки. За златым столом сидели…

— А ваш муж не будет возражать? Ему и на работе приходится видеть кучу посторонних. А тут еще я!

— Да ладно, не скромничайте,— и Марина приобняла меня за талию, будто дуэнья.

Мы вошли в столовую — вполне просторный зал, который, однако, выглядел тесным из-за непропорционально огромного стола, втиснутого в прямоугольник комнаты. Столешница оказалась так велика, что спинки стульев почти примыкали к стенам. Нам накрыли на самом краешке, но не рядом. Мы с Мариной расположились с противоположных сторон этой лакированной плиты, столь широкой, что у нас не было бы ни одного шанса пожать через стол друг другу руки, если бы такое желание вдруг взбрело нам в голову.

Сервировка была все той же — орлы на золоте. Я приготовилась наконец отведать устриц, осетров, омаров, молекулярной кухни, роскошных вин. Но внесли самый заурядный борщ в супнице, картофельное пюре и рыбные котлетки в больших открытых блюдах — как на деревенской свадьбе. Н-да... Хорошо, что не бутерброды из меню «Русские недели в Макдоналдс».

Обед все не начинался — Поленов опаздывал, а без него Марина есть не решалась. Так мы и сидели перед пустыми тарелками, пытаясь вежливо говорить о пустяках. Я посматривала вокруг. Взгляд уткнулся в портрет мужика в латах, висевший во главе стола, по правую руку от меня.

— Нравятся ли вам рыцари? — поймав мой взгляд, спросила Марина с непонятным подтекстом.

— О да! Я в восторге от рыцарей,— ответила я, догадавшись, что хозяева относятся к этой теме серьезно (произведение оказалось единственной картиной на стенах столовой).

Приглядевшись, я заметила, что рыцарь смотрит на меня глазами Бориса Максимовича, и во взгляде его, нарисованном в технике «следящего» портрета, сквозит неуловимое донкихотское безумие. Представила, как буду хохотать, вспоминая этот китч, когда окажусь одна.

— Немножко странно видеть здесь всего один портрет,— не удержалась я от капли ехидства.— Не хватает па́рного, женского. Ведь тому, кто назвался рыцарем, положено иметь даму сердца. Рыцарь без любви — это все равно что дерево без плодов и листьев или же тело без души.

Я выразительно перевела взгляд на противоположную, левую стену и осеклась: казалось, прямо под моим взглядом из обоев проступил светлый выцветший прямоугольник — след картины такого же формата и размера, как и та, что висела по правую руку от меня.

Марина обиженно опустила взгляд, насупилась, засопела. Словно потеряв самообладание, она схватила ложку и мстительно принялась швырять себе в тарелку все подряд, не дожидаясь появления мужа за столом.

— Э-э-э... Гмм... Хотя у этого рыцаря такой страстный, влюбленный взгляд, что, в принципе, никаких портретов дамы не нужно. И так очевидно, что она... есть,— я бросилась неловко заглаживать ошибку.

Я старалась поймать взгляд Марины, чтобы понять: достаточно ли уже лить елей? Или надо еще немножко поизвиняться?

— О чем могут болтать две женщины, которых оставили тет-а-тет? — спас меня от пропасти, в которую я летела с ускорением, стремительно вошедший в столовую Борис Максимович.— Думал, вы тут о деле разговариваете, а вы про шуры-муры?

Он с брезгливым осуждением скользнул взглядом по полной тарелке Марины. Она засмущалась и подала знак официанту, чтобы тот убрал испачканную посуду.

— Как раз собирались поговорить о деле,— с благодарностью переключилась я на спасительную тему.— Вас ждали! Мы с Мариной сегодня осмотрели участок, взяли пробы почвы.

— И что же вы увидели?

— Все несколько запущено. Садовник у вас уже примерно год не работает?

Марина и БМ синхронно кивнули. Официант принялся накладывать в тарелки кушанья.

— Отличный участок, с потенциалом. Тут можно воплотить почти любое желание, самые невероятные фантазии. Но чтобы создать проект, в который вы влюбитесь, мне надо узнать вас и ваши ожидания. Для чего нужен сад? Спорт? Отдых? Игры с детьми? Пикники? Романтические свидания? Официальные приемы и балы?

Поленовы смотрели на меня и согласно покачивали головами, как собачки на торпеде автомобиля.

— Да-да, вот это все, что вы перечислили. А что вам особенно понравилось на нашей земле? — поддержал беседу Борис Максимович.

— Здесь есть настоящие бриллианты, которые надо сохранять и подчеркивать. Липовая аллея — истинное сокровище. Ей лет сто, наверное? Что здесь было раньше, какое-то дворянское гнездо?

— Да, а потом пионерлагерь,— кивнул Борис Максимович.

— Великолепен вишневый сад,— продолжила я сыпать комплиментами.— Он молод и полон сил.

— Десять лет назад посадили,— довольно кивнул Борис Максимович.

Марина помалкивала и прислушивалась к разговору с интересом, как будто все, что рассказывает муж, для нее самой — новость.

Я поняла, что пора выдать презентацию себя как ландшафтного дизайнера и некое «вербальное превью» того, как замечательно изменится жизнь сада и Поленовых с моим появлением. Обычно такие застольные беседы с распусканием «павлиньего хвоста» происходят с клиентами непосредственно перед подписанием контракта и в каком-нибудь хорошем ресторане.

— Сосны и ели — это драгоценное достояние участка. Заполучить хвойный участок — невероятная удача. Самые старые деревья на земле — сосны.

(Тут мне очень хотелось пуститься в рассуждения о том, почему самые старые на земле сосны, которым больше пяти тысяч лет, растут в совершенно невыносимых условиях — на холоде, на бедных каменистых горных почвах. Этот вопрос о природе долгожительства — один из любимейших моих топиков для «пьяных застольных бесед», но я держала себя в руках и не свернула на дорогую сердцу истоптанную дорожку.)

Я деликатно ждала каких-то реплик от других участников обеда, но и Марина, и Борис Максимович молча жевали. Так что мне пришлось отложить вилку и продолжить выступление.

— Прудик в лесной части — милейший и очень живой, думаю, летом там бурлит жизнь. Концерты лягушек не мешают? — Я опять попыталась придать разговору интерактивности. Безуспешно.— Старый березняк ближе к забору, к сожалению, уже уходящая натура. Скоро рощицу сменит еловый лесок, но это естественно, правильно и славно. Я бы ничего не стала с этим делать, а просто позволила событиям идти своим чередом. Наблюдать, как один вид деревьев вытесняет и сменяет другой, борется за свое место под солнцем,— это по-своему захватывающе. Словом, все, что сделано самой природой — великолепно. А вот ландшафтные решения и садовые объекты здесь очень неровные по уровню профессионализма. Липовые боскеты заслуживают уважения, они тщательно проработаны. А идеи регулярного сада, хотя и традиционны, но вторичны. Встречаются откровенно неудачные места. В дальнем углу сада есть нечто очень печальное. Вы, наверное, лет сто там не бывали и не видели, эту, извините, дичайшую могилу, которую там устроил кто-то криворукий.

— Могилу? — переспросил Поленов сиплым голосом, словно у него пересохло в горле.

— Да, там, ближе к забору,— кивнула я и начала торопливо пояснять: — Искусственный гранитный пустотел, которым обычно прикрывают канализационные люки, воткнут посреди кучи безродных камней. Такой бездарности вы и на сельском кладбище не найдете. Кроме того, я поражена, что в вашей усадьбе такой наглый, довлеющий забор, как будто тут зона строгого режима. Кто же оставляет его в натуральном виде? Такие служебные сооружения надо маскировать вьющимися растениями.

Я сделала паузу, пораженная тем, что меня все еще не перебивают. Как правило, клиенты гораздо раньше начинают говорить сами, демонстрируя свою погруженность в садово-ландшафтную тему. Они стараются в этот момент показать, что они не лохи, а очень даже разбираются в предмете: ездили по всему миру, смотрели, выбирали, фотографировали… Собственно, презентация меня в эту минуту, как правило, заканчивается, и дальше остается только кивать, соглашаться и запоминать, чего же хотят люди, которые собираются мне заплатить. Потом предстоит повторить их желания своими словами. Но эти заказчики молчали. У Поленова на лице читалось смутное недовольство, как у человека, только что оплатившего покупку товара, не подлежащего возврату (типа трусов или лекарств), и тут же понявшего, что эта вещь ему не нужна. Марина вообще смотрела на меня испуганно округлившимися глазами, будто подавая сигнал, что я говорю что-то совсем не то. И переводила взгляд с меня на мужа.

Я запаниковала и опять стала тараторить, потому что Поленовы все так же молчали, жевали и подозрительно вглядывались мне в лицо.

— Наверное, вы хотите рассказа о будущем? О том, что станет с вашей землей через несколько месяцев, через год, через два? — заглядывала я в лица хозяев.— По-моему, главное, чего не хватает участку — это своей фишки, уникального лица. Пока у меня нет готовых предложений и идей, но в последнее время я много думаю о туманах, камнях и цветном луге. Вы, разумеется, помните рассказ «Золотой луг» Пришвина? Ну тот, где они с братом обнаруживают, что золотой по утрам луг к вечеру делается обычным зеленым, когда цветки одуванчиков закрываются? На самом деле луг ведь может быть не только золотым. Он может каждые две недели менять цвет. На практике я такого еще никогда не делала, но, мне кажется, это вполне возможно. Технология вроде знаменитого «мавританского газона»...

Тут меня понесло, я провалилась в пучину садоводческих подробностей: про свою давнюю мечту спрятать по всему саду туман-машины, про луг-хамелеон, про естественные и искусственные звуковые эффекты в саду (но не записанные, а живорожденные) и всякие другие глупости, которые мне давно хотелось реализовать, однако до этого момента еще ни разу не подворачивался достаточно богатый и безумный клиент, располагающий участком подходящих размеров и деньгами на все эти эксперименты и фокусы.

Похоже, предложения семейке Поленовых пришлись не по вкусу. Они ни на что не реагировали! Неужели я не угадала их предпочтения? Неужели и они, как и все тут, в Подмосковье, мечтали о «новом Версале» и вилле Вискайя? Мне стало непривычно обидно, что мои идеи не встречают поддержки (хотя обычно мне пофиг). Но сейчас я почему-то очень сильно поверила, что этот проект определит мою судьбу. Позволит создать настоящее имя.

Я выбилась из сил и тоже замолчала. Подали чай, кофе и сладости. Мороженое было растаявшее — хоть какая-то теплота в застолье. Я чувствовала себя раздавленной и пристыженной. От беспомощности хотелось провалиться сквозь землю.

К счастью, обед подошел к концу, и я наконец смогла сбежать в свой домик.

Я чувствовала, что как-то неожиданно облажалась. Что меня завтра же могут выставить и отказать от места. От огорчения я расплакалась. Сквозь слезы шептала, молитвенно складывая руки: «Хоть бы, хоть бы, хоть бы меня не прогнали. Хоть бы, хоть бы, хоть бы этот проект сделала я!»

Так, усталая от слез, не раздеваясь, я и уснула.

Флора. Близость

Я сидела на подоконнике, глядя на открытый чемодан и раздумывая — развешивать одежду или не стоит? Если сегодня меня попросят покинуть усадьбу, придется все складывать обратно. И тут дверь без стука распахнулась. Я оглянулась, ожидая увидеть кого-то из персонала, но — сюрприз! — в комнату вошел сам Борис Максимович.

— Вы? — изумилась я.— И без охраны?!

— Что я, по-вашему, и в туалет с сопровождением хожу? — усмехнулся он.

Я хотела возразить, что мой дом — отнюдь не уборная, но прикусила язык.

— Устраиваетесь? — вместо приветствия произнес БМ.— Вот и хорошо.

Он встал посреди комнаты, заложив большие пальцы рук в передние карманы джинсов, и перекатывался с пяток на мыски. Повернулся к окну, то есть ко мне. Парк за стеклом был залит таким безудержным солнечным светом, что БМ сощурился. «Сейчас он скажет, что они хотят отказаться от моих услуг. Поблагодарит и выставит»,— изводилась я и прикидывала, есть ли у меня шансы его переубедить.

— А правда, что все сады мира устроены из тоски по раю и воплощают представления своих владельцев о нем? — спросил Поленов. Сумел удивить.

— Считается, что так,— усмехнулась я с облегчением. И спрыгнула с подоконника.— Китайский рай, например,— это место, где нет перемен. Там ничто не цветет, не меняет окраску и не облетает.

— Люди, которые думают, что рай — это место, вызывают недоумение и зависть,— БМ посмотрел на меня с насмешкой.

— Я хотела бы, чтобы вы тоже в это поверили. И чтобы это произошло здесь.

Поленов в упор смотрел на меня и слегка шевелил бровью — как будто готовился произнести что-то важное и проговаривал текст про себя. Вдруг он шагнул ко мне и нырнул рукой прямо под блузку, в лифчик. Прохлада его крепкой руки заставила меня ошалело ахнуть. И тут же прямо перед глазами возникла его ладонь с божьей коровкой на ногте указательного пальца.

— Смотрите, кто здесь! — он довольно поводил пальцем.

— Уф-ф,— якобы непринужденно усмехнулась я.

— Упала к вам туда,— указывая на вырез блузки, рассмеялся он и сдул коровку с ногтя. Она полетела вглубь комнаты с нежным стрекотом.— Ну вот, сегодня я спас жизнь.

— О, да вы герой! — хмыкнула я, чтобы скрыть смущение.

Щеки мои покраснели, как нагревающиеся конфорки электроплиты, а в ушах нарастал шум. Голова словно превратилась в закипающий чайник. Я отвернулась к окну, чтобы отдышаться, и коснулась пальцами стекла. Оно приятно холодило ладони, возвращая самообладание.

— А чего вы хотите от этого сада? — успокаивая дыхание, произнесла я.

— Просто сделайте так, чтобы мне понравилось,— раздалось в ответ. Голос звучал приглушенно, как через войлок.

Воздух в комнате сделался плотным, сладким и липким, я потянулась к форточке, чтобы ее открыть, но не успела повернуть ручку.

Вдруг по моим ногам пробежал сквозняк, а на глаза упал подол длинной ситцевой юбки, которую задрала властная и быстрая рука. Сквозь цветастую ткань пробивалось яркое солнце, дышать стало еще труднее. Зазвенела пряжка его ремня. Я понимала, что сейчас произойдет. Запах бритья окутал меня, я облокотилась на подоконник. Он звонко шлепнул меня по попе. Было слышно, как он плюнул. Помог себе рукой. И вошел уверенно, как-то даже буднично. Как будто мы уже делали это миллион миллионов раз. Подол юбки колыхался перед глазами и слегка ударял в веки. Снова, снова и снова…

— У тебя классная попа,— похвалил он, когда все закончилось.

Хм… Джентльмен. Что тут скажешь?

— Вы что, больны? — спросила я, в то время как он звякал графином, наливая воды.

Я все еще стояла у окна. Всматривалась в тянувшуюся за окном липовую аллею. Деревья, окутанные зеленой дымкой, дожидались настоящего апрельского тепла. Почки уже набухли и обещали лопнуть со дня на день. Но ночи все еще были холодны, и листочки не рисковали вылупляться на волю. И только одна липа в аллее поторопилась открыть сезон. Зеленое облако вокруг нее было особенно плотным и сочным — ее почки уже прорвались, и наружу выметнулись нежные листочки.

— Болен? — с тревогой переспросил он, протягивая мне стакан воды.

— Ну да,— кивнула я.— И, видимо, серьезно.

— Было что-то…— он на секунду взял паузу, подыскивая слово,— странное? Какие-то ощущения?

Я, конечно, хотела сказать ему, что странным было все, что произошло сейчас. Но вместо этого поманила его к окну:

— Идите сюда.

Он подошел, и наши головы оказались рядом, почти соприкоснулись, но БМ даже не повернул ко мне лица.

— Посмотрите на эти липы. Видите ту, которая не такая, как все?

Он быстро углядел среди строя лип ту самую, которую я имела в виду.

— Надо же, какая сильная. Все еще спят, а на этой уже листья,— довольно отметил он.

— Да, она очень спешит. Прямо как вы,— многозначительно посмотрела я.— Но она так торопится не от того, что сил много, а от того, что болеет. Подпорчена, видимо. Я бы не дала ей больше года жизни. Не от силы такая торопливость, а от предсмертной горячности.

— На что это вы намекаете? — БМ раздраженно отшатнулся.

— Ни на что. Просто держу пари,— уверенно кивнула я и протянула руку.— На что будем спорить?

Он молча взял мою руку в свою и сам же разбил пари.

Вышли из домика и направились к дереву. Поленов сосредоточенно смотрел себе под ноги и ни разу не взглянул на меня. А мне хотелось, чтобы он намекнул, что будет дальше. Не словами — это было бы чересчур, я понимала. Хотя бы взглядом.

Пришли. Я оказалась права: в ствол дерева был вбит здоровенный гвоздь, и от него расползалась сушь.

— Здесь в прошлом году висела мишень для дартса,— вспомнил БМ.

— Липа ранена, как я и говорила,— кивнула я.— И, предчувствуя гибель, стремится жить быстро. Так чем вы болеете, что лезете женщине под юбку безо всяких прелюдий? — повторила я вопрос.

БМ коротко моргнул, кашлянул и торопливо зашагал к особняку.

Я отправилась к себе и начала невозмутимо разбирать чемоданы: перестала сомневаться, что проект — мой. Странно, но в тот момент я совершенно не сожалела о случившемся. Не то чтобы считала это нормальным, но я была довольно взрослой девочкой, и случайный секс уже приключался в моей жизни. И не раз. Я отучилась после каждого подобного эпизода рвать на себе волосы и вести бесполезный внутренний монолог на тему «Как? Зачем? Почему? Что теперь будет?». Дельных ответов на эти «как» и «зачем», когда дело касается секса, все равно не существует. А о том, что будет дальше, я тоже имела представление: ничего. Он станет делать вид, будто ничего не случилось. Ну и я тоже.

Лучше бы я оказалась права и все завершилось бы, как всегда. Но я ошиблась. «Большая дубина набивает большие шишки»,— любил говорить Борис Максимович. А БМ был дубиной здоровенной.

Поленов. Божья коровка

Печаль оказалась так внезапна, беспричинна и велика, что справиться с ней можно было, только с головой нырнув в дела. Заслониться заботами. Поленов поднялся по винтовой лестнице на второй этаж и усадил себя за письменный стол.

Кабинет, когда-то с таким вниманием обустроенный и обставленный классической мебелью в английском духе, в последние месяцы его раздражал. Недавно здесь поменяли дверь. Новая, орехового дерева, с пышным названием в духе «венеция роял и что-то там еще», она обнадеживающе выглядела в каталоге. В реальности же угнетала еще пуще, чем прежняя. Письменный стол с зеленым сукном Борис Максимович очень ценил и пока что не решался с ним расстаться. Его просто переставили на новое место. Раньше стол стоял так, что, работая за ним, Поленов мог с удовлетворением и самодовольством обозревать всю комнату — овальный стол для совещаний с блестящей, будто залитой тягучим медом столешницей, добротные книжные шкафы с томами энциклопедий, исторических трудов, фантастики и научпопа, внушительный плоский экран телевизора с оживающим по команде глазком видеокамеры для конференций.

Теперь письменный стол уткнулся в подоконник, а его хозяин сидел спиной к пространству комнаты, созерцая газон. Но и после всех перестановок и переделок глухое раздражение и тоска, настигавшие его в кабинете, никуда не исчезли. И отправляясь работать с документами, он все чаще ловил себя на том, что, угнездившись за рабочим столом, думает не о делах, а о том, как бы еще переустроить кабинет, особняк или даже всю усадьбу, чтобы наконец вернуть себе прежнюю увлеченность службой и жизнью вообще. Ведь были же дни, когда он с удовольствием тонул в документах, предложениях, проектах и частенько далеко за полночь отводил взгляд от монитора, с удивлением обнаруживая, что уже начинало светать. Хотелось вернуть это время. Но и женщины, и работа теперь как будто поблекли. Не хотелось думать, что виною всему возраст. Всего лишь пятьдесят два. Рано. Нет, уже пятьдесят три, честно поправил он себя. Но все равно — рано.

Поленов усилием воли заставил себя включить компьютер, достать папку с подготовленными помощником документами, распахнуть ежедневник.

Раскрытый блокнот требовал что-то немедленно в него записать. Но неотложные мысли, которые Поленов планировал доверить бумаге, входя в кабинет, как будто разбежались, как только он опустился в величественное кожаное кресло. Чистая страница изнывала: испачкай меня, напиши что-нибудь на мне, я хочу быть грязной, я хочу стать твоей. Поленов откинулся на спинку, отодвигая бумаги.

«Что может знать о жизни женщина, которая ходит в грязных ботинках? Почему она так уверенно говорит, что я болен? Но черт знает почему этой — веришь. Вдруг правда что-то такое началось, незаметное? А может, просто одиночество и... совесть? Побаливает...— он на секунду замер, прислушиваясь к себе, как будто сканировал признаки физической муки.— Да, побаливает».

Ползучим, муравьиным почерком записал:

1. Пройти диспансеризацию.

Стало спокойнее. Подчеркнул последнее слово. Стало еще чуть-чуть легче.

Открыл папку. Таблица. Отчет за квартал. Цифры и немного текста в последней колонке.

Суммы выданных грантов, краткие описания проектов. Он сразу прыгнул взглядом в ячейку с итоговой суммой. Она его не удивила, значит, все в порядке. Постарался вникнуть в правую колонку с описаниями инновационных проектов, разработка которых теперь благодаря его ведомству поддерживается грантами государства. Обычно это чтение его будоражило.

«Садовница здесь всего второй день, а ее уже как-то слишком много. Она дважды вынудила меня совершить то, чего я делать не собирался».

Революционные микробы, экологично перерабатывающие мусор. Ага. Электронные учебники. Не новость, но пусть. Еще одна база медицинских протоколов (как экспертный совет пропустил? Есть же проект Минздрава, туда бы и слили, подчеркнуть). Опять кибербезопасность, галочка. Ненаркотическое обезболивание, интересно. Интеллектуальная система управления освещением, вчерашний день, подчеркнуть. Еще одна кибербезопасность, галочка. Противораковые средства следующего поколения. Рендеринг трехмерной графики. Система видеонаблюдения и идентификации лиц. Распознавание голоса. Нейронные сети. Еще одна информационная безопасность, галочка...

Поленов посмотрел на подаренную женой статусную перьевую ручку. Перевел взгляд на свои пальцы, державшие ее — коротковатые, крепкие, очень ухоженные, с полупрозрачными рыжеватыми волосками на фалангах. И вспомнил божью коровку, которую выловил из декольте садовницы. В тот момент он действительно еще не хотел ничего такого. Божья коровка семенила по его пальцу, нежно перебирая лапками, путаясь в волосках. Вверх. И снова вверх. Как бы он ни переворачивал ладонь, она опять устремлялась к небу. Он залюбовался этой неутомимостью и верностью навек избранному направлению. Мелькнула какая-то хорошая, правильная мысль о работе. И о себе. О том, что все еще возможно, что он еще в силах и даже должен снова пойти вперед, а не кружить и топтаться на одном месте. Между лопатками пробежала шелковая щекотка. И тут садовница сделала шаг, сближаясь. Она почти прижалась к нему, беззастенчиво, интимно. Флора подставила свой палец. Нет. Не подставила. Она скользнула своими пальцами по его ладони, по какому-то тайному, незащищенному месту, раскрывшемуся, когда он разжал кулак ради божьей коровки. И букашка переползла к ней на тоненький холодный пальчик с простым гладким колечком и как заведенная побежала вверх. Тогда он подставил свой палец к пальцу Флоры. Божья коровка вернулась к Поленову. Добежала до высшей точки и взлетела. И в этот момент он уже знал, что хочет, может и сделает вот это все — странное, порочное, нарушающее все табу. Безответственное. И совершенно не-обходимое.

В происходящем будоражила бесстыдная упои-тельность. Представлялось, что садовница — его наложница. Она никуда не сможет уйти. Никому и ни о чем не проболтается. Послушная, бессло-весная, трепещущая, почтительная и восхищен-ная. Оказалось, это сильно искушает — быть властителем. Повелителем. Злым гением. Он отпустил себя. Завелся даже без виагры, а ведь Флору не назовешь красивой.

Садовница подчинилась его желанию так по-корно и охотно, как будто бы уже знала о том, что отныне и навсегда она в его власти. Как будто уже смирилась со своей принадлежностью к этой усадьбе, с беспомощностью и подчинен-ностью. Хотя ведь он ей еще ничего не сказал… Он еще не произнес ни одного слова о решении, которое они с Мариной приняли вчера вечером. И после, застегивая ремень, и потом, шагая вдоль липовой аллеи, не сказал тоже. Хотя ради этого и шел к ней — чтобы сказать. «Пусть Марина проинформирует, без меня»,— решил он, уже поднимаясь по ступенькам особняка.

Но Флора как будто уже все почувствовала и заранее приняла, и одобрила. Так он это ощутил.

Он заставил себя вернуться к правой колонке в таблице. Один из проектов показался интригующим. Он разбудил компьютер, чтобы узнать подробности. Страница загрузилась мгновенно, но на ней оказалось так много букв, что он тут же свернул окно, поставив себе флажок «прочитать позже».

Потом случился какой-то провал, как будто его на несколько минут выключили из мира. Когда он включился, то обнаружил на полях дорогого блокнота нарисованную божью коровку.

— Совершенно невозможно тут работать,— зло прошипел он, нажимая кнопку внутренней связи.

— Да, Борис Максимович,— тут же отозвался энергичный мужской голос.

— Подавайте машину, поедем в «Школково»,— скомандовал Поленов, закрывая папку и выключая компьютер. Захлопнул ежедневник.

Тут в дверь боязливо-сбивчиво постучали. Так стучалась только Марина.

— Совершенно невозможно тут работать,— еще раз с раздражением прошептал Борис Максимович, а громко, во весь голос разрешил: — Входи!

Марина приоткрыла дверь, протиснувшись боком в образовавшуюся щель. И замерла, вопросительно уставившись.

— Ну, ты помолчать пришла или что сказать хотела?

— Ты ей сказал?

— Я ее подготовил, так сказать,— очень уверенным тоном уклонился от ответа Борис, хватаясь за портфель.— А ты донесешь подробности.

— А я смогу сказать все правильно, как надо? — засомневалась Марина.

— Даже если не сможешь, об этом не узнает никто, кроме тебя и нее,— усмехнулся Поленов, вставая из-за стола.— Ты представляешь, она хочет устроить здесь рай, из которого не захочется уходить,— глаза его иронично блеснули.

— Ах, не захочется,— протянула Марина и тоже улыбнулась, довольная тем, что на этот раз она поняла его шутку, а еще больше тем, что он шутит для нее.

Они с Борисом улыбались будто заговорщики, как не делали уже очень-очень давно, а может быть, и вообще никогда.

— Ты помнишь про журнал? — спросил Борис.

— Да-да,— отозвалась Марина.

— Если не обмишуришься, то, сама понимаешь, многое изменится,— Поленов подмигнул сразу двумя глазами, как умел только он, будто щелкнул затвором фотоаппарата. Это всегда на людей действовало успокаивающе.

Флора.
Безвыходные ситуации все-таки случаются

Есть мимолетная, тающая красота в пространстве, где только что случилась близость. Кажется, воздух все еще дрожит, тени колеблются, тепло тел лениво растекается от места взрыва по всей комнате, радужные круги и пятна плывут перед глазами, будто веки все еще прикрыты. Когда я вернулась, такая красота в доме еще была. Он вдруг преобразился, стал уютным, радостным, моим. Окситоцин? И тут я вспомнила о Егоре. Нужно, чтобы хозяева скомандовали охране вернуть мне ноутбук и телефон.

— Вам сюда нельзя,— остановил меня охранник, когда я влетела в холл особняка.— Вы можете заходить в дом, только если вас пригласили или вместе с хозяевами.

— Мне срочно нужно поговорить с Борисом Максимовичем. Прямо сейчас,— потребовала я.

Меня усадили в кресло недалеко от входной двери и велели ждать. В холле гулял сквознячок, из-за него все вокруг зябко подрагивало и колыхалось: длиннющие шторы на огромных окнах, моя юбка и витой провод телефона спецсвязи с дисковым набором. Прошло где-то полчаса, прежде чем в дверях появилась… Марина. Она покрутила головой, оглядываясь в поисках прислуги. И увидев адъютанта, распорядилась: «Принесите черного чаю с зефиром в гостиную. Идемте, Флора».

Марина неспешно плыла сквозь комнаты, попутно проводя пальцами по полочкам и столешницам: проверяла, нет ли на них пыли. Я тащилась за ней, раздражаясь ее медлительностью.

Наконец мы дошаркали до громоздких кожаных кресел, выстроившихся полукругом возле камина, выложенного изразцовой плиткой с пестрым этническим рисунком. Устроились около низенького ломберного столика.

— Что стряслось? — разливая чай и сдерживая зевок, поинтересовалась Марина.

— Когда я вчера приехала, охрана забрала у меня ноутбук и телефон. Говорят, что здесь не положено иметь мобильники и компьютеры без особого разрешения хозяев, то есть без вашего. Вы можете распорядиться, чтобы мне вернули мои гаджеты?

Марина зябко поежилась:

— Понимаете, средства связи здесь не положены — информационный карантин. Соображения безопасности. Все оставляют свои мобильники на охране. Даже министры,— последние два слова она прибавила шепотом.

— Но они нужны мне для работы,— спокойно и терпеливо, как несмышленому ребенку, пояснила я.

— Придется придумать, как работать без них,— пожала плечами Марина, тоже включила «интонацию доброй нянюшки» и принялась размеренно объяснять, что информационный карантин в резиденции нужен, чтобы никто отсюда не чекинился, не публиковал фотографии, а также чтобы нигде, никогда и ни при каких обстоятельствах не сболтнул лишнего про БМ и жизнь в усадьбе. Потому что, увы, были случаи, когда какие-то ничтожные и очень случайные людишки, на короткий срок попадавшие в «святая святых», тут же принимались трепаться на каждом углу, а некоторые даже строчить мемуары.

— Да что у вас тут за тайны?! — воскликнула я. — Вы что, сирот едите, что ли?

— К сожалению, люди используют против нас даже самые невинные сведения,— вздохнула Марина.— Может, слышали про журналистку, которая с Борей однажды жасминового чаю попила, а потом нацарапала целую книгу об этом происшествии, напичканную ее домыслами и фантазиями, да еще и умудрилась сбежать в Лондон как жертва политического режима? — напомнила Марина.

Да, я читала эту книгу, случайно найденную на одном из пустырей, который забрасывала «семенными бомбами». Видимо, не весь тираж пустили под нож, часть просто вывезли на окраину и бросили гнить под дождем. Пролистав эти мемуары, я не нашла в них ничего такого уж порочащего БМ, из-за чего нужно было арестовывать тираж этого опуса. Бóльшая часть рукописи живописала чулки и стройные ноги авторши, а также аромат парфюма, которым она якобы загипнотизировала БМ. Текст компрометировал скорее саму писательницу. Но даже такие порожние записки нагоняли на жителей властной усадьбы ужас.

— Ясно,— кивнула я, когда Марина закончила свою «политинформацию».— Пока я здесь, я изолирована от коммуникаций. Одного не понимаю: как вы собираетесь контролировать мою болтливость, когда я отсюда выйду? Приставите ко мне надсмотрщика, который будет следить, чтобы я не слила инфу в Сеть? Отрежете пальцы и язык?

— А зачем же вам отсюда выходить? — как будто искренне удивилась Марина, и посмотрела ласково-сладко, как росянка на мушку.—

Здесь же хорошо, о таком месте можно только мечтать. У вас будет все, что вы захотите — стоит только сделать заказ, и привезут что пожелаете. Вы полюбите это место. Борис Максимович сказал, что вы пообещали устроить здесь не просто сад, а настоящий рай, из которого не захочется уходить. Так создайте же! Вы же профессионал? Собственно, пока вы не создадите такое место, из которого вам самой не захочется уходить, ваша работа не может считаться выполненной, и вы должны оставаться здесь и совершенствовать проект. А когда вы справитесь с задачей — останетесь уже по собственному выбору.

— Та-а-ак,— по-настоящему испугалась я.— То есть… Не-е-ет, этого не может быть… Вы так говорите, будто… меня отсюда не выпустят? — я хотела рассмеяться нелепости своего предположения, но что-то не смеялось.

По всему телу разлилась холодящая немощь. Так всегда случается со мною перед тем, как я услышу очень неприятную новость. Как будто тело успевает считать смысл слов еще до того, как они прозвучат. Рука вдруг сделалась тряпичной, и блескучая фарфоровая чашка полетела на паркет. Марина даже не вздрогнула от звона разбившейся посуды, лишь отвела глаза, и в этом молчании читалось «Да. Да. Да».

— Это заточение? — все еще не верилось, что такое возможно.

Я представила, что месяцы, а может и годы жизни пройдут вот так — взаперти, в беседах с этой сумасшедшей бабой. В вакууме... Волосы на теле встали дыбом. Еще вчера порхала свободной птичкой из одного сада в другой, а сегодня я — Серая Шейка, запертая в холодной полынье? Жуть!

Я бежала по длинной галерее комнат, лихорадочно распахивая двустворчатые золоченые двери. Створки мрачно хлопали у меня за спиной, будто крылья хищных птиц, преследующих мышку-полевку. Я не знала, что делать, но точно не собиралась сидеть на месте и слушать, как надзирательница зачитывает мне незаслуженный приговор.

Влетела в свой домик. Бросила взгляд на шкаф с платьями. На коробки с обувью. На драгоценные ботанические атласы и альбомы, которые годами собирала по всему свету. И поняла, что сейчас мне не важно ничто из этого. Важна только свобода.

Резко развернулась и помчалась к проходной. Выйти с территории усадьбы можно только прорвавшись через будку охраны, вписанную в периметр забора. Двери в одной ее стене выходили на участок, а другие — на улицу, в большой мир. Первые двери от вторых отделяла комната с «вертушкой», в которой толклись бравые ребята в форме охраны. Как я успела заметить еще в день приезда, обе двери запирались на магнитные замки.

Я подбежала к проходной, мощно рванула на себя кусок застекленного пластика — так сильно, что сама чуть не улетела под сосну. Дверь неожиданно податливо распахнулась — похоже, она вообще не была заперта. Или ее специально открыли для меня? Внутри будки, раскрыв рот, на меня таращились парни в фуражках. Цель была прямо передо мной — я ловко перемахнула через вертушку, даже не зацепившись за нее юбкой, и побежала ко второй двери, отделявшей меня от свободы. Ударилась о стекло. Дверь не открылась. Тут-то меня и схватили. Я дергалась и кричала какие-то шаблонные фразы:

— Это незаконно! Это лишение свободы! Я буду жаловаться!

Я изворачивалась и кусалась.

— У девушки истерика, нужно помочь ей успокоиться,— услышала я. Перед глазами материализовался шприц, из которого в воздух фонтанчиком вылетели бесцветные пугающие капли.

— Просто укольчик, это не больно. Это для вашего же блага,— сказал кто-то почти ласково.

В руку с внутренней стороны локтя будто укусил овод. Все поплыло, сделалось нечетким и исчезло.

Возвращаясь в сознание, я будто выкарабкивалась из глубокой ямы, края которой то и дело осыпались, заваливая меня комьями сырой земли. Картинка не сходилась в фокус. Я почему-то не могла пошевелиться. Голову ломило. Во рту пересохло и страшно хотелось пить. Мутило чудовищно. Я повернула голову влево, чтобы стошнить куда-нибудь рядом с плечом, и увидела желтовато-коричневые потеки на пломбирно-белой простыне. Похоже, что я так делала уже не первый раз. Меня тут же еще раз вырвало. Плечо было испачкано. Я потянулась правой рукой, чтобы сбросить с себя гадость, которую исторгало тело. Но рука не слушалась. С трудом перевела взгляд вниз и поняла, что привязана к кровати. Паника разлилась по телу парализующей заморозкой. Я пребольно укусила себя за плечо и заставила очнуться от коматоза. Где я? Почему привязана?

«Вижу, вам уже лучше?» — раздался справа медовый голос с ноткой превосходства.

Я повернула голову. Рядом в кресле развалилась полноватая женщина с книжкой в руках. Мне потребовалось несколько секунд, чтобы вспомнить, кто она и что вообще происходит.

Сегодня Марина выглядела гораздо бодрее, чем вчера. В ней появилось злорадное оживление.

«Очень, очень хорошо, что вы уже пришли в себя, — продолжила она. — А я принесла ваши банки из духовки. Думаю, в них все готово. Если будете умницей, сегодня же расшифруем, что они хотят нам сказать. Правильно? Вы же будете умницей?» — и она протерла мое плечо влажной салфеткой, слегка и лишь на секунду скривившись, но тут же вернула лицу покровительственное выражение.

Я закрыла глаза, надеясь, что когда окончательно приду в себя, кошмар закончится.

«Ну спите, спите, — ласково потрепала она меня по голове, пребольно при этом закрутив ухо. — Поговорим, когда вам будет лучше».

Мне снова хотелось провалиться в забытье и не сталкиваться с реальностью.

Утром я проснулась уже без пут, приковывавших меня к кровати. Стоя под горячим душем, с каждой падающей на голову каплей я наливалась злобой, а значит, и силами.

В большом доме меня приняли буднично, видимо ждали, и коридорами повели к хозяйке.

«Проходите, пожалуйста», — передо мной приоткрылась тяжелая черная портьера. Я шагнула в темноту.

Марина сидела в кинозале. На экране — Первый канал, увеличенный до размеров блокбастера. Передача «Давай поженимся».

Телевизионный пульт в руках и осоловелый взгляд на недовольном лице — прямо охранник, заканчивающий суточное дежурство, а не гранд-дама в своей вотчине. Меня благоразумно посадили на ряд ниже хозяйки,— так, что я не могла рассмотреть ее лица и видела только припухшее и нервно оживленное лицо ведущей, очень похожее на Маринино.

— Вы знали, что если я войду в усадьбу, то уже не выйду отсюда? — оглянувшись, отчеканила я, стараясь говорить как можно спокойнее. Она лишь полувопросительно кивнула, что можно было понять и как «да», и как «продолжайте».— Наверняка знали. И тем не менее позволили себе уничтожить всю мою жизнь. По какому праву?

Я не очень-то надеялась на разумный ответ. Но на всякий случай всматривалась в лицо Марины. Та, от кого я требовала объяснений, вместо слов кокетливо пучила сапфировые глазки и учащенно моргала. Годзилла прикидывалась нашкодившим котеночком.

— Нет, чего вы ожидали? — бессмысленно распалялась я.— Что я кинусь вам на шею с криками: «О-о-о! Марина! Вся моя жизнь была дерьмом и только рядом с вами она наконец обретает смысл?»

— М-м-м, интересная мысль,— как будто даже всерьез ответила она.

— Вы правда настолько не в себе, что считаете, будто ваше унылое сальное общество может заменить кому-то весь мир? — на долю секунды повелась я.— Хотя о чем я спрашиваю? Да вы даже не задумывались о моих стремлениях и мечтах. Захотели — и вырвали меня из моей жизни. Растоптали. Подумаешь, какая-то садовница! Не приживется — да и ну ее в компост,— я резко развернулась, перепрыгнула через ряд и отвесила Марине пощечину: — Старая сволочь!

Ко мне подскочил человек из обслуги и утихомирил, впечатав в кресло.

— Вы, я вижу, уже совсем в форме, силы вернулись, это славно,— усмехнулась хозяйка.— Сейчас вы успокоитесь и поймете, какой роскошный подарок я вам преподнесла.

— С каких это пор тюрьма считается подарком?

— Вы — одинокий и никому не нужный человек. А тут можете обрести практически семью, амбициозный проект и подругу в моем лице. Вы должны целовать вот эти руки! Однажды, я уверена, вы так и сделаете,— абсолютно искренне продолжила хозяйка усадьбы.

— Совсем с глузду съехали! — я сбавила громкость и перестала дергаться, так что охранник посчитал возможным отпустить меня, но все еще держался поблизости, готовый каждую секунду подскочить и нейтрализовать.

— Вы сами признались, что у вас нет ни мужа, ни детей, ни родителей, ни богатства. Никого и ничего! — поморщилась Марина. — Так что не заливайте про свою прекрасную потерянную жизнь.

— Зато у вас муж и богатство. И вижу, вы счастливы до истерики. Что-то без меня, такой разнесчастной, прямо жизни вам нет в ваших кущах!

— Вам здесь будет очень хорошо. Вы создадите свой самый лучший сад. Настоящий рай. И сами не захотите отсюда уходить. Профессионал вы, в конце концов, или где? Или только в фейсбуках писать умеете? — кажется, это я уже слышала. Ага, ага.

— Жирная скотина! Гореть тебе в аду!

— Заканчивайте уже с оскорблениями, заклинило вас, что ли? — Марина вздрогнула и встала. Кажется, сильнее всего ее обидело слово «жирная». — Приступайте к работе. Вам тут не дом отдыха. Думаете, с вами бесконечно будут цацкаться?

Она вышла из зала. А я осталась сидеть и смотреть на матримониальный фарс по Первому каналу.

Флора. Три горошины

Ситуация выглядела безвыходной. Но раскисать я не собиралась — уже случалось попадать в переделки и похуже. Жизнь научила меня никогда не опускать лапки и бороться за себя до конца. Однажды, лет пятнадцать назад, положение мое уже было так отчаянно, что я даже собиралась покончить с собой. Однако, как видите, жива.

Сейчас, когда мне хотелось рыдать, воспоминания о давних событиях придавали сил и внушали надежду, что все еще может как-нибудь чудесным образом разрешиться.

Это произошло в 1997 году, в самом начале моей карьеры ландшафтного дизайнера… Я как раз вернулась со встречи с первыми в моей жизни заказчиками. Вошла в свою комнату на двенадцатом этаже. Ну как «в свою»? Кроме меня в ней жили еще три провинциальные девчонки, и принадлежала она столичному пединституту, где я оканчивала второй курс, готовясь в преподавательницы русского языка и литературы. Я метнулась в свой угол, отгороженный книжным шкафом и занавесками.

Подошла к окну и открыла створку. Взобралась на письменный стол, стоявший рядом. Столешница пошатывалась, как бы поторапливая: прыгай скорее. Я «зависла»: всерьез обдумывала, с какой же ноги лучше шагать в небытие — с левой или с правой? День погожий, апрельский, но какой-то лихорадочный, безрадостный. Солнечный свет, резкий, как от прожектора, слепил глаза. Снег лишь местами плешивел на коричневых, в месиво изъезженных газонах. Люди в черных куртках и пальто бежали по улице с потертыми полиэтиленовыми пакетами в руках — хмурые, озабоченные, напряженные, они сталкивались друг с другом и неловко перепрыгивали через грязные лужи. День этот был ужасен. Совершенно очевидно, что дальше может стать только хуже. Подходящий день, чтобы умереть.

Я вглядывалась в унылый, изрытый ямами асфальт, представляя, в каком именно месте упадет и гаденько разлепешится мое тело. И тут обнаружила, что под окном совершилась ужаснейшая банальность — столкнулись два автомобиля. К ним уже примчалась скорая, суетились люди в белых и голубых одеждах. И я ощутила, что сцена безвозвратно испорчена этим чужим несчастьем. Прыгать из окна на стоящую внизу скорую — это уж чересчур позерский поступок. Самоубийство должно быть личным «праздником», и главный герой на этот день полагается один.

Я отвела взгляд от пропасти и лишь теперь увидела на подоконнике лоток из-под маргарина и в нем три зеленых росточка. Третий! Пробился! Это было настоящим чудом. Третий росточек заставил меня спрыгнуть с окна, разрыдаться и истерически захохотать, сквозь слезы глядя на тщедушный стебель…

Подождите записывать меня в сумасшедшие. Сейчас я объясню, почему какой-то там проросший горошек заставил меня трепетать от счастья. Все дело в том, что теперь их, проросших, в горшочке было именно три!

Они попали ко мне случайно. «Волшебный горох» — было написано на конверте, внутри которого веселой погремушкой болтались три горошинки. Его мне вручили на рынке как комплимент за покупку зелени. Еще на конверте было написано: «Загадай желание и посади эти горошинки. Если все три взойдут, твое желание сбудется». Конечно, я понимала — это лишь рекламная шуточка, но… у меня было желание! И не одно! Прямо скажем, единственное, что у меня тогда имелось,— это желания. А еще зачаточное образование и первая всепоглощающая платоническая влюбленность. Ни денег, ни жилья, ни работы, ни мужика, ни перспектив.

Я побросала горошинки в пластмассовый лоток из-под маргарина Rama, наполненный землей, и выставила драгоценность на подоконник. Принялась следить за посадками с той неистовостью, с которой только и можно схватиться за последнюю бессмысленную надежду. Горошинки оказались насмешницами: из земли проклюнулись лишь два росточка. Третий же совершенно не хотел высовываться!

Соседки тоже то и дело как бы невзначай заглядывали в мой выгороженный угол и всматривались в лоточек из-под Rama, но ничего не говорили. Не хотели выносить окончательный вердикт: обломайся! Потому что все жительницы нашей комнаты отличались повышенной деликатностью. Например, если кто-то из четырех привозил из дома настоящие продукты и принимался варить курицу, жарить картошечку или (неслыханно!) котлетки, то все остальные очень вежливо и предусмотрительно выходили в коридор и садились у окна курить, уткнувшись в бессмертные литературные произведения. И возвращались к себе минут через сорок, когда запах еды успевал выветриться: кулинарка дня учтиво проветривала помещение, закончив трапезу.

Все остальное время мы ели одно и то же: рис с маргарином, гречку с маргарином, макароны с маргарином. Мясо, фрукты, настоящее сливочное масло и сладости были нам не по карману.

Мама рассказывала, что в годы ее молодости, когда она училась в пединституте, девочки в общежитии тоже привозили из дома продукты. Но тогда они все садились за общий стол и съедали припасы коллективно. В наше время так поступать уже было не принято. Но зато было принято деликатно отворачиваться как от чужих пиршеств, так и от чужих катастроф.

Что же за желание я загадала, сея горох? Наверное, более трезвомыслящий и взрослый человек на моем месте пожелал бы что-нибудь вроде достатка или даже богатства (ведь я была так бедна, что порой приходилось воровать еду в супермаркете, просто чтобы не падать в голодные обмороки). Но мне было всего восемнадцать и больше, чем хлеба, хотелось любви. Взаимной. Половина задачи была решена: сама я уже втюрилась в офигенно красивого парня с длинными музыкальными пальцами, бесконечно добрыми глазами и постоянной тихой улыбкой на лице.

Не то чтобы ему все нравилось — просто его ничто не возмущало. Такая спокойная понимающая улыбка бывает у очень сильных и надежных людей, которые знают, что справятся со всем, что бы ни случилось. Если бы рядом оказались подсолнухи, то они крутили бы головками, следуя за ним, а не за солнцем. Еще у Егора были длинные, как у девчонки, ресницы. И я загадала: «Чтобы он признался мне в любви».

В этой мечте вообще-то не было ничего сверхъестественного. Я чувствовала, что нравлюсь ему. Мы подолгу болтали, ходили на каток. Он играл для меня на гитаре. А однажды снял со стены кафешки картину, которая мне понравилась, выкупил и подарил. И если влюбляться, то именно в такого: умного, яркого, сильного и доброго, чистого.

Проблема была одна: я невероятно его стеснялась. Не знаю, чего было больше в этой парализующей застенчивости: нормальной девичьей неопытности и скромности или же отвратительной стыдливости нищенки. Не то чтобы он был богач. Отнюдь. Но все-таки гораздо более благополучен, чем я. Он считал себя «на мели», когда не мог купить пакет травки к вечеринке. А я — когда перескакивала через турникеты в метро, чтобы не платить за проезд, и дня по два ничего не ела. Такой сюжет с материальным неравенством в моей жизни появился в первый раз. Никогда прежде я не чувствовала себя заметно беднее, чем кто-то. В нашей деревне у всех был примерно один уровень жизни. Невысокий, но это не унижало — ведь так жили все. Богачи и богатство казались выдумкой, пережитком из дореволюционных романов.

И вот теперь я не знала, как общаться с тем, кто обеспечен чуть лучше, чем я. Про романы между парнями с достатком и бесприданницами я читала у классиков и видела в кино. Все эти истории плохо заканчивались, а девушки в мезальянсах выглядели крайне удручающе и уязвленно — взять хоть «Бедную Лизу», «Униженных и оскорбленных» или популярный тогда сериал «Богатые тоже плачут». Опасно для простушки связываться с барчуком. Поэтому меня в отношениях с Егором метало от жаркой, щенячьей открытости к ледяному «безразличному достоинству». То я часами смотрела ему в глаза, болтая ни о чем, то пропадала на недели и игнорировала его записки.

Когда в моих грезах Егор стаскивал с меня юбку, я всегда, даже в мечтах, начинала судорожно закрываться руками, пытаясь скрыть многочисленные стрелки на колготках, прихваченные лаком для ногтей.

Хотелось, чтобы исчезло все то наносное убожество, которое навалилось на меня из-за нищеты. И чтобы однажды он увидел меня равной. Такой, какой я на самом деле была. А не жалкой голодной девицей в рваных колготах с ободранной дерматиновой сумкой, прыгающей через турникеты, которая ни разу не бывала на рок-концерте и не имела денег поставить в зуб пломбу.

Мне хотелось хоть раз показаться в нормальной одежде, сытой и расслабленно-уверенной. А не напряженно-затравленной, как я выглядела девяносто процентов времени. Я знала, что эта капля уверенности в себе решит дело. Но как ее получить? Тут без чуда не обойтись — здравствуйте, три горошины!

Я ждала. Поливала все три. И ту негодяйку, которая не хотела всходить, тоже. Но когда у двух первенцев уже зеленело по четвертому листочку, я поняла, что на третьего нет никакой надежды. От безысходности я раскопала эту подлую горошину. И тут же поняла, что в неудаче виновата сама. Убогая горошинка оказалась вполне сильной и старательной: из нее тоже, как и из двух других, вылупился росточек. Но при посадке я закопала несчастную так глубоко, что росток не смог пробиться к поверхности. Он погиб под слоем земли и теперь был совершенно высохшим, коричневым, скукожившимся. Как я могла так опростоволоситься? Я, которая все детство провела, копаясь в огороде, и посеяла не одну грядку этого проклятущего гороха? Я брезгливо бросила гадкую горошину назад в горшочек и вообще забыла про этот бессмысленный эксперимент. Перестала поливать эту унылую дрянь и вспоминать о ней.

Ирония заключалась в том, что в день, когда я встала на подоконник, третья горошина стала ростком и загаданное мною желание действительно исполнилось: утром Егор признался мне в любви. Но после этого произошло еще кое-что, и теперь я точно знала, что мы никогда. Никогда. Никогда. Никогда не будем вместе. Чтобы выжить, мне придется вытравить из себя всю нежность. Сентиментальность. Наивность. Я смотрела на три горошины и истерически смеялась, но уже почти не отчаивалась. Жить можно и без Егора. И без любви. И без идеальных фантазий. Ну хотя бы выживать.

Когда принимаешь твердое решение жить, окружающий мир быстро смиряется с этим желанием и перестает испытывать на прочность. Да и ты перестаешь разбрасываться ресурсами и становишься очень цепкой.

Дефективная горошинка каким-то чудом собралась с силами и все-таки вытолкала на поверхность росток. И какой мощный! За неделю он догнал своих более удачливых товарищей. Из него бодро выпростались три зеленых листочка. Горе-горошек яростно возвращался из небытия, азартно наверстывая упущенное.

Первые две горошины как будто знали, что у них огромная жизненная фора и бравировали своим избытком сил и времени: вальяжно обросли многочисленными усиками, на манер французских париков свисавшими средь сочных, похожих на сердечки листиков. Хвастунишки тянулись нежными пружинками во все стороны света, а также вниз и вверх. Горошки уже путались в своих усищах, гнулись под их тяжестью, но… никак не могли захватить щупальцами прутик, воткнутый мною в землю рядышком для их поддержки. В это время несчастливый

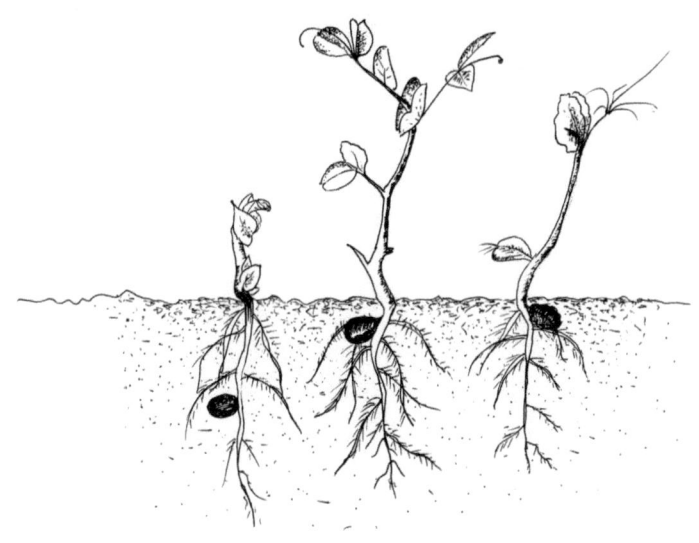

росток выбросил всего пару аккуратных и очень разумных завитков, которыми сразу уцепился за спасительную вертикаль и старательно ее обвил. Подтягиваясь на опоре, он принялся уверенно карабкаться вверх. Смешнее всего, что полноценные горошки так и не нащупали предложенную опору и в итоге повисли на младшем братце. Он великодушно подставил им плечо.

Я решила брать пример с этого горошка. И пока девушки поблагополучнее искали неземную любовь, долго раздумывая над призванием, дарованиями, смыслом жизни и высокими целями, и воротили нос от недостойных занятий и сомнительных предприятий, я цепко схватилась за первый же шанс (а он вскоре представился). Точно так же я собиралась действовать и сейчас — решительно и собранно.

Егор.
Человек без амнезии

Впервые я встретил Флору в сентябре девяносто шестого. Она тащила от автобусной остановки огромный арбуз, который явно был не для ее весовой категории. Амбициозный муравьишка, схвативший ношу не по силам. Я предложил помочь. Она обрадованно закивала и тут же без разговоров пихнула мне свою ношу. Я крякнул, обхватив этот арбуз.

— Ого! Килограммов десять?

— Двенадцать,— гордо отозвалась она, трясся руками, чтобы сбросить с них напряжение. Она так энергично махала, что казалось, сейчас улетит.

— У тебя хороший аппетит…

— Это нам на всех. На четверых. А теперь, наверное, уже на пятерых, да? — она подмигнула, крутанулась на массивных каблуках и прытко побежала вперед, не оглядываясь. Я потащился следом, примагниченный ее виляющей попкой в обтягивающей мини-юбке.

Оказалось, что все четыре едока арбуза — девчонки, студентки пединститута. При моем появлении они обрадовались и бросились кокетничать. Арбуз был сладким. Девчонки — смешливыми. Я смотрел только на Флору: безумные голубые глазищи. Поразился, насколько быстро, но аккуратно она ела. Неутоленная жажда, сила и страсть. Да, в ней была страсть… Я сидел и думал: ты сейчас в общаге у телок. Тут сотни баб, сотни. Что же ты смотришь на одну?

И вот спустя семнадцать лет я снова, как тогдашний пацан, спрашивал себя: вокруг сотни, тысячи баб, что же ты думаешь только об одной? Вопрос риторический, я знал ответ: потому что она задорная, храбрая, сексуальная и потому что с ней я был собой. Рядом с Флорой хотелось как-то ярко, вкусно и неординарно жить, а не просто переваливаться из одного дня в другой. Обиднее всего было, что она, похоже, совершенно обо мне не думала.

Серенький медвежонок со смешной заплаткой на пузе уже почти неделю торчал на моем рабочем столе. В холодно-стеклянном, просторном офисе Future Vision он выглядел слишком маленьким, потерянным — как Паддингтон на вокзале. Его хотелось поскорее пристроить в теплые, любящие руки. Ну или просто выпихнуть отсюда.

В первый день по прилете в медвежонке еще сохранялся вдохновляющий импульс. Тогда я проверял мессенджер всего лишь пару раз в день. Стрелка на барометре настроения (есть ли такой? может, изобрести?) указывала на «радостно-возбужденное». Но сообщений от Флоры не было.

На третий день молчания я проверял мессенджер уже два раза в час. Медвежонок начал выглядеть сиротливо и слегка подбешивать. Но мне все еще хватало терпения и самоуважения, чтобы не опускаться до сообщения-напоминалочки «Флора, ау! Так что там насчет встречи?» По правде, я уже пару раз набрал в окошке мессенджера такое сообщение, но оба раза догадался стереть и гордо вернуться к работе.

Дел было по горло: операция «Переезд в Европу» оказалась чуть сложнее, чем просто запереть офис, собрать чемодан и сесть в самолет. Все эти дни мы с Вадимом провели, общаясь с юристами и обсуждая, как уехать в Вильнюс не только с чемоданами, но и с патентами и всеми технологическими разработками, которые считали своими. Однако юридически все это богатство принадлежало не совсем нам. Нематериальные активы, которые мы хотели вывезти, были созданы на школковский грант и оформлены на компанию Future Vision — резидента Технопарка. По грантовому договору компания ни при каких условиях не имела права передать или продать кому-то патенты, даже нам — тем, чьи мозги все это придумали. Государство проспонсировало интеллектуальный банкет, подарило полтора года беззаботной жизни, когда мы с парнями могли заниматься только разработкой алгоритма и не заботиться о деньгах. Теперь страна справедливо ожидала, что Future Vision начнет успешно торговать своим интеллектуальным продуктом, а в бюджет государства рекой потекут налоги.

После дорогостоящих консультаций с юристами способ хакнуть «Школково» и государство в конце концов нашелся. Путь вырисовывался рискованный, извилистый и очень небыстрый. Выходило, что свалить получится не раньше середины осени. Я как-то враз сдулся от такой перспективы, но и успокоился. Получалось, что никакой спешки нет. Можно ждать ответа от Флоры сколько угодно, но ожидание становилось все более мучительным.

Чем же это таким важным и безотлагательным она занята, что не может написать мне пару строк? За ответом на свой вопрос я зашел на страницу Флоры на Facebook в надежде, что она опубликовала там сообщение, объясняющее молчание (адресованное не мне напрямую, а как бы всем, но на самом деле — именно для меня и предназначенное). Однако новых публикаций на ее странице не появлялось, хотя прежде она строчила регулярно — не меньше одного поста в день. Это раздражало и интриговало одновременно. В голове поселились два персонажа — оптимист и реалист, и каждый из них по очереди захватывал пульт управления.

Реалист: «Она нарочно включила "молчанку", чтобы нервировать меня, заставить бегать за ней и унижаться».

Оптимист: «Она очень занята. Или сломался компьютер. Или в командировке в таком месте, где нет интернета».

Реалист: «Она, наверное, мое предложение встретиться восприняла, как будто я навязываюсь. Навязчивым быть не хочется. Если я ей не нужен, то на фиг она мне сдалась?»

Оптимист: «Может заболела?»

Занес страницу Флоры на Facebook в «закладки».

Заходил туда практически каждый день. Меня самого это уже немного беспокоило. Как ни открою Facebook — первым делом к ней на страницу. Зачем? Посмотреть, что у нее нового. Кого она добавила в друзья. Кстати, никого за эти дни. Просмотрел всех ее френдов мужского пола. При взгляде на каждого сверлила мысль: что у них там? Просто общаются в сети? Или это ее парень? Виделись ли они в реальной жизни, или общаются только здесь? Один поклонник каждый день писал ей что-то на стене, какие-то цветочки публиковал в комментариях к старым постам. Но с ним, сразу ясно, ничего не было. Иначе бы он не делал таких глупостей.

Дошло до того, что я подписался на все паблики и группы, на которые подписана Флора — вдруг там что-то прокомментирует? Но она молчала. Однажды в сумеречном сбое рассудка я сам целую ночь комментировал все посты подряд в ее любимых группах — хотелось, чтобы мои комменты попались ей на глаза и она прочухала, что надо ответить. Видимо, не попались.

Это уже напоминало болезнь. Иногда я загружал браузер, чтобы посмотреть прогноз погоды, а вместо этого на автомате щелк-щелк мышкой — и уже на ее странице. И только потом спохватывался, что я к ней зашел, хотя делать этого не собрался.

Удалил закладку. Не помогло — просто стал тратить больше времени, чтобы выйти на ее страницу. Вернул закладку. «Что же я за тряпка такая? Что за проблема у меня с головой? — разговаривал я сам с собой.— Как мне, человеку без амнезии, забыть девушку из прошлого? Как убедить себя в том, что надежды нет, когда внутри надежда есть?»

В конце апреля думал вообще удалиться из Facebook. Зашел, и тут — бац, сообщение от самой соцсети: поздравляем вас с праздником Пасхи. Праздник. Меня осенило: решил пока не удаляться, а разослал всем китчевую флеш-открытку. И ей — как всем. Все написали «спасибо», а она не ответила вообще ни-че-го. И тут я окончательно понял, что это ненормально даже для прожженной манипуляторши (какой, я надеялся, она все же не стала). Зашел в чат и увидел, что она даже не открыла сообщение. Не получила его.

Тут я понял: с Флорой что-то случилось. Плохое. Опасное. Мозг, до этого плававший в каком-то густом бульоне одних и тех же мыслей и переживаний, сразу же ухватился за упавшую в редмайн конкретную задачу, включился на высоких оборотах. Стало предельно ясно, что делать: надо просто поискать Флору, понять, где она находится физически. И пока я ее не нашел, можно больше не думать о том, как она ко мне относится и что вообще вытворяет. Я вытащил геометки из фотографий последнего сада, над которым она работала, нашел это место на карте и решил поехать туда.

Поленов. Интервью

Воробьишка суетливо скакал по доскам террасы, простукивая их клювиком,— искал хлебные крошки. Потом осмелел и начал вспархивать на стол и на подлокотники кресел. Казалось, того и гляди запрыгнет прямо на голову Поленову, или журналистке, которая старательно зачитывала по бумажке заранее подготовленные вопросы, или Марине, сидевшей чуть в стороне с чашкой чая в руках. Интервью проходило протокольно, официозно, почти сонно. Корреспондентка держалась почтительно и лояльно. Задавала правильные вопросы и старательно избегала неправильных. Воробей обнаглел до того, что ухватил с тарелки крекер и попытался упорхнуть вместе с ним. Выронил. Попытался снова, мотая головой и отчаянно взмахивая крыльями. Поленов не выдержал, протянул руку, чтобы раскрошить крекер для птицы. Воробей испуганно отскочил, но не улетел. Наклонил голову, наблюдая и готовясь в любой момент сорваться с места. Стоило убрать руку, как он набросился на раскрошенное печенье и за секунды склевал его полностью. Расселся, выпятив грудь, на краю стола и выронил из-под хвоста коричнево-белую кляксу. Бровь Поленова на мгновение поползла вверх, он тут же отвел взгляд и сосредоточил внимание на корреспондентах.

Поленов не любил интервью и давал их только в случае крайней необходимости. Сейчас такая необходимость была. Нужно отправить сигнал на Запад, инвесторам и ученым: со «Школково» все в порядке, несмотря на внешнеполитическую свистопляску. Выдающиеся умы со всего мира по-прежнему тут, в России, изобретают, творят и создают будущее. Ради этого месседжа Борис Максимович и согласился поговорить с серьезным международным журналом, издававшимся в России по франшизе. Статью обещали перепечатать также зарубежные редакции издания.

Поленов ожидал, что на интервью приедет главный редактор Баскаков, человек ему хорошо знакомый и имевший репутацию интеллектуала, сибарита и серьезного аналитика. Они частенько встречались на приемах и в общем уважали друг друга.

Однако войдя в гостиную, Поленов увидел вместо главреда странную парочку — парня в пиджаке, надетом поверх мятой футболки, и девицу, лицо которой плотно, как бутерброд маслом, было покрыто слоем косметики. Борис Максимович не сразу понял, что они и есть журналисты знаменитого издания.

— Виталик, это что за фуфло? — прошипел Поленов пресс-секретарю, тихому и блеклому, будто из оконной замазки сделанному человеку.— Где Баскаков?

— Главред в последний момент сделал замену. Сказал, что если придет он сам, то не сможет не задать вопрос про землю, его не поймут,— ответил Виталик сухим шепотом.— Нам же не нужны вопросы про землю?

Марина, вошедшая в комнату вместе с мужем, застыла на пороге, не увидев здесь человека, фотографию и тексты которого изучала несколько последних дней и на которого должна была произвести располагающее впечатление. «Здравствуйте»,— поздоровалась она со всеми и ни с кем.

Поленов разочарованно поморщился. Еще раз скользнул взглядом по журналистам — нет, приветствовать этих гостей так, как Марина должна была встретить Баскакова,— не по рангу. Он взял жену за руку и решительно провел мимо корреспондентов на балкон, где уже все было подготовлено для беседы и фотосъемки. Устроил ее в кресле чуть в стороне: «Твое выступление отменяется, просто сидишь и любуешься мной. Как трепетная жена. Задача ясна?» Марина кивнула.

Поленов отвечал, почти не задумываясь: темы были все привычные, затверженные, как детская считалка. Взъерошенный фотограф медленно, с грацией цапли переставлял длинные ноги, делая выпады то вправо, то влево, приседая, вскакивая и вытягиваясь на цыпочках. Затвор щелкал беспрестанно, даже когда совершенно ничего не происходило и мизансцена ни на микрон не менялась. Звук раздражал. И вдруг среди этого навязчивого цикадного треска и заунывного бормотания интервьюерши прозвучал вопрос:

— Правда ли, что из «Школково» начался исход приглашенных иностранных специалистов?

— Что? — переспросил Поленов.

— Правда ли, что от вас разбегаются иностранцы? Профессор Штейн — первая ласточка?

— Вы можете отключить звук? Вот это вот щелканье? — рявкнул Поленов на фотографа так, что тот отшатнулся и перестал снимать. Воцарилась вожделенная тишина.

— Откуда у вас такие слухи?

Журналистка повела плечами и хихикнула:

— Птичка на хвосте принесла.

— Вашей птичке надо аккуратнее со своим хвостом, с тем, что она на нем приносит. Сведения не соответствуют действительности. Никакого «исхода» нет, и причин для него тоже. В проекте происходят кадровые изменения: у одних специалистов заканчиваются контракты — их место занимают другие: крупные ученые, бизнес-тренеры, менторы, эксперты. Все движется в рабочем порядке.

Поленов резко встал, поправил пиджак, застегивая пуговицу:

— Благодарю за беседу. Виталий, помогите товарищам журналистам закончить работу и проводите, — кивнул пресс-секретарю.

— Последний вопрос, — выпалила ему в спину журналистка. — Ходят слухи, что не только иностранные спецы побежали с корабля. Говорят, что и многие компании-резиденты собираются покинуть Технопарк. Они переезжают в зарубежные инновационные кластеры, в первую очередь в Прибалтику. Вы можете это прокомментировать?

Он подал руку Марине. Вежливо кивнули и вышли.

То, что онколог профессор Штейн, светило, руководившее исследованием стволовых клеток, внезапно упаковал чемоданы и сорвался в Германию, было правдой. Разорвал контракт, потерял большие деньги, но улетел. Поленов, как ни старался, не смог убедить ученого продолжить работу. «Какая разница, где изобретать лекарство от рака и на чьи деньги? Лекарство нужно всем». Нет, говорит, разница есть. В качестве финального аргумента был предложен такой астрономический гонорар, что Поленов не верил собственным ушам, когда его произносил. Но жучила Штейн отказался. У него, видите ли, репутация. Он, видите ли, не хочет сотрудничать с режимом, аннексирующим территории у соседей. Боится, что перестанут принимать в «приличном научном сообществе».

Удар по репутации «Школково» был существенным. Но Поленов уже принял случившееся и морально сгруппировался. Знал он и о том, что еще несколько серьезных специалистов, у которых истекают контракты, не собираются их продлевать. Но пока они оставались здесь, так что можно было еще исправить ситуацию.

Однако сообщение о том, что прикормыши-резиденты, которые сидят в роскошных корпусах и занимаются галиматьей, тоже возомнили о себе невесть что и собрались соскочить, было новостью. Вброс, сделанный журналисточкой, казался совершенно неправдоподобным. Чтобы вот эти, в драных джинсах, наплевали на миллионы, которые тратит государство на их развлечение? Куда они могут пойти? Кому и где они нужны? Неужели им непонятно, что они — пустышки, которые сыты только из его милости, как тот воробьишка? Что только потому, что власть бросает им крошки с нефтяного стола, эти птенцы и могут как-то существовать со своими смузи, приложеньицами, сайтиками и всем остальным детским садом, который они в своей инфантильной наивности принимают за бизнес и реальные вещи? «Инноваторы»… Просто дорогая декорация…

Войдя в кабинет, Поленов набрал номер начальника службы безопасности: «Есть тема, — сказал он. — Надо проверить кое-что. Появился слух…»

Флора. Забастовка

Раз уж я ухитрилась выжить тогда, в 1997 году, то сейчас просто обязана придумать, как выкрутиться из новой переделки.

Я не вполне понимала, почему и зачем меня здесь заперли. Сложно действовать в неизвестности. Но для чего бы меня ни притащили, если я буду жить так, как будто меня здесь нет, хозяева, наверное, решат, что лучше бы меня здесь и правда не было. Захотят заменить кем-то, кто будет получше выполнять роль, которая сейчас отводится мне. И найдут способ, как от меня избавиться. Вряд ли они будут меня убивать. Может, у них есть специальный аппаратик, как в фильме «Люди в черном» — светят тебе им в глаза, и забываешь все, что не должна помнить, и можешь запросто возвращаться к своей привычной жизни.

Не приносить пользы. Не быть забавной. Не быть увлекательной. Не быть приятной. Жить, как будто меня нет. Поначалу эта задача казалась мне проще простого.

Я заперлась в своей избушке и решила не казать из нее носа. Два дня сидела на диване, завернувшись в плед и обложившись бутербродами. Листала ботанические атласы, смотрела тупые телешоу и новости (когда показывали БМ, я смотрела эти сюжеты не отрываясь — пыталась угадать, что вообще происходит в голове у этого человека). Готовила обеды из трех блюд, занималась йогой. И тревожно вздрагивала на каждый шорох и стук, раздававшийся снаружи. Но это лишь падали шишки с сосен и шуршали хвоей за окном шустрые рыжевато-серые белочки, подрагивая пышными хвостами. Я вспоминала день своего приезда и «краткий дружественный визит», который нанес мне БМ на следующий день. Может быть, в этом все дело? Может, поэтому я здесь заперта? Если бы я повела себя иначе в тот день... Если бы не отдалась ему так мгновенно, безо всяких протестов, как я это сделала... Может, он бы и не стал настаивать? Тогда я была бы свободна от «секретов, подлежащих охране» и меня бы не замуровали в этой усадьбе? А теперь у меня уже на самом деле есть что сболтнуть.

Как-то вечером я увидела через окно: БМ идет по липовой аллее. К моему домику. Я обмерла. Что — опять? Только не это. Тогда, в день с божьей коровкой, все произошло словно само собой, настолько случайно и одновременно естественно, что я даже не успела испугаться или испытать отвращение. Но сейчас — сейчас все изменилось. Если бы он прикоснулся ко мне в этот момент, я бы попыталась его убить. Потому что тогда у меня был выбор (я так думала), а теперь у меня его вроде как нет. Я осматривала комнату в поисках тяжелого предмета, которым можно тюкнуть Поленова по темечку, если он войдет в дом. Но он прошел мимо, даже не взглянув в сторону моей избушки. БМ давно скрылся из виду, а я все еще озиралась в поисках орудия обороны, нервно грызя ноготь. Когда я чуть не укусила себя за палец, меня наконец осенило: я побежала в сарай с садовыми инструментами, прятавшийся за моим домом, и нашла там прекрасный топорик. Тяпка, секатор, садовый нож тоже выглядели внушительно, но топорик все-таки был убедительнее.

Несмотря на ободряющий топорик и то, что меня вообще никто не беспокоил, внутри крутилась тревога, напряженное ожидание: мне все время казалось, что в любой момент в мой дом может кто-то зайти и сделать что угодно.

Узел страха внутри стягивался все туже. Это было похоже на то, как я боялась в детстве соседского Мишку Стрелкова. Однажды, когда мы купались в пруду (нам было лет по семь), он набросился на меня и начал топить — игра у него была такая, особая шутка — он с хохотом утянул мою голову за волосы под воду. И держал там, пока я не нахлебалась воды до полусмерти. К счастью, наши мамы, загоравшие на берегу, вовремя заметили мои бульки и обезвредили юного маньяка. Мишку выпороли так, что он еще долго ходил располосованный ремнем. И его, и мои родители клятвенно заверяли, что Миша больше никогда, ни за что не утянет меня под воду. Но я долгое время боялась даже подходить к берегу. А когда все-таки решилась, то стоило Мишке зайти в воду хоть по щиколотку, я выскакивала из пруда как ошпаренная. Даже если его не было на берегу, я все время старалась плавать так, чтобы видеть, не появился ли он вдруг. И больше никогда не смогла беззаботно плескаться и безмятежно лежать на воде — страх цепко держал меня в постоянном напряжении. В ситуации с Поленовым происходило что-то очень похожее: несмотря на то, что он больше не заходил в дом, у меня в голове БМ тусовался постоянно.

В конце концов я решилась выйти наружу. Усидеть дома, когда на улице каждое мгновенье совершается апрельское чудо, совершенно невозможно. Впитать в себя каждый солнечный луч, проследить за каждым облаком, увидеть, как лопаются почки, распираемые изнутри новой жизнью.

Вернувшись с прогулки, я обнаружила, что холодильник снова под завязку забит продуктами. На столе лежал разлинованный листок с заголовком «Бланк заказов». Гостеприимно. Интересно, у Джулиана Ассанжа так же? Нет, ему легче — у него есть доступ в интернет. Хотя наверняка хреновее — он же не может выходить на улицу. Что бы я предпочла — сад или интернет? Пожалуй, все-таки сад.

Я излазила парк вдоль и поперек. Запомнила в лицо местных белок. Обнаружила гнездо сплюшек. «Надо будет посадить для них малинку»,— пронеслось в моей голове. «Стоп-стоп! — тут же запротестовала я.— Ты что, тоже начинаешь сходить с ума? Уже фантазируешь о реконструкции парка? Даже не думай! Твоя задача — побыстрее отсюда выбраться». Но поскольку инерция — великая сила, а в привычной жизни мысли о работе занимали 80% умственной активности, мой мозг очень быстро свернул на привычную колею. И чисто гипотетически стал строить схемы и рисовать картинки.

Почва здесь, как почти во всем Подмосковье, была кислой. Об этом мне сообщили лютики и осока, растущие на участке. Пробы, сделанные в первый день, подтверждали это предположение. В южной части парка обнаружилась славная полянка, со всех сторон окруженная деревьями. «Отличное местечко для розария! Именно такие уголки эти неженки и любят. Летом много света, зимой много снега, удерживаемого деревьями. Они же и защитят красоток от ветра. Просто мечта».

На участке стояла редкая для Подмосковья тишина. Даже шум близкого шоссе сюда не доносился из-за высокого шумоизолирующего забора. Ни детских криков. Ни музыки. Ни взрывов смеха. Только изредка слышался лай собаки. Да два раза в сутки — шуршание шин автомобиля, в котором хозяин уезжал на службу и возвращался уже глубокой ночью. Марина никуда не выезжала и даже не выходила из дома прогуляться.

В соседних со мной избушках квартировала прислуга — по-видимому, это были работники кухни и горничные. Все они жили как-то совершенно незаметно. Не сидели по вечерам на лавочке около своих домиков, не выбивали ковры, не делали зарядку на лужайке. Их как будто не было. Чем они занимаются после работы в этих своих норках?

Я, прежде жутко злившаяся на соседей по многоквартирному дому за их шумные разборки, орущих детей и телевизоры, за сигналящие под окном машины, вдруг затосковала по всем этим звукам. Всю жизнь считала, что я мизантроп, предпочитающий общество растений компании людей, и вдруг ощутила себя вычеркнутой из жизни. Провалившейся в глухую вату. Уже начинала сомневаться — а существую ли я? Подходила к зеркалу не для того, чтобы поправить прическу, а чтобы убедиться: я все еще есть.

Удивительно, как необходимы оказались другие люди, чтобы ощутить собственное присутствие в мире. Я потирала руки и гладила себя по голове, чтобы убедиться: я материальная. Живая и теплая. Охрипшим от долгого молчания голосом начала разговаривать сама с собою вслух, чтобы услышать — язык все еще слушается. Теперь речь казалась мне звучащей довольно странно. Даже слова стали казаться какими-то пустыми, ничего не значащими, легковесными.

Очень хотелось верить, что кто-то снаружи заметил мою пропажу. Клиент, к которому я не приехала на назначенную встречу. Мои френды в Facebook. Соседи. Может кто-то из них уже вычислил, где я, просто еще не представляет, как меня отсюда вытащить? В такие дни я ходила вдоль высоченного забора, окружавшего участок, прислушивалась к слабому гудению электрического тока в колючей проволоке, бежавшей по макушке ограды, и негромко звала: «Ау». Я проходила весь забор по периметру — почти пять километров, неплохая нагрузка. Но с той стороны никто ни разу не отозвался.

Во время одной из таких прогулок почти столкнулась с Поленовым — он бежал по дорожке в глубине парка. Среди стволов мелькали его голова с проседью и синий спортивный костюм. Увидев его, я остолбенела. Он наверняка тоже заметил меня, не мог не заметить. Сердце билось так, будто прямо на меня несся медведь или дикий кабан, будто вот-вот случится что-то ужасное. Но Поленов даже не замедлил бега. Свернул на другую дорожку — прочь от меня. Вжух… И синий костюм скрылся из виду. Меня потряхивало, словно я чудом избежала реальной опасности.

Говорить было не с кем — в лучшем случае, с самой собой. Или, например, писать дневник. Вести искренние записки в моих обстоятельствах глупо — наверняка он будет прочитан. Вспомнила о старинной забаве — языке цветов. Каждое растение — символ. Сегодня мне был нужен знак одиночества, поэтому на первой странице дневника я нарисовала лишайники. Растущие там,

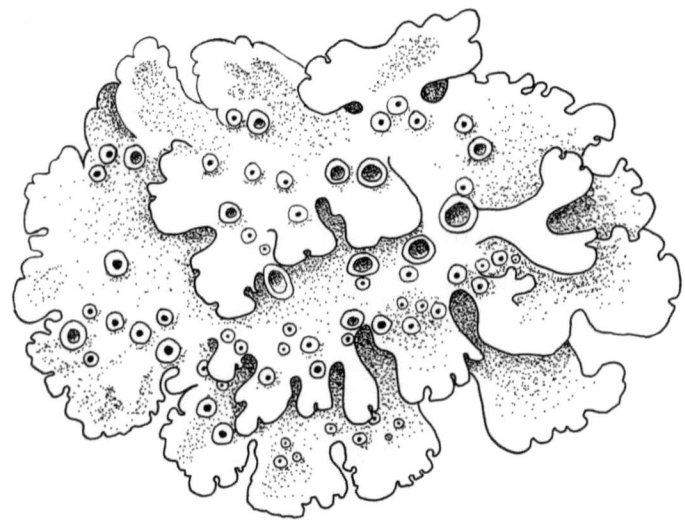

где не может выжить никто другой — на камнях, бетоне и ржавом металле, они выстаивают в засухи и морозы. Даже в открытом космосе они продержались две недели. Вот у кого стоит поучиться стойкости!

Еще через неделю я сдалась и отправилась искать человеческого общества. К соседям. Чтобы познакомиться с ними, расстаралась — испекла яблочный цветаевский пирог. С утра пораньше поднялась на крылечко соседней избушки и вежливо постучала. За дверью — тишина. И так во всех домиках. Наконец я заметила движение занавески в одном из окон. Приветственно продемонстрировала пирог. Рука, открывшая занавеску, тут же рванулась обратно и задернула штору. Ни одна дверь не открылась передо мною. «Люди, вас-то чем запугали?» — хотелось закричать мне, но я понимала, насколько это бесполезно.

Тут из соседнего домика вышмыгнула женщина средних лет в униформе горничной и посеменила к дому.

— Здравствуйте! — направилась я к ней.— Я ваша новая соседка, садовница!

Женщина скользнула по мне взглядом, испуганно вздрогнула и почти побежала, не издав ни звука. Я догнала ее и схватила за рукав кофты:

— Вам не кажется, что вы не очень-то вежливы?

— С вами запрещено разговаривать,— пискнула она. Оглядываясь, стряхнула мою руку со своего плеча.— За разговор — увольнение. Вы этого добиваетесь? — она еще стремительнее пошагала к дому, на ходу смахивая с своего плеча какую-то невидимую грязь, будто мое прикосновение ее запачкало.

Больше мы с этой горничной не встречались. Она исчезла.

К вечеру очередного бесконечно длинного и бессмысленного дня, пролежав часа полтора в ванне и обожравшись как удав, я расстелила на столе миллиметровую бумагу и достала карандаши. «Они никогда этого не увидят! — пообещала я себе.— Это я делаю для своего удовольствия. Просто чтобы поразвлечься». И начала чертить и рисовать. Проект, я понимала это заранее, не настоящий — игрушка, упражнение, фантазия.

Честно говоря, даже если б и захотела, не смогла бы сочинить настоящий самостоятельный проект ландшафтного дизайна. Хотя и благоустроила более тридцати участков за свою жизнь, я никогда не разрабатывала проект самостоятельно. «Как же так?» — спросите вы. А вот так…

Флора. Украсть работу!

Это происходило в тот период, когда три «волшебные» горошины уже были брошены в землю, но Егор еще не признался мне в любви, а я еще не попыталась выпрыгнуть с двенадцатого этажа.

Нищета одолевала. Стипендию (и без того крошечную) уже давно задерживали. Несмотря на то что я сдала сессию за третий семестр на одни пятерки, не было денег даже, чтобы купить студенческий проездной на следующий месяц.

На родителей надежды тоже не было никакой. Завод комбикормов, где работал папа, закрылся. Отец теперь круглыми сутками лежал на диване, тяжело вздыхая и время от времени выдавая какие-нибудь бессмысленные фразочки вроде «Кто там ходит за кустом — заяц или кошка?», «Мы не уроним трудовую славу своей страны, народа своего», «Обручальное кольцо — не простое украшенье», «Пролетает звездочкой ракета — это очень добрая примета», «Только не надо перебивать, только не надо переживать». Эти дикие тезисы всегда обрывались на полуслове. Приезжая на выходные домой, я иногда настолько не понимала, что именно происходит в голове у отца, что даже пугалась его. Когда я заглядывала в комнату, где он лежал на диване, папа непременно «шутил»: «Ты чего? Тебя подслушивать поставили, а ты подглядываешь!» И зачем-то выпучивал глаза и страшно цокал языком. Это было так жутко, что я быстренько разворачивалась и шла на кухню, к маме.

Мама вроде как держалась: по-прежнему прекрасно соображала во всем, что касалось ее работы — она талдычила сельским детям химию и физику. Дети ее боялись, а родители и РОНО уважали. Но при этом мама ходила в школу в валенках — сапог она себе позволить не могла. Мы съездили прицениться в райцентр — самые дешевые сапоги стоили столько, что копить на них надо было полгода. Может, мы бы и скопили, но зарплату задерживали уже несколько месяцев — не только маме, всем вокруг, и забастовки ничуть не меняли дела.

Мама никогда не слыла особенной модницей, но и фриком тоже не была. А теперь она, как будто юродствуя, начала одеваться совершенно как бабка — в серые платки грубой вязки, ватник и панталоны с начесом. И в свои тридцать восемь лет, будучи нестарой еще женщиной, действительно выглядела старее пенсионерок на лавочке. Несмотря на то что мама сохраняла функциональную адекватность, ее тоже как-то слегка переклинило. Целыми выходными напролет она читала «Энциклопедию знахаря» и обнаруживала, что находится в группе риска по множеству болезней. Чтобы предупредить все эти страшные бедствия, которые надвигались на нее, она непрерывно отжимала разнообразные соки — из капусты, редьки, морковки, сырой картошки, добавляла в них сок чеснока и лука и все это принимала внутрь, мешая диковинные коктейли.

В тот раз она опять смешала коктейль — из морковки и свеклы. Разлила питье по двум кружкам. Одну подвинула себе, а вторую мне:

— Пей.

— Мама! — запротестовала я. — Не хочу участвовать в твоем знахарском безумии. Давай лучше мы волосы тебе покрасим. Ты же вся седая! Я хну привезла.

— А я говорю — пей, — настаивала мама. — Это от рака!

— Но у меня нет рака! — от раздражения голос у меня сделался визгливым.

— Дурища! В книжке написано — рак образуется от обиды,— убежденно уверяла мама.— Конечно, ты на нас с папой обижаешься, что мы ничем тебе не можем помочь. А значит, у тебя велик риск рака. Чтобы не заболеть от этой обиды, ты должна пить морковно-свекольный сок. Поняла? На!

Мне действительно казалось, что мы все тяжело больны. Только свекольный сок от этой болезни никак не мог помочь.

— Хватит бреда! Ничего я на вас не обижаюсь! Пойдем покрасим тебе волосы,— теперь была моя очередь упорствовать — уже в своем безумии, я была одержима внешним видом и аккуратностью (мне хотелось, чтобы хоть в какой-то области моей жизни все было нормально и пристойно, ну или чтобы это хотя бы так выглядело).

И в этот момент в кухню торжественно вошел папа. В руках он нес какие-то бумаги.

— Как это мы ничем не можем ей помочь? — он горделиво задрал нос.— Держи, дочка,— это акции московской гостиницы «Центральная» на Тверской улице. Я вложил в нее последний, третий ваучер. Вот вернешься в Москву, пойдешь туда, в этот отель, продашь им акции, и у тебя будут деньги. Поняла?

— Спасибо, папа,— я встала и обняла отца.— Обязательно так и сделаю.

Я благодарила его вполне искренне, хотя и знала заранее, что никаких денег за эту бумажку мне в Москве не дадут. Папа уже дважды вручал мне похожие богатства — фантик от ЧИФ «Московская недвижимость», который родители так же выручили за ваучер, а еще акцию ЧИФ «Гермес». В столице очень смеялись, когда я начала выяснять, сколько же полагается за эти ценные бумаги, и советовали ими подтереться. Честно, среди моих знакомых не было ни одного человека, который бы удачно вложил свой ваучер и получил за него что-то реальное. Я только слышала про таких людей — что они приобрели заводы, газеты, пароходы, гостиницы, магазины, кусок «Газпрома» и так далее. Я почти не верю в их существование — мне кажется, что они так же реальны, как домовые или привидения. Хотя нет, вру. Одного человека, выигравшего от приватизации, я все-таки знаю: директор нашего колхоза умудрился приватизировать его на себя лично. Он полгода не платил зарплату всем сотрудникам, а потом, когда люди вконец оголодали, скупил у них ваучеры за бесценок и обменял их на колхоз, сделавшийся его персональной вотчиной. Деньги на скупку ваучеров он взял в кредит у самого колхоза. Теперь директор пытался распродать бывшие колхозные земли.

По правде, почти все колхозники не понимали, что делать с ваучерами, и расстались с ними легко, как только директор предложил за них бабло. Только мои родители отказались поменять ваучеры пусть на маленькие, но живые деньги, а предпочли сыграть в лотерею и вложиться в «московские фонды». Ну они всегда были немножко с приветом.

Получив от отца очередной бумажный порожняк, я каждый раз врала, будто мне на самом деле удалось добыть какие-то деньги за его бумажки. Что-то мешало мне сказать ему правду. И это же «что-то» мешало мне спросить у него: почему у нас всегда так — родители ничего не оставляют своим детям, никакого наследства? В нашей семье так происходит на протяжении нескольких поколений. Предки и мамы, и папы в начале двадцатого века были весьма зажиточными крестьянами, и у тех и у других (вот совпадение) были собственные мельницы. А после революции у них не осталось ничего, что они могли бы завещать своим детям. И бабушки с дедушками начинали все с нуля. Несмотря на то что они вкалывали всю жизнь, почему-то им тоже оказалось нечего завещать своим детям. И мама с папой опять начинали все с чистого листа — без жилья, без денег и так далее. И вот все опять повторяется — теперь со мной. У родителей было накоплено семь тысяч рублей на сберкнижке — в советские времена на эту сумму можно было купить машину (на нее и копили, стояли в очереди на покупку). В новой реальности мы обменяли эти деньги на двадцать пачек растворимого киселя в кооперативном магазине.

Я смотрела на эту новообретенную нищету и обещала себе, что у моих детей все сложится иначе — уж я найду способ обеспечить им хороший старт.

Я убрала акции гостиницы в свой портфель с конспектами. Взгляд отца горделиво засветился. Он подошел к матери, хозяйски похлопал ее рукой по спине и глянул в окно.

«А пойдем-ка до огорода сходим. Одевайтесь!» — скомандовал он. Мы влезли в резиновые сапоги и отправились «на усадьбу» — так у нас принято было говорить. Еще говорили «на фазенду» — по телевизору недавно показывали «Рабыню Изауру», чтобы примирить новую бедноту с потерями, рассказывая о чужих, еще бóльших несчастьях. Наша «фазенда» находилась за домом — окруженная точно такими же наделами по десять соток.

Все вокруг плыло и таяло, сладко-чистый воздух пах свежевыстиранным бельем и березовым соком. На грядках лежали осевшие сугробы.

Но сама земля под снегом была уже мягкой, податливой, как картофельное пюре. Так и хотелось зачерпнуть ладошкой, сжать холодный комок в руке, чтобы зачавкало, засочилось, запахло водой. Чтобы пальцам стало и приятно, и колко одновременно.

Мама с папой бродили среди проталин и луж, обсуждая, где в этом году сажать морковь, а где кабачки. Они как будто на глазах помолодели — отец подавал матери руку, помогая переступить через разлившиеся канавки, а она кокетливо смеялась, прикрывая рукою рот (стеснялась недостающего зуба — выдернуть больной денег хватило, а вот вставить новый — уже нет). Мама даже сняла свой дурацкий старушечий козий платок, сделав вид, что ей стало жарко.

Сад и огород приводили моих родителей в норму. Когда начинались работы на земле, отец оживал. Да и мама откладывала «Энциклопедию знахаря». Они делали бутерброды и по выходным весь день торчали на участке, а в будни тусовались там все вечера. Копали, сажали, пололи, рыхлили, окучивали, поливали дотемна. Земля родила: яблони покрывались розовыми цветами, а затем — желтыми и зелеными яблоками. Пчелы залетали в парник и жужжали над золотыми юбочками огуречных и помидорных цветков. Плетеные ивовые корзины по осени наполнялись свеклой, морковью и шуршащими луковицами. Холщовые мешки пузатились сладкой «синеглазкой». В подполе выстраивались блестящие ряды банок с вареньями и компотами. Но весь этот урожай стоил сущие копейки и имел единственный экономический смысл: позволял прокормить себя и не умереть с голоду. Натуральное хозяйство в чистом виде. Конечно, каждый раз, приезжая домой, я набирала с собой в Москву столько еды, сколько могла утащить. Но ездила я не так уж часто — железнодорожный билет был дорогим и не окупался всеми домашними припасами, которые я могла уперёть на своем горбу.

В общем, надеяться на помощь социально неадаптированных родителей, контуженных новой реальностью, не стоило.

Уже через неделю после возвращения из отчего дома опять было нечего жрать. Нечем было платить за проезд в метро и трамвае, ну и так далее. Но я все еще не дошла до той беспринципной жажды жизни, чтобы выйти на панель и предоставлять свой половой орган в возмездное пользование.

И тут наконец повезло: инспектор курса Инесса Аркадьевна предложила необременительную работу, не требовавшую квалификации,— домработницей. Всего-то и делов — ездить по домам ее подружек и за мелкий прайс смахивать пыль, оттирать застывший жир с кафельных фартуков на кухне, драить балконы, мыть полы и все такое. Я была счастлива. Потому что наконец начала регулярно питаться и перестала бояться кондукторов в трамваях.

С большим интересом наблюдала я незнакомый мне мир богатых людей. Очень удивляло, что эти люди со средствами на самом деле существуют. Хотя я с ними почти не соприкасалась: обычно хозяйки отдавали ключи и уходили на массаж или в магазин, возвращаясь лишь к концу уборки. Я с интересом разглядывала содержимое холодильников (О мама мия! Колбаса! Как же она пахнет! Рыба! Фрукты! Сыр! Настоящее масло!). Но тут я решительно воздерживалась от воровства — боялась даже представить, чем занимаются мужья моих клиенток и что они со мной сделают за пропавшую конфету.

Почти все заказчицы оказались дамами неработающими. Я поражалась этой особенности московского быта — те женщины, которые ежедневно бегают на службу, тащат детей в детские сады, волокут сумки с продуктами на свои пятиметровые кухни и стоят потом у плиты, всегда справляются со всеми домашними хлопотами сами. А вот те зефирные особы, кому не нужно каждый день вскакивать по будильнику и торопиться к станку или офисным бумагам, они как раз не находили в себе сил и времени на уборку, стирку и глажку и призывали на помощь меня.

Благоденствие этой особой породы расслабленных москвичек проистекало не из каких-то их волшебных умений аккумулировать деньги из воздуха или осуществлять материализацию чувственных идей силой мысли. Все благополучие доставалось им от мужчин. И потому я не могла их по-настоящему уважать, поскольку на этом фоне ощущала себя предприимчивой и деятельной — Фигаро в юбке. Лишь одна дама, которой я помогала облегчить тяготы быта, заслужила мое полное восхищение. Если остальные клиентки, не имея определенных занятий, были постоянно погружены в напряженное и суетливое безделье, то эта мадам, сохраняя вид торжественной праздности, постоянно, однако, была при деле и сама зарабатывала себе на жизнь.

Меня поразил способ, которым эта женщина добывала деньги. Анастасия Викторовна занималась ровно тем же, чем и мои деревенские родители: обихаживала сады и огороды. Только мама с папой едва сводили концы с концами, несмотря на то что всякую минуту ковырялись в земле, а эта женщина и пальцем не притрагивалась ни к навозу, ни к лопате, а только командовала табуну киргизов, куда и что сажать. И зарабатывала при этом столько, будто лично вспахала десяток колхозных полей, своими руками засадила их картошкой, прополола, извела колорадского жука и сама же потом эту картошку выкопала. Дело ее представлялось мне совершенно нехитрым и не требующим особых знаний — ну в самом деле, велика ли трудность вырастить на газоне бессмысленную зеленую травку, пестренькую клумбу и пару розовых кустов? Воткнуть в ямку саженец яблони или елку? Да это может каждая бабка! Необыкновенным мне казалось, что за свой пустячный труд этой даме удавалось брать очень и очень непустячные гонорары. В чем тут хитрость? Силясь постичь эту загадку, я проводила в доме Анастасии Викторовны как можно больше времени. Особенно тщательно смахивала пыль с огромного письменного стола, заваленного глянцевыми альбомами, каталогами, справочниками, чертежами и пейзажами.

К моему разочарованию, заказчики никогда не приезжали к хозяйке на дом и я не могла подслушать те волшебные слова, которыми она убеждает толстосумов выложить приличные гонорары за их бессмысленные огородики. (По поводу баснословных сумм я обладала достоверной информацией — у меня была возможность порыться в ее бумагах.) Когда хозяйки не было

151

дома, я с удовольствием устраивалась за ее рабочим столом, просматривала альбомы, запоминая полезные словечки вроде «партер», «зеленый кабинет», «регулярный сад», «террасирование», «парк в английском стиле», «боскет» ну и так далее. Меня теперь совершенно не увлекала перспектива сделаться учительницей русского языка и литературы, проверять дурно написанные сочинения и изложения сопливых детей, которым писанина столь же малоинтересна, как мне их будущее.

Однажды я имела случай убедиться, что не только я, но и сама Анастасия Викторовна находит поведение своих заказчиков довольно странным. Она долго и благожелательно беседовала с кем-то по телефону, откинувшись в кресле. И при этом смотрела в окно — таким взглядом, будто заглядывала в самую дальнюю даль, даже не за горизонт, а за пределы Солнечной системы. Кивала, поддакивала и безупречно вежливо произносила «вы» и «разумеется». Но когда положила трубку, с легкой усмешкой покачала головой, обращаясь ко мне: «Еще один модник! За бесценок продал родовой, дедовский сад в деревне и купил за бешеные деньги участок на "престижном" пустыре. Теперь хочет, чтобы там по мановению моей руки возник сад — со столетними дубами, тенистыми черемухами и зарослями малины. Он бы еще захотел, чтобы среди кустов сирени мелькала юбка мамы, когда та была молодой. Солидности хочет и истории. Основательности. И в этом они все». Я закивала — мол, видала я бессмыслицу, но эта — самая несусветная глупость, о которой мне только доводилось слышать.

Однажды, когда я крутилась в роскошном кожаном кресле хозяйки (дома ее не было), на столе зазвонил телефон. Я вздрогнула. Вообще-то подходить к телефону, вскрывать письма и перекладывать бумаги категорически запрещалось. Но я поняла, что это звонит сама судьба. И звонит она мне. У меня нет времени ждать «правильных» и «достойных» возможностей — надо хвататься за любые. Выждав буквально две секунды, я схватила трубку.

Это действительно был он — мой шанс.

— Анастасия Викторовна? — потешным, немного детским голоском поинтересовалась дама на другом конце провода.

— Анастасии Викторовны нет дома, это ее помощница,— представилась я, еще не понимая, знакома ли звонящая с моей хозяйкой, или это ее первый звонок.— Но я все запишу и ей передам. Она вам непременно перезвонит.

— Ну что ж, пишите,— легко согласилась женщина.— Это Эмма Леонтьева… Вы, наверное, понимаете? Леонтьева…— она многозначительно выдержала паузу.

— Угу, как Валерий Леонтьев,— я не придумала ничего умнее в ответ. Что она имела в виду? Наверное, намекала на то, что я должна была слышать о ее высокопоставленном муже?

— Феноменально,— рассерженно фыркнула дама, и я чуть не рассмеялась, настолько странно это фырканье сочеталось с ее мультяшным голоском.— Записывайте же! — продолжила Эмма.— Мы построили особняк. Надо обустроить участок. Мне рекомендовали Анастасию Викторовну. Хотелось бы выслушать идеи, что она может предложить? Пусть позвонит.

В тот момент, когда дама начала диктовать телефон, из коридора послышались металлические щелчки — в замке входной двери поворачивался ключ. Черт, Анастасия Викторовна войдет сюда через несколько секунд! Дама же, как назло, никуда не торопилась, тянула время и заставляла меня повторять каждую цифру номера. В коридоре послышались шаги. Не попрощавшись, я бросила трубку, запихнула бумажку с номером в карман и на всякий случай принялась тереть телефон полотенцем.

Я ни звуком не намекнула Анастасии Викторовне, что ей звонили потенциальные заказчики. Вместо этого, выждав время, перезвонила Эмме сама. С домашнего телефона хозяйки, разумеется (век мобильников еще не настал).

Старательно изменив голос, я прикинулась зрелой и опытной Анастасией Викторовной. Говорила от ее имени. С большим прискорбием Анастасия Викторовна сообщала Эмме, что, к сожалению, вынуждена отказаться от столь лестного (бесконечно лестного) предложения. Ах, как жаль! Несомненно, с такой неординарной заказчицей, как Эмма, ей удалось бы разработать и воплотить очень креативный и свежий проект, но Анастасия Викторовна по горло завалена работой! Невозможно поднять голову — все труд и труд. Некогда даже сходить к врачу. А ведь уже возраст! Да-да, вы же понимаете — возраст? — я не преминула потешить себя напоминанием о своем главном, с моей точки зрения, преимуществе перед всеми этими богатыми москвичками. — Но… есть замечательное предложение. Альтернатива. Имеется очень толковая ученица. Молодая, способная, подающая надежды. Свежая голова, незамыленный взгляд, модное видение, дерзость. Конечно, решать только Эмме. Но может быть, она даст девушке шанс, та приедет и предложит свой дизайн-проект? Разумеется, совершенно бесплатно. Понравится Эмме — значит, сложится сотрудничество. Ну а если нет — так это все равно будет замечательный опыт для

Флоры (да-да, именно так зовут помощницу! С таким именем, как говорится, сам бог велел работать ландшафтным дизайнером). Ха-ха. Фамилия, кстати, Елисеева.

На том и сговорились. В ближайший уик-энд Эмма ждала меня на своем загородном участке.

Отдельной (и неожиданной для меня) головной болью оказалась задача добраться до элитного коттеджного поселка, где свила гнездо семейка Леонтьевых. Я и предположить не могла, что существуют населенные пункты, куда невозможно доехать на электричке и маршрутке, а можно только торжественно вплыть на личном автомобиле — и то если поднимется шлагбаум.

Из всех моих знакомых автомобилем обладал только Егор — отец давал ему ключи от своего «жигуля». К тому же мне очень хотелось похвастаться перед ним: вот, мол, со мной происходит кое-что серьезное. Жизнь меняется. Значит, Егор и отвезет меня! Но его телефон не отвечал несколько дней подряд — наверное, опять отключили за неуплату.

Нарядившись в свое лучшее обтягивающее платье и единственные туфли на каблуке, прикрыв все это великолепие роскошным кашемировым пальто — алым, как мантия палача (подарок с барского плеча одной из клиенток), я отправилась дежурить около дома Егора. Попасть в подъезд не смогла — там внезапно обнаружился кодовый замок (новая модная московская тема). Пришлось ждать на улице. Я знала, что рано или поздно он отправится выгуливать свою любимую псину — здоровенную овчарку с обманчиво игрушечным именем Ириска (сокращение от Ирэны). Она была еще совсем щенок, но столь буйного нрава, что навевала на меня ужас.

На дворе стоял апрель, вечер выдался холодным и темным из-за обложивших небо низких облаков. Вокруг панельной многоэтажки Егора бесился безжалостный ветер, беспардонно просовывавший свои ледяные щупальца прямо под мою короткую юбчонку. Я вся посинела, челюсть приходилось придерживать рукой, чтобы она не стучала от холода. С каким удовольствием я бы не стояла здесь, а залезла вместо этого под верблюжье одеяльце с чашкой горячего чая и романом Диккенса «Домби и сын» (его, кстати, необходимо было прочитать по институтской программе в ближайшее время, иначе я рисковала завалить коллоквиум и меня бы не допустили до экзамена). Но я уже пролистала первые страницы этого эпохального литературного произведения и извлекла из него самый главный урок: надо делать усилия! Об этом твердили слабовольной мамаше Домби-младшего все окружающие. Жизнь состоит из усилий. А если ты их не делаешь — то пожалуйста, мы споем грустную прощальную песенку — и вот тебе деревянный гробик в награду за твои вялые труды. В нем в конце концов и оказалась эта неэнергичная, хотя еще очень молодая дамочка. Так-то! Вот что значит избегать усилий!

Поэтому я продолжала топтаться около подъезда на пронизывающем ветру. Усилия были вознаграждены. Кутаясь в шарф и на ходу застегивая куртку, вышел Егор. Точнее говоря, его вытащила на натянутом поводке гигантская щенушка Ириска. Мы поздоровались, я пошла рядом. Егор заметил мои посиневшие плотно сжатые пальцы, которые я запихивала под мышки, чтобы отогреть. Увидев скукожившиеся плечи и висящую на носу сопливую каплю, он остановился. Отпустил собаку. Обнял меня, закрыв собою от пронизывающего ветра. Стал растирать мои ладошки своими — теплыми. Одновременно он беззлобно обзывал меня мучительно нежными дразнилками. Называл «дурындой», «глупышкой», «кракозяброй» и «идиотинкой». Я таяла и заглядывала ему в глаза. Он с чего-то вдруг улыбался — совершенно необъяснимо. Чему тут было радоваться? Абсолютно нечему. Вот всегда он так — лучится и светится, как будто у него каждый день — Новый год и день рождения.

Этому умению Егора жить, не помня о тяжелом, сложном и грустном и как будто не замечая его, я особенно завидовала.

Егор согласился прикинуться моим личным шофером и отвезти «начинающего ландшафтного дизайнера» в элитный коттеджный поселок. Он утвердительно закивал сразу, как только я произнесла просьбу.

Выпросив у пары постоянных клиенток оплату вперед за несколько недель, купила в подземном переходе поддельный диплом Тимирязевской академии и сертификат об окончании курсов ландшафтных дизайнеров. В соседнем переходе торговали еще и корочками биологического факультета МГУ, и не безумно дорого, кстати. Но я решила, что это уж слишком роскошно — может потом, с первого садового гонорара куплю себе такую «обновку». Теперь я чувствовала себя совершенно подготовленной к встрече с заказчиками.

Флора.
В чем сила, сестра?

Выехали рано. В машине почти не разговаривали, слушали музыку. Вся она для моего уха, воспитанного на Юре Шатунове и группе «Комбинация», звучала странно. А оттого почти гипнотически. Названия были незнакомы — от Dire Straits до The Cure. Все мне бесконечно нравилось.

Приехали раньше назначенного. Сидели в машине. Я все время рассматривала Егора, но так, чтобы тот этого не замечал,— когда он заправлял за ухо прядь отросших вьющихся волос. Или нащупывал по карманам жвачку. Или рылся в бардачке в поисках новой кассеты. Его изящные пальцы двигались так, будто он не просто брал ими предметы, а поглаживал. Егор гладил все, к чему прикасался,— и руль, и рычаг передач, и конец моего размотавшегося шарфа. Вот он держит в руках кассету, что-то объясняя про новую группу, а сам водит по ней пальцем, бесконечно рисуя восьмерки и обводя повторяющиеся круги. И когда он вставляет эту кассету в магнитолу, я выдыхаю так шумно, что это даже немножко неприлично. Когда он брал мои вещи, я физически чувствовала его тепло, как будто он прикасался не к моей сумочке, а прямо ко мне. Мне так хотелось, чтобы он взял что-то из того, что принадлежит мне. И хотелось стать всем окружающим его миром, чтобы он бесконечно ко мне прикасался. Но он прикасался к чему угодно — даже к подбежавшей к машине бродячей собаке в репьях (и может даже в лишаях!), но только не ко мне. Когда наши руки случайно соприкасались, нас отбрасывало друг от друга, как от удара током. Зато собаку он потрепал по холке, с легким нажимом прошел по спине, так что в воздух взлетели шерстинки, а собака радостно завиляла хвостом и брякнулась на спину, подставив Егору свое выцветшее, бледное брюхо.

Я посмотрела на часы. Время идти к Эмме. Егор все еще нянчил бродячую собаку, не глядя на меня. Я стояла рядом, переминаясь с ноги на ногу и причмокивая резиновыми сапогами по сочной грязи. Мандраж, гордость за свою предприимчивость, нежность и надежда переполняли меня.

— Пожелай мне удачи,— попросила я.

Егор в последний раз погладил собаку. Достал из бардачка бутылку с водой и сполоснул руки. Его длинные пальцы пробежали по моей челке, убирая волосы с лица, и нырнули за ухо. Он погладил меня по голове — с бесконечным сочувствием и нежностью:

— Давай. Удачи.

— У меня получится? — неожиданно жалобно и испуганно спросила я.

— Обязательно получится. Все получится,— он обнял меня и прошептал прямо в ухо.— Я в тебя верю… Я тебя люблю.

Я так сильно задержала дыхание, что даже слегка закружилась голова. Слезы потекли как капель — неудержимо. Радостные, весенние.

— Малыш, ты чего? Ну, малыш? — он коротко и очень нежно поцеловал меня в губы, в глаза. Как будто не целовал, а пил мои слезы, собирал их с моего лица, как росу с цветка.

— И я тебя очень-очень люблю.

Хотелось повиснуть на нем и так стоять долго-долго. И никуда не уходить. Но я развернулась и пошла к дому. Резиновые сапоги один за другим всхлипнули, отрываясь от дорожной жижи. Оглянулась:

— Я скоро.

Участок окружал глухой и высокий забор. Я позвонила. За стеной истерично залаяла собака. Защелкали многочисленные замки. Наконец дверь открылась. За ней стоял худой таджик лет тридцати. Руки его, выглядывавшие из завернутых рукавов засаленной спецовки, были покрыты ссадинами, а взгляд лишь бегло скользнул по мне и затравленно уткнулся в землю. Как ни странно, это меня немного приободрило. Вид чужой потерянности частенько придает мне куража и ощущения собственного всесилия. Таджик впустил меня на участок, дверь захлопнулась с тяжелым лязгом.

Я осмотрелась. Ожидала всякого — ну запущенного сада, ну вязких глинистых дорожек. Даже заброшенного пустыря вроде тех, что был в нашей деревне за клубом. Но такого? Посреди участка возвышался массивный дом из отсыревшего белого кирпича, похожий на дрейфующий айсберг, а вся земля вокруг него была перерыта. Тут и там виднелись глубокие воронки, заполненные мутной водой — как будто здесь недавно бомбили. Из коричневой грязи торчали остатки строительного мусора, битый кирпич, пруты арматуры. Над широкими колеями, оставленными колесами строительной техники, нависали подсохшие гребешки глины. На всем огромном участке — ни одного деревца. Да что там деревца — вообще никакого растения. (Впоследствии я пойму, что так выглядят все участки с недавно завершенной стройкой в новомодных коттеджных поселках.) Наверное, этот марсианский пейзаж должен был повергнуть меня в панику, испугать размахом предстоящих работ. Но еще раз посмотрев на ссутулившегося таджика, я, наоборот, приободрилась: в конце концов, что бы я тут ни устроила, хуже не будет. Этому месту и этим людям я могу причинить исключительно добро. А значит — прочь сомнения!

Я топталась на крыльце неаппетитного дома, дожидаясь выхода хозяйки, но она все не появлялась. Прошло минут семь, нос успел замерзнуть и покраснеть. Наконец дверь распахнулась, и из-за нее выглянула миниатюрная блондинка с короткой стрижкой и густой, как у циркового пони, челкой. Меня удивило, что у Эммы не было ни гигантской силиконовой груди, ни раздувшихся губ-сарделек. Почти все богатые дамочки, которым я прислуживала прежде, давно увеличили себе причиндалы.

— Ну чего же вы не заходите? — раздраженно спросила Эмма карамельным голоском.

— Э-э-э… Здравствуйте,— начала было мямлить я, но быстро собралась и продолжила уже более уверенно.— Я полагала, что мы начнем с осмотра участка, а потом уже обсудим наши перспективы.

— Думаете так, а не наоборот? Ну что ж, тогда ждите. Я выйду через минуту.

— Геодезический план участка захватите, пожалуйста,— бросила я ей вслед. Я знала, что Анастасия Викторовна всегда возвращалась со встреч с заказчиками с геодезическими планами.

Мы плелись вдоль забора, обходя разливные лужи. В первую очередь Эмма уточнила, какое у меня образование. Я радостно полезла в сумочку, чтобы помахать перед ее носом свежекупленным дипломом Тимирязевки. (Как хорошо, что я об этом позаботилась! Все-таки я чертовски сообразительный и не по годам предусмотрительный человек!) Впрочем, на мой прекрасный диплом Эмма даже не посмотрела. Очень скоро я догадалась, что она спросила о моем образовании отнюдь не для того, чтобы удостовериться в глубине и серьезности моих знаний, а ровно наоборот — чтобы продемонстрировать презрение к моему интеллектуальному багажу. Когда я принялась сыпать хитрыми словечками, подсмотренными в книжках Анастасии Викторовны, Эмма тут же дала понять, чтобы особо не пыжилась — при всем своем усердии я, увы, никогда не смогу угнаться за ней в образованности. В доказательство этого постулата Эмма принялась блистать умностями. К счастью для меня, ее «волшебные заклинания» были из другой — не садоводческой — области. Как выяснилось, сейчас Эмма получала уже четвертое высшее образование — психологическое. Предыдущие три диплома не помогли ей найти свое место в созидательной жизни человечества. Так что теперь она стремилась забыть как страшный сон все свои познания в области строительства гидротехнических путей (первое образование), в области менеджмента (второй диплом) и в области актерского мастерства (третья школа жизни). С высоты своего нового учебного курса Эмма наконец поняла о жизни абсолютно все. И была бесконечно уверена в том, что знание психологических книжек и законов способно дать ответы на любые вопросы. В том числе и о ландшафтном дизайне.

— Если бы я с самого начала знала, насколько универсально психологическое образование, сколько времени я бы сэкономила! — страстно пищала Эмма, совершенно забыв о том, что вообще-то мы встретились, чтобы обсудить будущее сада, а не ее образовательные практики.— Вот зачем, спрашивается, надо было учить экономику, менеджмент? Все законы потребительского поведения, мотивации и так далее — просто следствия того, что происходит у людей в голове, в их душе. И если ты знаешь психологию, то легко догадаешься и обо всем остальном. А актерское образование? Разве это не частный случай образования психологического?

— Очень глубокая мысль,— поддакнула я.— Вы, конечно, понимаете, что на участке полностью снят плодородный слой и грунт надо будет завозить покупной?

— Боже мой, кого интересуют эти технические детали?! — всплеснула руками Эмма.— Вот о чем я и говорю! Узкие специалисты вроде вас за деревьями не видят леса! Или наоборот — за лесом не видят деревья? Как там правильно? Впрочем, без разницы. Ваше образование, вы уж не обижайтесь, тоже довольно ограниченно. Конечно, есть всякие легкие частности, которые желательно знать, чтобы сделать хороший сад,— ну там, когда и что сажать, на какую глубину закапывать и чем удобрять. Но это всего лишь ремесло! Настоящая же наука ландшафтного дизайна лежит в области психологического впечатления! И этому на агрономическом факультете вряд ли научат. Ведь главное на участке что? — спросила Эмма и назидательно подняла указательный пальчик.— Не знаете? А я знаю! Психологический комфорт! Тут должны возникнуть психологически комфортные зоны.

— Ну разумеется,— усиленно кивала я, внутренне радуясь тому, что у Эммы так много идей и она не дает мне и слова вставить в свою исповедь.

Хозяйка свято уверовала, что лучше нее организовать участок не сможет никто. Вот-вот, со дня на день в ее мощном мозгу возникнет гениальный проект — он уже брезжит, она практически ухватила идею за хвост. Она бы и сама со всем прекрасно справилась — просто ей немножко не хватает практических знаний о том, как эти самые растения «в землю сеять и втыкать».

— Так что это даже хорошо, что вы не такой большой профессионал, как Анастасия Викторовна, вы наверняка обойдетесь дешевле. Не придется вам переплачивать за то, что я в любом случае намеревалась сделать сама.

Я радостно кивала и не могла поверить в свою удачу. Ну надо же, как просто все складывается! Заказ уже практически у меня в кармане. Ощущение невообразимой легкости бытия и гармонии разливалось по телу, убаюкивало.

— Прекрасно! Все, что вы говорите,— это просто великолепно! — польстила я, прежде чем перейти к наиболее волновавшему меня вопросу.— Я с удовольствием создам для вас концепцию участка, мы ее обсудим, внесем все ваши замечательные идеи, а затем я составлю подробный дизайн-проект, со всеми техническими и производственными подробностями. Концепция, как вы понимаете, тоже стоит денег. Поэтому давайте обсудим мой гонорар.

— А вот об этом я ничего не хочу знать,— кокетливо наклонила головку Эмма и посмотрела шаловливо, как Карлсон, укравший плюшку.— Об этом вы будете говорить с моим мужем. И постарайтесь уж, чтобы денег он дал.

Вот же черт! Выходит, все это время я разговаривала с человеком, который не принимает решений.

Эмма повела меня в дом. Внутри он выглядел гораздо лучше, чем снаружи. Видимо, здесь поработал профессиональный дизайнер. Муж Эммы встретил нас в прихожей, где втискивал свое богатое липидами тело в черный кожаный плащ, собираясь уезжать. Он смерил меня надменным взглядом. Эмма погладила его по плечу — с некоторой опаской, как гигантского ворчливого волкодава, и искательно замяукала:

— Валечка, тут надо с человечком про денежки поговорить.

— Что за деньги? Кто такая? — презрительно переспросил Валечка, зашнуровывая ботинки и лишь мельком взглянув на меня.

— Это Флора. Она ландшафтный дизайнер.

— Озеленитель. Ну-ну. Где ты ее нашла?

— По солидной рекомендации,— со свинцом в голосе ответила я.

Кажется, именно в этот момент я начала понимать, что возникающая вдруг иллюзия легкости бытия — не повод расслабиться и довериться течению жизни, а сигнал насторожиться по полной программе. Когда жизнь убаюкивает тебя теплой завесой благожелательности, она уже готовит неприятный сюрприз. И как только ты разомлеешь, тут же — хрясь по морде! Наотмашь. Окончательно я сформулировала эту мысль, когда вывалилась на обочину из джипа Валечки. Сейчас до этого момента оставалось около получаса.

— Слушай сюда, дизайнер. Хочешь денег — постарайся не тратить понапрасну мое время. Поедешь со мной, поговорим в машине.

Он резко притянул голову жены к себе, чмокнул ее в лоб и распахнул дверь. Шагнул наружу.

— Ну давай, давай, чего стоим-то? — почти закричал на меня Валечка, жестами показывая, что я должна поторопиться.

Тон его мне совершенно не понравился. И поэтому медленно и как можно более пафосно я проронила:

— Хорошо. Поговорим по дороге. Только я должна отпустить своего водителя.

Егор уехал. Его машина исчезла за поворотом. Я села в похожий на катафалк джип Валечки. Черный, блестящий, квадратный, с тонированными стеклами — снаружи он выглядел грозно. Но изнутри смотрелся гораздо нежнее и женственнее. Кожаный салон телесно-розового цвета казался живым, как будто гигантская сумка кенгуру, в которой мы оба укрылись. Заднее сиденье оказалось таким просторным, что между нами можно было легко усадить еще парочку толстяков.

— Значит так, жене моей запудрить мозг несложно,— сердито начал разговор потенциальный заказчик.— Но ты не обольщайся. Сделаешь туфту — ноги выдерну. Поняла?

— Поняла,— кивнула я и съежилась, даже пальцы на ногах поджались.

— Конечно, ни черта ты не знаешь и не умеешь, и диплом твой в переходе купленный.

Я напряглась еще сильнее.

— И вообще вы, бабы, ни фига делать не умеете, и нанимать надо мужиков. Но постарайся убедить меня, что ты хотя бы постараешься.

Валечка постучал по спинке водительского сиденья, и шофер молча притормозил на обочине. Не произнося ни слова, водитель вышел из машины.

Мы остались с «потенциальным заказчиком» вдвоем. Он откинулся на спинку сиденья и расстегнул ширинку. Потом схватил меня за волосы и потянул мою голову к своему паху. Его ширинка приближалась прямо к моему лицу.

— Соси, сучка,— прошипел он.

«Ничего себе у них тут обычаи»,— только и успела подумать я.

Чтобы принять решение, у меня оставались считаные секунды. Какие тут были варианты?

«Ты должен быть сильным, ты должен уметь сказать: "Руки прочь, прочь от меня!" Ты должен быть сильным, иначе зачем тебе быть»,— так пел мой любимчик Виктор Цой. И я в общем-то была с ним согласна. Но в данной конкретной ситуации проявлением настоящей силы было не сказать «руки прочь, прочь от меня». Конечно, я могла отказаться, отбиться, оскорбиться — и что? Я бы проиграла. И утонула в трясине нищеты. Выживает сильнейший. А значит, в данном случае биться за себя — это проявить истинную слабость. А смириться с происходящим, нырнуть в эту клоаку — это проявление силы.

Если бы я захотела, непременно отбилась бы тогда от этого Валентина — нисколько не сомневалась в своих способностях постоять за себя. Более того, я была абсолютно уверена, что дать отпор совсем не сложно. Для меня было гораздо проще и естественнее завизжать, отбиться, прокусить ему яйца на крайняк и выскочить из автомобиля. Но как учили нас классики философии, человеку надлежит делать именно то, что для него всего сложнее и противнее. И я выбрала этот путь преодоления себя. Если бы мы не «поладили», я бы не получила заказа на свой первый сад. Я бы никогда не выпрыгнула за рамки уготованной мне орбиты нищенствования.

И я начала сосать. Ну то есть я попыталась делать что-то, не задумываясь, что именно. Шофер не выключил радио, и чтобы не думать про «здесь и сейчас», я вслушивалась в доносящееся из колонок бормотанье двух стариканов, обсуждавших сенсацию месячной давности — клонированную овцу Долли, у которой не было отца, но зато имелось три матери.

Сейчас стошнит, почувствовала я, и отшатнулась, прикрывая рот кулаком.

— Надо же, ну ни черта, ни-чер-та не умеют,— разозлился Валечка и потянул меня за волосы обратно к ширинке.

Тут меня и вырвало прямо ему на брюки. Он по-бабьи взвизгнул и отпихнул меня так зло, что я вывалилась из машины, как мешок с картошкой, и меня вырвало еще раз. И еще. Черт бы его подрал! Я попыталась встать, хватаясь за ручку дверцы автомобиля.

В проеме появилась рожа Валечки, покрытая пунцовыми пятнами. Он захлопнул дверь, опустил окно и крикнул шоферу:

— Чего стоишь? Кого ждешь? Поехали!

Обернулся ко мне и процедил:

— Не борзей, за цифрами я буду следить.

И я поняла, что мы договорились. Машина уже тронулась, а я все еще зачем-то цеплялась за ее дверцу и даже побежала следом.

Нога моя за что-то зацепилась, я потеряла равновесие, упала, но тут же смогла встать. И проводить машину взглядом.

Отряхнувшись и стараясь ни о чем не думать, я пошла вперед по трассе — до ближайшей остановки автобуса. На автопилоте доехала до общежития, нырнула за занавеску в свой угол комнаты. Открыла окно, влезла на стол и стала раздумывать, с какой ноги лучше шагать в небытие — с правой или с левой… Ну, дальше вы знаете. Я увидела три горошины и решила погодить с необратимыми поступками.

Вскоре хлопнула дверь и пришла соседка Лариска. Вечером мы вместе смотрели подаренный ее отцом крошечный черно-белый телевизор. Лариска ничего не спрашивала — я же говорю, студентки у нас в общежитии отличались феноменальной деликатностью. Нестерпимо хотелось плакать, поэтому я очень смеялась. Чтобы смех выглядел хоть сколько-нибудь оправданным, лихорадочно щелкала тумблером телевизора, стараясь найти хоть какую-нибудь юмористическую передачу. Даже популярный и до отрыжки мерзкий «Аншлаг» сгодился бы! Но как назло, в этот день его не показывали. И тут я наткнулась на комедию из жизни советских студентов — про Шурика, у которого серьезная проблема: он не может достать конспект лекций к экзамену. И бродит везде за хорошей советской девушкой Лидой, у которой нужный конспект есть, и подглядывает через плечо. Я хохотала, согнувшись вполам, так что чуть не скатывалась со стула. Ха-ха-ха. И они тоже студенты — прямо как я! Смешно.

Я смеялась над своими детскими фантазиями о том, какой будет моя взрослая жизнь. Когда-то я ожидала, что придется бороться с соленым Тихим океаном, и тундрой, и тайгой, а не вести бои с блевотиной, помоями, душевными и телесными нечистотами. В пионерских утопиях мне грезился штурвал космического корабля, везущего на Марс саженцы яблонь. Я за пультом, а рядом за штурвалом — безупречный волевой Капитан. Но мне в реальности предстояло сражаться с низостью (в том числе собственной). Не распускать белый парус над морем, не прятаться со смехом от теплого летнего дождя под козырьками музеев и библиотек, а отсасывать у жирдяя на заднем сиденье машины. Наверное, настоящие хорошие советские люди справились бы и с этой ситуацией и не стали поступать так, как поступала я. Почему я не смогла стать такой?

Впрочем, уже с утра я перестала задаваться этими дурацкими вопросами. Вырвала из записной книжки страничку с телефонным номером Егора и порвала ее на мелкие клочки. Хотя скорее это был символический жест — номер его телефона настолько крепко впечатался в мою память, что в моменты тревоги я начинала твердить эти цифры как мантру. Теперь даже приближаться к этому юноше с собакой я считала себя не вправе — после продуктивно-злополучной поездки в «гелендвагене» наш союз казался мне таким же невозможным и даже преступным, как союз совершеннейшего мальчишки и прожженной шлюхи. Как можно прикасаться к чему-то драгоценному и чистому, зная, что твои руки непоправимо запачканы?

И только много-много лет спустя, бессонной слезной ночью меня однажды пронзила мысль: действительно ли, чтобы выжить тогда, я не могла поступить иначе? Ведь всего за час перед «гелендвагеном» Егор сказал, что любит меня. Возможно, это означало, что он готов был позаботиться обо мне? Сделать так, чтобы я не голодала? Скорее всего, можно было проорать Валеч-ке: «Руки прочь, прочь от меня» — и понадеяться на мальчика с музыкальными пальцами. Поверить, что он поддержит меня. Но в тот момент, когда мне в рот пихали член, я была абсолютно убеждена, что каждый выживает в одиночку, никто никого никогда не спасает и никто никому не помогает. В том числе не спасают друг друга и люди, взаимно шептавшие «я тебя люблю». Просто они немножко сильнее плачут друг о друге, когда один из них крякнется. Вот и все дела. Я должна была сама обеспечивать свое будущее.

Остаток того невыносимого дня я пыталась убедить себя в несущественности потери. Главное — я цела. А значит, ничего особенно страшного не произошло. «Ведь это не так уж и ужасно — расстаться с первой любовью?» — уговаривала я себя. Жизнь продолжится и будет такой же, как и прежде, а может, даже и лучше. Только... я больше никогда не смогу посмотреть в глаза Егору. Не хватит духу.

Хотя тошнота не отпускала, в теле появилась невозмутимая легкость — куражистость валькирии или амазонки, когда отброшено все лишнее, избыточное, все пеленающее, сковывающее и тушующее быстроту и точность движений.

Отрезав себе путь к Егору, я отправилась в Библиотеку иностранной литературы. Не отвлекаясь мыслями ни на что другое, перелистала заграничные садоводческие журналы и атласы. На глаза мне попалась парочка очень симпатичных проектов ландшафтного дизайна. Оба они были разработаны для участков, размерами и формой напоминавших тот, что предстояло благоустраивать мне. Один придумала какая-то голландская фирмочка, о чем и сообщала хвастливо на страницах журнала Fine Gardening. Авторство второго принадлежало финской команде дизайнеров. И те и другие не просто опубликовали схемы и планировки, но еще и расписали порядок работы и украсили заметки фотографиями готовых садов. Я отксерокопировала все страницы из журналов, а потом расстелила на столе миллиметровую бумагу, высыпала карандаши и принялась тщательно перерисовывать эскизы. К вечеру у меня уже имелись две нарядные картинки, которыми могли бы гордиться лучшие европейские садовники. Хотелось тут же побежать к Эмме и впарить ей эти рисунки, но я понимала, что нужно выждать хотя бы неделю — создать видимость долгого трудового процесса.

Через неделю я позвонила Эмме. Мне удалось так изловчиться, чтобы она назначила встречу в Москве, а не в своем поместье. Ура, не пришлось ломать голову над тем, где достать машину! Я нервно скребла ногтем плюшевую обивку ресторанного кресла, глядя в меню «Марио», куда меня пригласила Эмма. Внутрь меня впустили только после того, как я назвала ее фамилию. Я, конечно, знала, что это новомодное и дико пафосное местечко, но что кофе будет стоить 10 у.е.? Да это же треть моей стипендии! Хорошо, что недавно делала генеральную уборку в одном приличном доме и у меня эти деньги есть. Эмма была просто обязана оплатить мои чертежи, если уж ввела меня в такие расходы. Но инвестиции в кофе себя оправдали: потенциальная заказчица отнеслась к предложенным вариантам вполне серьезно. Конечно, на сто процентов ее не устроил ни один из них, однако если их смешать и немножко дополнить ее затеями, то… вполне. Разумеется, ей еще надо подумать, посоветоваться с мужем. Но в принципе она видит, что я проделала серьезную работу, поэтому могу заехать к мужу в офис и получить свой гонорар.

О чудо! На следующий день в моем кармане действительно лежали очень немаленькие деньги. Дальше все закрутилось в режиме ошпаренной кошки. Я перерисовывала и дорабатывала план участка, а параллельно проворно выучилась водить, купив в рассрочку автомобиль и права.

Чуть-чуть привыкнув к машине, отправилась искать грубую рабочую силу — выбирать рабов. Когда, в какие еще времена восемнадцатилетняя девчонка могла бы мечтать о таком опыте? Нет, это абсолютно эксклюзивное переживание: только в России, в конце двадцатого века. Уникальное историческое предложение.

На выезде из Москвы по Ярославскому шоссе тогда располагался известный на всю страну рабовладельческий рынок. Прямо на обочинах дороги стояли жалкие, ободранные, нищие люди с затравленными, скотиньими глазами. Формально, конечно, они не были рабами — эти люди никому не принадлежали и продавали в услужение себя сами. Готовые на любую работу, за которую платят хоть какие-то деньги и на любых условиях, они толпились вдоль обочин в своих замызганных спортивных костюмах и вязаных шапочках. Все они приехали из южных, экономически депрессивных бывших советских республик, где невозможно было получить никакую работу — объявленный Ельциным «парад суверенитетов» принес «процветание». Вышвырнув русских из своих республик, эти люди теперь приехали к нам сюда наниматься на самые тяжелые и грязные работы за гроши. Большинство работников — киргизы, таджики, узбеки. Я знала, что Анастасия Викторовна почему-то предпочитала работать с киргизами. И решила не делать собственных полевых испытаний, а просто скопировать готовое решение. В конце концов, видимо, к этому выбору ее подтолкнул обширный практический опыт.

Я нашла тех киргизов, чей вид пугал меня меньше всего и кто уже работал над озеленением участков, и договорилась, что теперь они будут принадлежать мне.

Жизнь налаживалась. На радостях я помчалась к родителям — очень хотелось хоть на денек снова ощутить себя маленькой девочкой, уснуть в той самой постельке, где я видела прекрасные грезы о будущей ясной жизни, в которой надо соблюдать всего лишь два простых правила — прилежно работать и быть честным, порядочным человеком. Родители твердили мне, что это залог счастливой судьбы. Конечно, в отличие от них, я уже знала, что в современном мире это не прокатит. Правила изменились: теперь нужно не носиться со своей честностью, моралью и прочими эфемерными достоинствами, а пошевеливаться. Однако приятно окунуться в сказку хотя бы и на пару дней.

Но и тут не обошлось без гадостей. Я проболталась родителям о том, что буду подрабатывать на озеленении участка у богатой семьи. И что подсобной рабочей силой у меня будут киргизы, подобранные на обочине. И тут случилось страшное: мой собственный отец, узнав об этом торжище рабов, сам засобирался в Москву —

встать рядом с киргизами на Ярославке и искать работу. Хоть какую-нибудь.

«Нет, только не это! — взвизгнула я так, будто мне руку защемило дверью. Я могла представить своего отца где угодно, даже в стриптиз-шоу, но только не там, среди отказавшихся от собственного достоинства людей, из которых как будто навсегда высосали всю жизнерадостность.— Ты не должен туда ехать!» — отрезала я и для убедительности пнула табурет. Да так сильно, что чуть не взвыла от боли. Но вместо стона только сильнее разозлилась и добавила суровости взгляду. Возможно, если бы папа увидел меня в том «гелендвагене» с Валечкой, он орал бы точно так же, как я сейчас, и тоже швырялся бы табуретками. Но, к счастью, я уродилась поумнее его и умела помалкивать о таких вещах. Он об этом никогда не узнал.

Я думала, что надо бы как-то помочь отцу. Придумать какое-то дело. Дать, например, объявление, чтобы он катал на лодочке туристов по Волге, показывал им красоты нашей Костромы. Или скреативить еще что-то. Одно мне было совершенно очевидно: сам отец ни черта не понимает и уже никогда не поймет в том, как устроена новая жизнь, в которой мы барахтаемся. Он сам не найдет уже того прутика, вокруг которого выстроит свою частную, скромную, но честную судьбу. Ему этот прутик не только надо подсунуть прямо под нос, его надо еще и прикрутить насильно. И я искренне обдумывала, как и к чему его прислонить. Но недолго.

Увы, все мои благие намерения оказались пустышкой. Всего лишь красивыми фантазиями, которыми я усыпила себя той тревожной, опустошающей ночью. Вернувшись в Москву, я тут же забыла про «конструктивные решения» и «позитивное мышление», снова завертелась как флюгер под шквалистым ветром среди киргизов, толстосумов, учебников и зачетов.

В реальности обустройство участка оказалось не таким уж простым делом, как мне представлялось вначале. Но несмотря на трусливые метания, экзамены и чудовищную криворукость (мою и моей команды), ценой проб и ошибок мы все-таки довели сад Эммы до ума. И выглядел он вполне сносно. Наш труд даже можно было счесть делом рук профессионалов, если не знать, сколько раз мы перестилали газон, какое количество посадочного материала загубили, и не упоминать о том, как мы перекладывали плитку на парковке, обнаружив, что она просела под тяжестью джипа в первый же вечер (нам же не пришло в голову заливать бетонную основу). Про мелкие огрехи вроде посаженных рядышком крыжовника и смородины (то-то радость для мучнистой росы) и про розетку автоматического полива, расположившуюся прямо под скамейкой, тоже лучше не вспоминать.

Конечно же, Валечка хотел воспользоваться всеми этими недочетами, чтобы кинуть меня на бабло. Пришлось подкарауливать его и еще раз кататься с ним на джипе по загородной дороге. На этот раз мы вполне поладили, и на следующий день в его офисе я смогла забрать гонорар.

Как выяснилось, доступ в Библиотеку иностранной литературы и отказ от чистоплюйства дают возможность показать себя вполне приемлемым профессионалом почти в любой области.

Начавшись с блефа и беззастенчивого воровства чужих идей, мой путь садовницы так же и продолжился. Все полтора десятка лет, что я промышляла этим делом, всегда тупо срисовывала чужие работы и повторяла их. Конечно, время от времени меня подмывало сочинить что-нибудь свое, оригинальное и авторское. Но красть чужие идеи всегда оказывалось надежнее и проще, чем создавать собственный креатив. Пугали ответственность и высокая цена ошибки. К тому же, когда заказчик начинал надувать щеки и критиковать проект сада, я безо всяких сомнений вставала на защиту эскиза — была абсолютно уверена в том, что это настоящая, грамотная и профессиональная работа. Если бы эскиз рисовала я, то никогда бы не смогла так уверенно его отстаивать и рекламировать.

И поскольку оригинальные ландшафтные идеи раньше меня не осеняли, то и сейчас, при всем желании, я вряд ли бы смогла сочинить настоящий оригинальный проект сада для Марины и БМ. Когда я приняла их приглашение, то рассчитывала точно так же, как и всегда, украсть что-нибудь в иностранных журналах — конечно, для таких высоких господ я своровала бы что-нибудь роскошное и затейливое, из самых лучших образцов. Но в отсутствие интернета я была не способна даже на это. Только на дикие, ни к чему не обязывающие фантазии…

Марина. Посылка

В иные дни зыбкость мира кажется почти неодолимой. Все и всё представляются случайными фигурами на скользкой глянцевой доске, которая сейчас накренится, и все сущее соскользнет в темную бесконечную пропасть, хватаясь друг за друга. Подобные дни лучше всего проводить в постели, обняв кого-то, кто будет шептать тебе на ухо, что падение — это полет, доступный человеку. Или, если уж ты в постели одна, просто замереть, завернувшись в одеяло и стараясь не шевелиться, чтобы не нарушить непрочного равновесия мира.

Так я и лежала. Смотрела на часы на стене, по-мышиному шуршащие секундной стрелкой. Шурх-шорх-шхх. Как будто время было зубастым зверьком, подгрызающим канат, на котором висит та самая глянцевая доска, удерживающая всех нас. Завтрак я уже пропустила. До обеда еще оставалось достаточно времени, чтобы понадеяться, что мир за это время обретет прочность и в нем можно будет без опаски перемещаться.

Вдруг — тихие шаги за стеной. В мягких тапочках — так ходит прислуга. Шаги замерли около двери. Осторожный шорох. Я еще сильнее вжалась в постель. В щель под дверью протиснулся блестящий полиэтиленовый пакет. Шаги удалились. Я боязливо спустила ноги с кровати. С миром ничего не случилось, он не дрогнул.

Внутри оказались журнал и записка. «Ты все сделала правильно», — написал Борис. Я все сделала правильно! Радость, дрожь в пальцах. Торопливо листала слипающиеся глянцевые страницы. Вот она, нужная публикация. Буквы скользили, расплывались акварельными пятнами. Тут говорится обо мне? Но я ведь не произнесла за время интервью ни слова… На фото меня нет. Но Боре что-то понравилось… Перескакивала со строчки на строчку, выискивая свое имя.

«Элегантная моложавая женщина вошла в комнату вместе с господином Поленовым. Это его жена Марина. Она одета дорого, строго и просто, сообразно своему общественному положению. Узкая юбка графитового цвета, утягивающий талию пояс, блузка оттенка слоновой кости. Держится с приветливым достоинством и отстраненностью». «Супруга все время интервью находится в комнате. С вниманием и поддержкой смотрит на мужа. Она сидит не шелохнувшись, словно манекен или персонаж картины».

Манекен? Это комплимент такой?

«Поленов — новый для России тип влиятельного деятеля. Сторонник прогресса, отдающий дань консервативным ценностям. Убежденный технократ и патриот. Его жена — еще один безупречный "аксессуар", атрибут стиля, положительно влияющий на имидж. Она не прячется от публики за высоким забором. В нужный момент она всегда рядом с мужем, безупречно выдержанная и элегантная. Но уверенно и с достоинством отступает на второй план, как только объектив обращается на нее».

Хи-хи. Безупречный аксессуар, надо же. Это я-то не прячусь за высоким забором? Хотя… да, я не прячусь. Меня прячут.

Интересно, как это корреспондентка заметила, каким взглядом я смотрела и куда? Она же сидела спиной ко мне. Как она вообще смогла написать обо мне столько слов, хотя видела меня от силы секунд десять?

Неважно. Главное, Боря похвалил меня. Я все сделала правильно! Он мною доволен. Я поцеловала записку.

Мир обретал твердость, устойчивость. Я снова понимала, зачем я тут. Я сделала что-то важное для Бориса, не приложив усилий. Просто тем, что присутствовала рядом. Не об этом ли я всегда мечтала? Просто быть. И быть оцененной и ценимой за это. За бытие.

Последние абзацы проглотила с легким головокружением эйфории. «Интервью окончено. Марина встает с кресла и поправляет несуществующую складку на своем безупречном, без единой вольности костюме приглушенных цветов, напоминающем элегантный саван. Поленовы выходят из комнаты, не глядя друг на друга».

Что-что-что? Напоминающем что?

Как? Как, черт побери, эти люди с блокнотами умеют одной строчкой перечеркнуть все?

Я еще раз посмотрела на записку, написанную рукой Бори. «Ты все сделала правильно».

Теперь я понимала, что это не похвала. Это прощение. За то, что я опять все сделала неправильно.

Я с головой уползла под одеяло. Было душно, почти невозможно дышать. Хотелось вскочить и прыгнуть, с силой пнуть весь этот чертов мир. Чтобы все полетело в тартарары, в пропасть, в геенну огненную и исчезло. Но я знала, что сейчас, когда хочу, чтобы мир захлебнулся в беспорядке, он назло мне окажется невероятно крепок, устойчив, непоколебим и упорядочен. Они, которые там, снаружи одеяла, сейчас хохочут и насмехаются надо мной, пока я кусаю мокрую от слез простыню.

То, чего я хочу, совсем рядом, но постоянно ускользает. Когда я закрываю глаза, вижу это все почти реально.

Ладно… Ладно, ладно. Еще не все потеряно. В конце концов, Борис же все понял и извинил меня. Значит, он еще дает мне шанс. Он говорил про прием, который будет в усадьбе. Там я ему все докажу. Он увидит, что я — та, такая, правильная.

Флора. Взяться за старое

Я понимала, что сад, который нарисую, никогда не будет воплощен в реальности — а значит, я могу решиться на все, чего душа пожелает.

Рука сама собой начала хулиганить: рядом с очень разумно расположенным розарием вдруг выскочила мини-плантация конопли (она тоже любит такие южные опушки). На лужайке перед большим домом разлился прудик с декоративными рыбами.

Несколько вечеров я с нереальной тщательностью продумывала туевый лабиринт, которым очертила границы участка. Он причудливо вился вдоль всего забора. Аттракцион был устроен издевательски: чем настойчивее человек стремился к границе участка, тем искуснее тропинки неизменно уводили совсем в другую сторону. И наоборот — стоило только отказаться от этой идеи и повернуть к забору спиной, как тропка тут же выбрасывала тебя почти к самой границе.

Нарисовала я и зеленые кабинеты-шкатулки, забраться в которые было не так-то просто. Со всех сторон окруженные акациями, елками или крыжовником, они выглядели снаружи абсолютно закрытым и недоступным, «потерянным» пространством. Но если знать секретный вход, в них можно было запереться от любопытных глаз и слушать искусственный ручеек, собирая сладкую лесную землянику. Травы я там высеяла мягкие, душистые — те, что и не скошенные пахнут сеном. Хватит уже с меня монотонной, невыразительной, ничем не пахнущей газонной травы «Канада грин».

За домом, в продолжение вишневого сада, вырос небольшой классический сад изобилия. Цветы и плоды. Прованские травы, виноградная лоза, яркие многолетники и смородина. В центре — яблоня, пусть будет кроваво-красный апорт, древнейший сорт. Дерево познания. Это же рай, в конце концов!

Словом, это был совершенно не похожий на ровно выстриженный, спланированный по линейке и торопящийся выставить напоказ все свои богатства официозный парк вроде регулярных садов Версаля, Трианона или Марли. Нет, в моем парке человек не ощущал бы себя королем мироздания, укротившим природу и вогнавшим ее в задуманные им рамки. Не был это и пейзажный парк вроде Кью Гарден, Централ-парка или Гайд-парка, расчетливо прикидывающийся «делом рук самой матушки-природы». Нет, я не хотела дарить людям иллюзию, будто они непринужденно вписываются в естественную жизнь и сам человек — необходимый элемент мировой гармонии.

Не был это и милый восточный садик с играющими в прятки камнями, загнутыми крышами беседок, мостиками и отражениями деревьев в воде. Это был русский сад — каким я его понимала. Неразгаданная и полная неожиданностей земля. Место, в котором невозможно ориентироваться, опираясь на память или логику. Только интуиция и прозрение направят в нужную сторону. В этом грандиозном хаосе напрасны были бы поиски принципов и законов, которые помогут найти порядок в бескрайней мозаике бытия. По моему замыслу, каждые десять-двенадцать дней облик сада должен был меняться и дезориентировать своего гостя. Если ты не заглядывал в эти земли пару недель, придется изучать их заново.

Только на нашей земле с ее выматывающей сезонностью и можно создать такой сад. Очень зримая смена зимы-весны-лета-осени, полный круг превращений: абсолютное умирание и абсолютное возрождение — это наш сад. Лондонскую зиму легко можно спутать в иной день с лондонским летом. А у нас крайности: морозы, весенние ливни, зной. Поэтому прочь из моего сада всех европейских неженок, которых надо укрывать на зиму. Как уродливо смотрятся все эти деревянные ящики и матерчатые кульки лутрасила, защищающие растения от наших холодов! Из недотрог я оставляю в саду только розы, да и то зимостойкие канадские сорта.

Летняя зеленая стена, сбросив осенью листья, станет тонкой гравюрой, царством объема и света. Когда взгляд не отвлекают яркие листья, цветы и бабочки, становятся заметными изящные изгибы ветвей, шероховатая кора. Невидимые летом под пышным вьющимся ковром опоры пергол и арок, когда выпадет снег и облетят листья, окажутся винно-бордовыми, приглашая под свой ажурный купол. Ярко-красные ягоды барбариса и нежные плоды снежноягодника привлекут зимой звонких синиц и снегирей, так что жизнь здесь не остановится даже в самые злые морозы.

Я бегло осмотрела проект. Он был вызывающ в своей неправильности, хаотичности, дезорганизованности и нереалистичности. И все-таки для полного сумасшествия ему чего-то не хватало. Чего? Разве что… шутки! Своеобразное чувство юмора подтолкнуло меня к тому, чтобы симметрично дереву познания расположить его антипод — мандрагору. В самом скрытом и недоступном для какой-нибудь случайной овцы уголке, в сердце самой хитрой «зеленой шкатулки» спрячется этот небольшой и опасный цветок. Ягоды его, напоминающие по виду желтые помидоры,— настоящие плоды незнания. Тяжелый галлюциноген, ведущий к сексуальному возбуждению, потере памяти, а то и смерти. Такой вот прикол.

Любой настоящий ландшафтный дизайнер раскритиковал бы и высмеял мой проект. Я даже не была уверена, что все его элементы воплотимы в реальности. Конечно, я не сделала бы ничего подобного для настоящего заказчика, зная, что кто-то будет на это смотреть. Но… Прошло совсем немного времени, и я буквально влюбилась в свою фантазию, перестала вглядываться в ее изъяны и даже начала жалеть, что это всего лишь рисунок. Хорошо, что у меня была возможность придумать его. Пожалуй, мне действительно, стоило поблагодарить Марину за то, что она подтолкнула меня к такому отрыву.

И вот ведь как бывает: однажды поселившись в голове, самая безумная мысль вдруг начинает усиленно нашептывать: «Я реальна!

Я осуществима! Просто попробуй!» И хоть бы раз такой навязчивой для меня становилась какая-нибудь разумная, светлая идея — помочь приюту для животных или сдать донорскую кровь. Нет, прилипчивыми становятся самые глупые фантазии — типа лизнуть качели на морозе. Это как с каким-нибудь очитком едким. Чем старательнее его обрезаешь, тем активнее он растет именно там, где ты стараешься его укротить. И если однажды зазеваться и вовремя не обкорнать эту энергичную тварь, она буквально падает под собственной тяжестью именно на ту сторону, которую ты хотела уничтожить совсем. Прятаться от таких живучек бесполезно. Если очиток даже засунуть в книжку и убрать в дальний шкаф, позже ты обнаружишь, что он прекрасно продолжает зеленеть.

Меня распирало от желания поговорить — о себе и придуманном проекте.

Однажды днем я сорвала с постели покрывало и вышла в парк. Расстелила покрывало на полянке, насыпала орешков и устроилась рядом, постукивая скорлупками друг о друга и прицыкивая зубом — «тсс-тсс». Минут через пять рядом появилась та, кого я ждала — суетливая белочка с наивно вытаращенными глазками. Во взгляде ее читались любопытство, доверчивость и готовность дружить. Детка сама прыгнула к лакомствам и начала набивать щеки. Тут я ее спеленала свободным концом покрывала. Прощай, одиночество!

У меня в коттедже стоял просторный плетеный ящик для белья — замечательный домик, который я и предложила своей новой подружке. Также ей был подан ужин из пяти видов орехов и отборных сухофруктов. «Ты довольна своей новой обстановкой, детка?» — поинтересовалась я, ставя внутрь поилку с водой. Белка испуганно моргнула, забилась в дальний угол и не выглядела такой уж радостной. Целый вечер я нежно и ласково беседовала с ней и ближе к закату полюбила как родную. Всю ночь она скреблась и шуршала еловыми ветками, которые я бросила ей в избушку. «Обустраивается, лапушка моя!» — с нежностью думала я, вставляя беруши.

Следующий день был наполнен радостью. Я советовалась с белочкой, что приготовить на обед и какую юбку надеть на прогулку. Обсуждала с ней прочитанные книги и новости из телевизора. Почему-то много рассказывала ей про Егора, не называя его по имени. Вспоминала, как чудовищно он мыл посуду — просто ставил тарелки в раковину и заливал водой. А через минут двадцать доставал и ставил в сушилку как чистые! А еще о том, что носки у него в цветную полоску, а в рюкзаке всегда галстук — «на всякий случай». А когда мы единственный раз целовались, он закрыл мне уши ладонями, и я слышала-чувствовала, как бьется в них кровь. И мое сердце подстраивалось под его пульс и тоже начинало биться реже. Да, почему-то у него сердце стучало реже, чем у меня. А еще... Хватит, а то я, пожалуй, разревусь. Лучше о чем-то другом. Например о том, что первоцветы уже вовсю белеют, а на ужин Лапушку ждут семечки. Я подолгу лежала на ковре рядом с домиком и показывала белке свой проект, пользуясь карандашом как указкой. «А вот здесь, посмотри, подружатся можжевельник и вереск»,— уговаривала я ее. Белочка проносилась мимо, цепляясь коготками за стенки ящика, и я верила, что своим шустрым глазом она успевала оценить всю прелесть задумки.

В моем дневнике появился символ нежной дружбы — туя восточная.

Вечером я включила Лапушке канал «Дискавери» с видами весеннего леса и отправилась полежать в ванне. Когда часа через два я вернулась, белка сидела на жердочке — толстом прутике, вставленном мною между планками ящика. Она молитвенно сложила на груди крошечные лапки и подрагивала головой, как старушка в Альцгеймере. Я в первый раз видела белку с поджатым

хвостом. Постучала по клетке. Лапушка даже не пошевелилась. Попыталась погладить ее по серебристо-рыжей спинке, но она не реагировала даже на это. Я позвала ее, белка ухом не повела. Она словно улетела из этой реальности. И тут меня будто ударило током. Боже, до чего я дошла!

Не одеваясь, как была, завернутая в полотенце, я схватила клетку и выскочила во двор.

Распахнула ящик. Белка по-прежнему сидела, подрагивая головкой, и не замечала, что ее больше никто не держит.

«Ну давай же, дурочка, беги от меня! Уходи!»

Лапушка не слышала или не понимала. Я аккуратно перевернула клетку, и скрюченная тушка с мягким стуком вывалилась на землю, даже не поменяв позы. Как чучело. Почувствовав под собою траву, зверек безвольно пошевелил лапками. Как будто не веря, что это не сон.

«Проваливай, говорю, отсюда! — хлопнула я в ладоши и топнула на белку с такой яростью, как будто от ее бега зависела моя собственная жизнь. — Беги, пока я не передумала!»

Белка вздрогнула от резкого звука, встала на задние лапы и кружащими, будто пьяными прыжками неуверенно поскакала в лес.

«Прости меня, пожалуйста, — прошептала ей вслед. — Я не хотела. Просто мне было очень одиноко и плохо. Хуже некуда», — я села на ящик и зарыдала.

Прорыдала всю ночь. Меня расплющило от острой жалости ко всем троим — Лапушке, себе и… Марине. Я вдруг догадалась, что она, наверное, сама ужасно мучается, что затащила меня сюда. Но ничего уже не может исправить. Мучение — понимать необратимость собственноручно учиненного насилия. Невозможность

прекратить чужое горе. Я почему-то была уверена, что Марина сейчас лежит в своей огромной
кровати и рыдает — совсем как я над впавшей
от тоски в оцепенение белкой. А где-то рядом
с ней лежит Поленов, не замечающий этих слез…
Интересно, хотелось ли ей хотя бы раз, чтобы
у нее под кроватью лежал садовый топорик?

Егор. Камера, мотор!

Итак, у меня был адрес садового участка, на котором Флора работала совсем недавно. Все, что мне надо было сделать,— сесть за руль, доехать до этого места и задать пару вопросов. Плевое дело. Но я не ехал. Поездка — это слишком настоящее действие. Похоже, я разучился совершать поступки. В реальном мире в последние годы я находил для себя так мало привлекательного, что почти полностью переселился в мир виртуальный. Я хотел жить так, чтобы как можно меньше быть задействованным в реальности. Словно не живу, а вижу сон о жизни. И теперь не мог поверить, что буду идти по какой-то там загородной дорожке прямо ногами, потом прямо рукой стучаться в дверь или прямо пальцем нажимать на кнопку звонка, что-то объяснять живому незнакомому человеку не по работе и не в ситуации, когда он мне должен что-то продать, а я могу быть сколько угодно привередливым клиентом. Нет! Мне придется по-настоящему, не по скрипту с кем-то общаться, а не коммуницировать. Этот разрыв шаблона так неприятно отзывался внутри, что я даже начал задумываться, не интроверт ли я.

Вот Флора на моем месте, я в этом не сомневался, пулей помчалась бы по обнаруженному адресу. Она человек действия, решительная, даже отчаянная. «Про тех, кто не пошел, не поехал и не решился, кино не снимают. И книг не пишут»,— говорила она, пускаясь в очередную авантюру. У нее вообще занятно устроена голова. Она видит, делает и выбирает совсем не то, что большинство людей. (В психологическом тесте «Вычеркните лишнее слово» в списке «автомобиль», «ехать», «каюта», «колесо», «дерево» она не задумываясь назвала лишней «каюту», а не «дерево» и не «ехать».) И, кажется, Флора вообще ничего не боялась. Рядом с ней мне тоже становилось легко, нестрашно и куражисто.

Решился в пятницу, почти вечером.

Мы с Вадимом сидели в офисе и ели пиццу.

— Опять ты заказал пиццу, полуеда какая-то,— троллил я коллегу, внутренне, однако, испытывая благодарность за то, что он сделал хоть что-то, чтобы мы не сидели голодными. Но перфекционизм заставлял меня выискивать недостатки уже реализованного решения.— За меньшие деньги мы могли заказать полноценный обед с супом и вторым.

— Да, но это было бы не по-стартаперски,— усмехнулся Вадим.— Ты видел, чтобы в сериале «Силиконовая долина» кто-нибудь ел суп и тефтельки?

— Это как раз было бы по-стартаперски, потому что дешевле,— срезал я его, беря второй кусок пиццы.

— Если уж совсем по-стартаперски, надо было взять смузи,— рассмеялся он.

Я согласился. И тут ракурс, с которого наблюдал ситуацию, неожиданно поменялся. Включилось оно: внешнее видеонаблюдение. Я увидел нас обоих как будто через видоискатель кинокамеры — героями сериала про амбициозных, решительных, предприимчивых парней. Я даже ощутил на себе тепло кинософитов. И понял, что все-таки хочу быть человеком, про которого стоит снимать кино или писать роман. Причем такой роман, который понравился бы Флоре. И решился вести себя как персонаж ее будущей любимой книги.

Я почти реально слышал героическую воодушевляющую музыку и закадровый голос, который произносил: «Егор сорвался с места, вскочил за руль своего спортивного внедорожника, врубил пятую передачу и решительно помчался навстречу приключениям. Из колонок орала песня "Нас не догонят". Егор подпевал ей во весь голос».

«Что-что?! Ты на самом деле этого хочешь? Чтобы я врубил эту пошлятину?! — недоверчиво спросил я у закадрового голоса.— Мне эта песня вообще никогда не нравилась».

«Егор врубил "Нас не догонят", открыл настежь окна автомобиля и стал подпевать во весь голос. Люди, сидевшие в попутных машинах, с брезгливым изумлением смотрели на него и поплотнее закрывали окна своих авто, чтобы не слышать вопли, которые издавал Егор»,— настаивал закадровый голос.

Я вздохнул и сделал, как велели. Что же, если хочешь быть героем девичьего романа, иногда приходится вести себя как полный кретин. Люди в соседних машинах действительно стали брезгливо закрывать окна, как и предсказал голос.

Ехал под диктовку навигатора, не задумываясь, подчиняясь командам «держаться правее» и «повернуть налево». И все это время видел себя как будто со стороны. Словно по параллельной со мной полосе ехал оператор и снимал меня на фоне мелькающих пейзажей. Я думал о том, какой я персонаж — положительный или комический? Ну не злодей же! А когда отвлекался от этих мыслей, хотел зарядить себе кулаком в нос, вспоминая о том, сколько времени потерял, напрасно ожидая сообщения от Флоры и растравляя свою гордость и подозрительность. Удивительно, что человек внезапно пропал из Facebook на долгое время, и никто не обратил внимания, не заподозрил неладное. Никто, кроме меня.

День поворачивал к вечеру. Загородная дорога. Запах весеннего леса, холодной воды, только что раскрывшихся почек. Почти такой же день, как тогда, когда Флора поймала меня у подъезда и попросила отвезти ее к заказчику. Ее захватила новая авантюра: вздумала притворяться ландшафтным дизайнером. Какая она была смешная врушка! Меня забавляло, как наивно и самозабвенно Флора врала. Я никогда не подлавливал ее на лжи, не уличал, потому что вранье было так очевидно и наивно, что ему можно было только улыбаться. И еще я никогда не задумывался о том, почему она врала.

И мы поехали. Мне было хорошо оттого, что Флора со мной в машине. «Хочешь стать моей? Хочешь стать для меня всем?» — пела магнитола (по-английски, конечно). Добрались. Вышли.

И вот она стоит передо мной. Продрогшая, натурально ледышка. А глаза не замерзшие — теплые.

И вдруг они выскочили, те самые три слова: «Я тебя люблю». Они так давно крутились на языке, что сорвались с него сами по себе, без моего решения. Как будто бы стучались-стучались в какую-то стенку, и вдруг она рухнула. Мы стояли рядом, и я ее поцеловал. Губы у нее были прохладными. Поцелуй как будто остановил мир, земля перестала крутиться. Мы были в центре мироздания. Это было прекрасно и одновременно бесконечно грустно. Словно я был космонавтом, которого выкинуло в открытый космос и несло в ледяной темноте безо всякой надежды. И вдруг — бинго! — солнечным ветром меня прибивает прямо к космической станции, на бортах которой весело мигают разноцветные лампочки, а иллюминаторы светятся теплым желтым светом. В этом столкновении было такое обещание спасения, такая невыносимая вспышка эйфории!.. Но тут же какая-то неведомая сила внезапно отталкивает меня от этого места. И я лечу в одну сторону, а корабль — в другую. И любые мои усилия догнать его и удержаться рядом абсолютно бесплодны. Я вижу, как желтые окна неторопливо, давая запомнить себя, уплывают, превращаясь в далекие огоньки, и становятся неразличимыми среди звезд.

Откуда взялось это ощущение? Почему за время поцелуя в моей голове прокрутилось именно это кино? Наверное, были причины. Не знаю. Я не видел никаких знаков или намеков. Но чувствовал: что-то случилось.

Не надо говорить, что любовь — это дар, которым мы должны дорожить. В двадцать один ты безоглядно веришь, что даже если это дар, подобных ему будет еще предостаточно. Когда через пару дней Флора заявила, что больше не хочет со мной встречаться, это было как будто мне выстрелили в грудь. Но я не подал виду. Кажется, я кивнул и буркнул «ну и ладно».

Мне не хотелось уговаривать ее, втирать ей, что буду любить ее вечно и всегда буду рядом. Я не хотел говорить то, во что сам не верил. Не хотел выглядеть дураком. Я много читал «СПИД-инфо», смотрел серьезные фильмы и знал, что вечной любви не бывает. Что любовь живет три года и люди обязательно и непременно друг другу надоедают. Да и по своим родителям я это видел. Моя любовь прожила уже больше года. Ей оставалось два. Я решил подождать, пока она сдохнет, а потом случится новая любовь, и эту я больше не вспомню.

Сейчас я думаю, что чем моложе человек, тем больше он понимает в любви. Потом все тебя начинают учить «правде жизни» и «готовить к реальности», а ты, к сожалению, слишком веришь этим урокам. Тебе сообщают, что вокруг много хищных, корыстных, глупых женщин. Что девушки часто обманывают и играют парнями. Что отношений у людей может и даже должно быть много разных. Что в юном возрасте не бывает серьезных чувств, и главное — что все это обязательно пройдет. Сейчас я вижу, что серьезные чувства на самом деле только в юности и возможны. Но всеобщая убежденность в том, что «это обязательно пройдет», особенно убивает. Так говорят все. Не могут же ошибаться ВСЕ?! Но тогда я этому верил. А сейчас бы сказал, что все эти «честные» разговоры людей, накопивших негативный опыт,— ментальное порно. Надо было затыкать уши и просить их: «Пожалуйста, перестаньте делиться со мной своими бедами и выдавать их за "правду жизни". Можно я проживу свою жизнь и у меня будет своя правда? Пусть у каждого она будет своя». В первую очередь стоило сказать это папе, когда он собирал чемодан, съезжая на съемную квартиру, и зачем-то придумал объяснить мне свое поведение. Надо уметь защищаться от токсичной откровенности.

«Егор резко затормозил перед оградой, опоясывавшей коттеджный поселок, не доезжая до проходной со шлагбаумом. Он выпрыгнул из автомобиля и пружинящей походкой зашагал вдоль забора, отыскивая дыру, через которую жители поселка делают вылазки в окружающий лес за грибами, ягодами и новогодними елками. В каждом коттеджном поселке есть такой неохраняемый черный ход. Он надвинул на глаза солнцезащитные очки и отхлебнул виски из спрятанной во внутреннем кармане фляжки».

«Послушай, у меня нет с собой ни солнечных очков, ни фляжки,— предупредил я.— К тому же как я, по-твоему, потом сяду за руль, если буду посреди дня хлебать виски?»

«Шагая по аккуратным мощеным дорожкам, он заглядывал сквозь кованые решетки оград на ухоженные садовые участки, высматривая тот, фотографии которого, кажется, уже были впечатаны в сетчатку его глаз».

«Э-э-э… Прямо-таки "впечатаны в сетчатку"? Можно там как-то полегче со сравнениями?»

Нужный участок я поначалу проскочил: он скрывался от чужих взглядов за почти двухметровой живой изгородью. Если бы не ажурная крыша оранжереи, выглядывавшая из-за ограды и знакомая мне по фотографиям, я бы в жизни не узнал этот сад. Снимки, размещенные в блоге, были сделаны осенью. Весной все выглядело совершенно иначе.

Это оказалось интимное и возбуждающее ощущение — войти в сад, созданный девушкой, которая тебе нравится. Рядом со входом цвели нарциссы. Клумба с веселыми цветами издавала благоухание. Вокруг было еще множество разных симпатичных кустов, цветов и трав, но нарциссы — единственные цветы, название которых я знал. Еще в саду были интересные камни. И не заурядные и случайные, а очень впечатляющие. Одни полупрозрачные, похожие на сахарный лед. Другие — блестящие, карамельно-глянцевые, будто увеличенная раз в сто конфета «Меллер». Розовые, похожие на куски свежеразделанного мяса. Еще один камень, на вид рассыпчатый, как халва, менял цвет от молочного до василькового. В нем была какая-то тайна. Я его запомнил и даже сфотографировал. Люблю синий и его оттенки. Все мои свитеры и рубашки — в сине-голубой гамме.

Дальше оказалось просто: я сказал хозяевам, что в восторге от их сада и хочу получить контакты ландшафтного дизайнера, чтобы нанять его. Через минуту телефон Флоры был забит в моем мобильнике. Пять раз проверил каждую цифру. Поблагодарил. И уверенно зашагал к тайному лазу. Ноги несли меня с такой энергией, что казалось даже удивительным, что я не подпрыгиваю до неба при каждом шаге.

Едва протиснувшись через дырку в заборе, я тут же набрал Флору. И услышал: «Абонент недоступен».

Флора. Вишневый сад

Конец апреля выдался по-настоящему жарким. Почти две недели светило крепкое щедрое солнце, снег стаял даже в самых тенистых уголках сада. Но последние дни держалась туманная погода и дули северные ветра — плохой знак. Благодаря безудержному солнцу вишневые деревья за домом уже совсем было собрались цвести. Нежные бутоны усыпали еще почти голые ветки, высунув розовые носики из малиновых юбочек. Я бродила среди деревьев, тревожно глядя шершавые стволы. Пальцы отчетливо ощущали легкую влагу на вишневой коре. Я послюнявила палец и подняла руку вверх. Холода не чувствовалось ни с какой стороны. Так я и думала — ветер совершенно стих. Эх, вишни, поторопились вы зацвести! Такая пасмурная погода с внезапным полным безветрием после долгого солнца в конце апреля — почти приговор. Хотела бы я ошибиться!

Вечером я с беспокойством ждала новостей по телевизору. В выпуске был сюжет о БМ — он давал большую пресс-конференцию для журналистов, и в новостях показывали самые яркие эпизоды разговора. БМ выглядел ощетинившимся, как напыжившийся кактус, и… каким-то беззащитным. Понятно, что большинство присутствующих обращались к нему с уважением и почтением. Но были и беспардонные ребята, которые вели себя так, будто хотели побравировать своей лихостью, потыкав палкой в хищника, сидящего в клетке. БМ вел себя достойно, отвечая им умно и одновременно холодно. Держался он строго, но при том живо и непринужденно. Даже шутил. Я начала немного понимать всех тех болтливых дамочек, которые бросались откровенничать про отношения с БМ, случайно столкнувшись с ним на официальном приеме.

И все-таки, как бы ни была интересна пресс-конференция, не она стала для меня самым волнующим сюжетом в программе, а прогноз погоды, который с задором зачитала фигуристая девица в обтягивающем платье. Будто не понимая всей серьезности и убийственности того, о чем она говорит, ведущая объявила, что весна ненадолго возвращает права зиме и в ближайшие ночи в Подмосковье возможны заморозки — до двух-четырех градусов ниже нуля.

Я вышла на крыльцо. К деревянной раме окна снаружи был привинчен градусник с красным ртутным столбиком. Термометр показывал плюс два. Это еще не катастрофа, но если хочешь спасти сад, пора активно действовать.

Я колебалась — стоят ли деревья отказа от плана игнорировать обитателей большого дома? Оглянулась в темноту — туда, где за особняком прятался вишневый сад. Эти неженки так наивно доверились первому теплу и пригревшему их солнышку. Могу ли я бросить их в беде? Сделать их лето бессмысленным? И — без цветов и ягод — бесплодным? Что может быть сиротливее этого вишневого сада в июле, когда он будет стоять выхолощенный? Эх! Я отправилась к большому дому, на ходу застегивая теплую куртку.

Чем ближе я подходила к главной усадьбе, тем мощнее разрастался страх и тем больше хотелось развернуться, убежать в свою избушку, посильнее врубить отопление, забраться под одеяло и забыть о надвигающихся заморозках. Начало двенадцатого. Большой дом спал, задернув гардины. Лишь в пяти окнах виднелся приглушенный свет — там горели ночники или настольные лампы. Весь первый этаж выглядел безжизненным, светилась только огромная стеклянная дверь центрального входа. За ней дремал дежурный. Я остановилась перед дверью. Сердце бешено колотилось. Решительно выдохнула. Дыхание взвилось легким морозным облачком. Втянула ноздрями воздух — он пах зеленью, свежей травой и… снегом, зимой, морозом. На нос мне, покружившись, села снежинка. Я смахнула ее ладонью и, зажмурившись, постучала в стекло. Охранник подскочил почти сразу. Поправил кобуру, достал пистолет, взвел курок и лишь затем чуть-чуть приоткрыл дверь.

— Заморозки,— сказала я.— Надо спасать сад. Разбудите хозяев.

— Ждите,— ответил он. И захлопнул дверь.

«Что я творю? — подумала, топчась перед стеклянной дверью и вглядываясь сквозь нее в галерею темных комнат.— Сама приперлась к БМ в дом посреди ночи. Попросила разбудить. На что я нарываюсь? Или хочу, чтобы случилось еще одно приключеньице? Нечто такое, после чего я вообще никогда не смогу отсюда выйти?»

Я представила, что сейчас из темноты выйдет Поленов. В пижаме. Что он сделает, услышав мой лепет про вишни? Позовет помощников? Вызовет цветочную армию спасения? Побежит за курткой и зажигалкой? Или схватит меня и потащит в темную пещеру пустынных комнат?

Сорвет с меня одежду? Чтобы я не орала, засунет мне в рот кулак? Или еще что-то?

Тело странно отозвалось на эти мысли. Страх остался — где-то чуть ниже солнечного сплетения. Но он неудержимо преображался. Только что это был огромный туго сжатый бутон, и вот — он стремительно распускается в трепещущий, дрожащий цветок, тут же теряющий свои лепестки. Через секунду это уже был огромный плод, рассыпающий вокруг свои семена, которые вихрем разнеслись по всему телу и проросли мурашками на коже. Дыхание перехватило. Ноги подкашивались. «Эй, тело, ты чего? Что это было?» Я не успела закончить внутренний допрос: на пороге появилась Марина. В безразмерных спортивных штанцах с начесом, футболке и флисовой курточке.

Я объяснила ей всю трагичность сегодняшней ночи. Что цветы могут погибнуть, но есть шанс спасти ситуацию. Честно говоря, мало верила, что кому-то кроме меня важны эти глупости. Ну подумаешь, вишня в саду в этом году не принесет ягод. Как будто это имеет какое-то значение для обитателей усадьбы, которым в любое время доступны любые экзотические плоды. Если все можно купить за границей, зачем выращивать тут? Никакого практического смысла.

Примерно так и высказалась Марина — мол, подумаешь, какая беда. Они никогда эту вишню не собирают и не едят! Все фрукты привозные. Беспокоиться не о чем, и я должна идти спать и не мешать отдыхать занятым людям.

Я вернулась в домик, но не стала раздеваться и открыла окно. С каждой новой снежинкой, залетавшей в комнату с улицы, мне делалось все грустнее и тоскливее. Вдруг в дверь ультимативно громко постучали. На пороге стояла Марина. Как выяснилось, она тоже не могла заснуть после разговора со мной. И так же смотрела в окно на снег. А потом, не успев толком и задуматься над тем, что делает, просто встала и пошла ко мне.

Посреди ночи мы с ней и парнями из охраны бродили среди вишневого сада и жгли костры, подкидывая в них побольше хвороста и листьев, притащенных из лесной части участка, чтобы дым валил погуще. С неба сыпались снежинки. Проснувшиеся птицы носились низко над землей. Тени от костров плясали на стенах сонного большого дома. Все подзамерзли. Марина неожиданно вытащила из сумки термос с горячим чаем и протянула его сначала мне. Я хотела гордо и презрительно отвернуться, но сейчас в Марине было что-то беззащитное и даже трогательное, она нахохлилась, как замерзающий воробушек, и моя рука протянулась ей навстречу.

Я отхлебнула пряный, согревающий напиток. Между нами возникла та взаимная открытость, которая появляется между людьми, стоящими вместе под ночным весенним небом и пьющими чай из одной чашки.

Я не без иронии поинтересовалась, как отнесся БМ к тому, что его жена среди ночи подорвалась спасать какие-то дурацкие вишни.

– А он и не заметил, мы не спим в одной комнате,— запросто призналась Марина.

— Ха-ха,— совершенно неуместно рассмеялась я.— А помните, когда я в первый раз приехала в усадьбу, вы заявили, что не сомневаетесь, что у меня нет любящего мужчины. Мол, если бы он был, то ни за что бы не отпустил меня среди ночи из теплой супружеской постельки устраивать какие-то дурацкие насаждения?

Марина кивнула, отхлебывая.

— Ну так сейчас вы точно такая же, как я, безумная садовница! — рассмеялась я.— Раз в ночи гоношитесь среди посадок.

— Ну да, конечно! — подозрительно весело согласилась Марина.— Это же здорово. Именно так я и представляла себе наше общение, когда приглашала вас сюда. Что мы будем вместе делать что-то очень живое.

Эта волна искренности ошарашила. Пожалуй, она первый в моей жизни человек, который так запросто признается в своей нелюбимости и оставленности. Не жалуется, не сетует, а просто констатирует. Я смущенно отвернулась — к большому дому, на стенах которого плясали тени костров. В окне второго этажа шевельнулась занавеска, мелькнул мужской силуэт. Успокоившийся было вихрь внутри меня снова порывисто закружился, разнося по телу мурашки, словно летучие невесомые семена.

— Между прочим, я подготовила проект сада,— вдруг призналась я.

— Вообще-то я думала, что мы вдвоем будем рисовать эскизы,— оживилась хозяйка.

— Если мы хотим успеть сделать хоть что-то в этом году, надо приступать немедленно,— сказала я.— Даже в конце мая делать серьезные посадки уже поздно. Утром после завтрака я зайду к вам и мы все обсудим.

В третьем часу ночи Марина начала зевать, поскучнела и ушла в дом. Мы с парнями остались в саду поддерживать костры. Ребята были вполне симпатичные, но не то слишком молодые, не то прибитые секретностью — поболтать с ними не получилось, как я ни старалась. С командой терминаторов и то удалось бы веселее провести время. Жаловаться им на свое заточение мне тем более не пришло в голову. Уж они-то знают местные порядки и вряд ли поспешат меня вызволять.

Солнце взошло и принялось помогать нам своими теплыми лучами, но еще около двух часов после восхода мы обогревали деревья. И наконец затушили огонь.

Впервые за долгое время, укладываясь спать, я завела будильник. Я больше не буду отсиживаться и ждать чудесного спасения. Я буду действовать.

Приступили к обсуждению эскиза сада. Марина сразу заявила:

— Главное, чтобы это было настоящее искусство. То есть чтобы не слишком просто.

Я была с ней согласна — прекрасное должно быть замысловатым. В чужих работах меня всегда восхищали именно мастерство, достигнутое с опытом, и невозможность повторения или даже более-менее похожей имитации профаном.

Бумажная работа, которая обыкновенно кажется нудной, шла бодро. Подробную документацию мы готовили вместе с Мариной — генплан, дендроплан, разбивочный чертеж, ассортиментную ведомость посадочного материала и так далее. Это ее развлекло, но увлекло гораздо меньше, чем я ожидала. Даже самые отстраненные прежние мои заказчики погружались в тему гораздо въедливее и глубже. Марина разговаривала со мной как будто с морской глубины — словно сигналы доходили до нее с большим искажением и очень приглушенными. Или как будто она всегда была немножко под транквилизаторами.

Когда все было описано и посчитано, пришло время приступать к делу — потребовались рабочие.

Я не представляла, как справлюсь с работой без моих киргизов, с которыми трудилась уже несколько лет. Но затаскивать их сюда я не имела права — они не заслужили такой подставы. К тому же мне вряд ли бы это позволили.

— Кто же будет непосредственно копать, поливать, перетаскивать плитку и так далее?

— Да вон тут сколько парней! — разрешила мои сомнения Марина, махнув рукой в сторону домика охраны. — Вы им все покажете, они люди сообразительные, схватят на лету. Вам надо всего лишь дать им точные инструкции и показать, что и как.

«Ну надо же, как мило, — с раздражением подумала я. — "Всего лишь" надо им все показать и подробно объяснить, что делать». Можно подумать, я в курсе подробностей, как там и что делается. Киргизы сами, без моих указаний, все знали. Честно говоря, я не представляла, как выполнять множество вещей, с которыми рабочие как-то сами шутя справлялись. Как замешивается цементный раствор? Как именно утрамбовывается газон? Чем отличается хороший плоскорез от неудобного и бесполезного? Я знала только, что киргизы постоянно искали тот самый «правильный». Где они его находили, в конце концов? И это только первые вопросы, которые возникли в голове. На самом деле было еще множество моментов, в которых я ни черта не соображала.

Да я и не должна была этого знать! Ни один специалист сегодня не представляет весь процесс, в котором он занят, от начала до конца во всех подробностях. Спросите кого угодно! Дирижер не обязан уметь играть на всех инструментах. Модные архитекторы не интересуются современными материалами, но при этом нарасхват. Водителям, даже профессиональным, сегодня ни к чему знать, что под капотом, и уметь ремонтировать автомобиль. Они даже дорог не знают — спасибо навигаторам. Министру сельского хозяйства необязательно даже бывать в деревне. Психологи, пишущие книжки о воспитании детей, прекрасно справляются, будучи убежденными чайлд-фри. А уж сколько я видела консультантов по развитию бизнеса и бизнес-тренеров, ни разу не управлявших даже сигаретным киоском! Толстые прыщавые фитнес-инструкторы — видели таких? Даже консьержки не знают в лицо и по имени людей, живущих во вверенном им подъезде,— а ведь, казалось бы, куда уж проще? Можно продолжать и продолжать. Все имеют некоторое общее представление о своем деле. В этом и есть прелесть нынешнего дня — сложные вещи воспроизводят себя практически сами, без участия интеллекта, который обнимал бы процесс целиком, зная все детали производства.

Самое неприятное, что, осознавая свою правоту, я все равно почему-то стеснялась собственного незнания. Поэтому ночи напролет штудировала пособия для агрономов, библии садоводов и даже лунный календарь — чтобы затем выдать свеженькие знания, едва улегшиеся в моей голове, за мудрость, которая копилась там десятилетиями. Это оказалось даже хорошо, что я была так сильно загружена. Потому что, переставая думать о саде, тут же тонула в тревоге. Иллюзия пасторали не заслоняла главный вопрос: как мне все-таки отсюда выбраться? Я представляла, как мои друзья по Facebook организуются в поисковые отряды, просматривают видео с камер наблюдения во всех районах, где я могла побывать. Возможно, мои френды-журналисты уже написали десяток заметок про внезапно исчезнувшую известную «садовую партизанку». Наверняка все только и говорят, что о моем исчезновении.

Флора. Чувства

Накануне привезли саженцы бересклета — подрощенные, почти взрослые кусты. Много — я запланировала пышную купину. Здоровые, с хорошими корнями, бодрые растения оказались редким эстетическим браком — однобокие, с несимметрично сформированной кроной. Утром приехала машина, чтобы вывезти уродцев на свалку (увы, посадочный материал не подлежал возврату). Бересклеты было жалко, но не до слез. Оторопь из-за не прижившихся деревьев и загубленных саженцев меня охватывала только на самых первых проектах (да и то скорее из-за их стоимости). Потом к этому привыкаешь. Настоящий садовод должен быть безжалостным. Ты не сможешь воплотить хороший проект, если будешь жалеть каждую неудачную былинку. Не вырастишь хороший урожай, пытаясь помирить листовертку и яблоню: ты или за яблоню, или за вредителей. Да, это Спарта.

Помощники грубо, с грохотом и пылью, забрасывали массивные пластиковые горшки с бересклетами в кузов, когда мимо проплыл автомобиль БМ. Машина миновала нас и неожиданно, но мягко затормозила. Стекло пассажирской двери опустилось, Поленов озадаченно посмотрел на меня, на бересклеты и на работников. Я поздоровалась, не слыша собственного голоса, и вся обратилась в слух, ожидая, что же он мне скажет. Какими будут его первые слова, обращенные ко мне после всего случившегося и неслучившегося? Нервы у меня начали звенеть — с таким напряжением я ждала его голоса. Но он только кивнул и пошевелил губами — причем обращался, видимо, не ко мне, а к кому-то сидевшему в машине. Если даже он сказал «здравствуйте», то на рыбьем языке. И ничего не спросил. Стекло поднялось, и машина продолжила путь. «В этот раз он меня хотя бы заметил», — промелькнула в голове дурацкая мысль. Я же успела за несколько секунд рассмотреть его во всех подробностях — как будто мне предстояло составлять фоторобот. Удивительно, но БМ выглядел ощутимо помолодевшим с нашей последней встречи. Хотя и тогда он не был рыхлым грибом, сейчас в нем чувствовался какой-то молодой ток, задор, свежесть — как будто пыльный офисный фикус вдруг умыли и опрыскали азотными удобрениями.

Вечером Марина пригласила меня в свои комнаты. Она сообщила мне то, что, видимо, и произнес Поленов с утра в машине: на носу большой прием в усадьбе и к его началу парк должен выглядеть прилично. Никаких раскопок, ям, кустов в пластиковых горшках и прочего позорища. Высказав это, Марина не выпроводила меня, а принялась примерять передо мной вечерние платья. Типа советовалась — что же надеть на праздник? Тихо светилась взволнованным ожиданием «потрясающего представительного приема, настоящего бала», на котором будут значимые партнеры и коллеги Поленова. Ей было важно не ударить в грязь лицом. Она так по-девичьи волновалась, как будто впервые выходила в свет и никогда не мелькала в Tatler и глянцевых светских хрониках. Будто ей впервые предстояло надеть одно из этих дорогих платьев. Да даже если впервые, когда на тебе платье Valentino, какие могут быть волнения? Обо всем уже подумали за тебя. В таком платье нет ни одного шанса опозориться и выглядеть как-то не так, недоумевала про себя я. Но Марина взбудораженно натягивала то один, то другой наряд. Все они сидели превосходно, но было между платьями и Мариной что-то враждебное. Будто наряды с чужого плеча. Где-то пройма не на месте, где-то декольте чересчур сильно обнажало грудь, где-то подол слишком длинен и волочится по земле, даже когда Марина встает на высоченные десятисантиметровые шпильки. Да и шпильки эти не хотят с ней дружить — хозяйка морщится, втискивая в лодочки свои широкие ступни, растоптанные, будто после трех беременностей.

— Не переживайте, все пройдет зашибись,— успокоила я Марину и щедро пообещала: — Муж заново в вас влюбится.

Она разволновалась, наступила на подол мерцающего платья и доверительно плюхнулась на диван рядом со мной.

— Вы прямо в точку попали,— сказала Марина.— Мне на самом деле очень надо, чтобы он влюбился в меня после этого вечера.

— Сто процентов, так и произойдет.

— Мне хотелось бы сто один процент. А лучше даже все двести,— просяще произнесла она.— Помогите мне. Нам надо... вернуть супружеские отношения.

— Бог мой! Да как я могу в этом помочь? Я же не Купидон и не сексолог,— ответила ей и поймала себя на том, что голос мой зазвучал неприлично оживленно, почти радостно.

— Бывают ведь такие растения... Приворот- ные. Они существуют на самом деле?

— Ха! — расхохоталась я. — Если бы они суще- ствовали на самом деле, я бы уже давно сменила профессию на более прибыльный бизнес.

— То есть нет таких цветов или плодов, ко- торые помогут околдовать мужчину?

— Конечно нет. Приворотное зелье пьют толь- ко в сказках. А в реальности существуют лишь виагра, косметика и пластическая хирургия. Рань- ше были растительные полумеры. Например, белладонна, которая расширяет зрачок, делает взгляд более загадочным, но одновременно пор- тит вам зрение и слегка отупляет. Некоторые кладут в лифчик лепестки розы. Ну и так далее: все эти приемчики древних красавиц, у которых не было возможности заказать себе профессио- нальную косметику, духи и медикаменты. В со- временной аптеке и парфюмерном магазине вы найдете гораздо больше чудес, чем у самой крутой знахарки прошлого. К тому же я не знахарка.

— Жаль, — искренне огорчилась она. — Что-то мне кажется, что все легально доступные сред- ства недостаточно действенные. Если я не про- изведу на него правильного и сильного впечат- ления в этот вечер...

— Что же такого ужасного он может с вами сделать?

Вместо ответа Марина встала и стянула с вешалки новое платье.

— Вы все-таки подумайте насчет приворотного зелья.

Конечно, я ни секунды не потратила на то, чтобы всерьез задуматься о ее просьбе. Выйдя поздно вечером из большого дома, прокручивала в голове наш разговор и спрашивала себя: а чего это я так обрадовалась, услышав, что у Марины с Поленовым нет секса? Обрадовалась ведь — этого я не стала от себя скрывать. И даже сейчас, когда вспомнила этот момент, губы сами растянулись в улыбку, а живот подобрался, будто на мне было облегающее платье и я шагала на сцену.

Вечерами накануне бала я пристрастилась смотреть выпуски новостей. БМ показывали довольно часто. Почти всегда он запускал какой-то новый проект, важный и футуристический. И делал это невозмутимо, со сдержанной мужской силой. Выключив телевизор, я ворочалась с боку на бок и гадала — думает ли он обо мне? Вспоминает ли хоть иногда наш случайный секс? И неужели ему совсем меня не жаль, не жаль моей молодости, всей возможной любви и жизни, которых он меня лишил? Или, может быть, взамен он хочет дать мне свою любовь?

Я лежала в постели без сна и грезила. Причем мечты мои были крайне противоречивы.

Я представляла, как душу БМ шарфом, угощаю чаем с ядом, топлю в пруду на участке и вырываюсь на свободу. Или как он скоропостижно умирает от инфаркта, меня выпускают как птичку из клетки, и спустя время я тайно прихожу ночью на его могилу, чтобы плюнуть.

А иногда, ворочаясь с боку на бок, я представляла совсем другую встречу с БМ: долгий душевный разговор глаза в глаза. О чем-то очень настоящем, важном, интимном, значимом. В этих беседах он меня жалел, объяснял, как устроена жизнь, и учил правильному образу мыслей.

Была и третья фантазия: дверь в мою избушку внезапно распахивается, и на пороге — он, без предупреждения. На ходу ослабляет галстук, смотрит на свои Vacheron Konstantin и говорит: «Не будем терять времени!» Причем по какой-то причуде подсознания, чем дольше БМ меня игнорировал, тем чаще и неотвязчивее я думала о нем. И тем чаще являлась именно последняя фривольная фантазия.

Из каких-то обрывков телепередач, оброненных им фраз, подслушанных в усадьбе разговоров, рассказов Марины я лепила его образ и вела долгие беседы с этим «воображаемым другом».

Но почему же, черт возьми, он меня игнорит? Я ощутила давно забытое чувство — подлинный интерес к другому человеку и желание его узнать. Сблизиться. В последние годы я была не то чтобы одинока, но сама по себе. Не потому что мужчины перестали проявлять интерес. Это я устала, потеряла веру в них. Мне казалось, что мужчины не стоят сближения.

Часть II

2014.
ПЕРВОЕ ЛЕТО

Поленов.
Прием в усадьбе

арина спускалась на первый этаж, бережно подхватив подол нежно-розового, переливчатого, словно внутренняя створка ракушки, платья. Поленов смотрел на нее снизу вверх из гостиной. Вдруг Марина покачнулась, наступив на подол, схватилась за перила, Поленов вздрогнул, тело его противоречиво устремилось одновременно вперед и назад, будто в сложном танцевальном движении, когда грудная клетка летит навстречу партнеру, а ноги в тот же момент бегут от него. Но Марина как ни в чем не бывало продолжила сошествие. Может, вообще показалось? Закатное солнце, лившееся сквозь огромное лестничное окно, растворяло силуэт женщины в золотистом сиянии. С торжествующей и одновременно вопрошающей улыбкой она плыла вниз, а по стене в вытянутом охристом прямоугольнике света скользила вторая женщина — ее тень. Марина шагнула в вечерний полусумрак гостиной, выходившей окнами на север, и тень исчезла, шмыгнула ей под подол.

— Золушка прибыла на бал,— улыбнулась она.

— Двадцатиминутная готовность,— Поленов взглянул на часы.

Вокруг сновали черно-белые люди. Официанты, сотрудники фонда — в основном мужчины. Несколько женщин той особой деловой породы, которой приходится нарочито и сосредоточенно выискивать в себе «пикантный недостаток», чтобы замаскировать «милой слабостью» устрашающее волевое совершенство.

Над лужайкой натянули провода, с них свисали алые бумажные фонари и янтарные лампочки. Прямо на земле, прикрытые от ветра стеклянными колпаками, горели толстые, величиной с полено, свечи. Тут и там выросли скульптуры из срезанных цветов. Звучала музыка — нежно и ненавязчиво, как звон серебряной ложечки в хрустальной вазе. По газону носились колли и незнакомая, мультяшно-плюшевая псина.

— Узнаете? — с придыханием спросила Ирина, зам Бориса Максимовича по пиару.

— Мы уже встречались с этой собачкой? — с сомнением спросила Марина.

— Это же Фуку! — восторженно замахала руками пиарщица. — Собака президента Боткина, понимаете? Это невероятное, невероятное везение, — продолжала Ирина, направляясь к лужайке. — Случайно сложилось. Встречалась с одним ответственным человеком и в шутку говорю: «Может, президент приедет на вечеринку, все-таки будущее страны, инновации, передовые кадры?» Он посмеялся, а потом отвечает: «Боткин, конечно, не приедет. Не его уровень. А для его собаки в самый раз мероприятие». Думал подколоть меня, а я сразу сообразила, какой это роскошный пиар-ход. Просто великолепный! Фуку, Фуку, иди к тете! — Ирина замахала руками.

Собака отозвалась на свое имя, прибежала и подняла вверх улыбающуюся морду. Марина улыбнулась ей в ответ.

— Что значит ее имя?

— Фуку по-японски покорность, — гордо ответила Ирина. — Погладьте, не бойтесь. Фуку хорошая. Да, моя девочка? Давайте постараемся, чтобы гости активно фотографировались с этой милой собачкой. Вот наш фотограф, который будет дежурить на этой точке. Вы же понимаете, как это важно?

— Важно для чего? — не поняла Марина.

— Для всего! Для вашего мужа, для нас, для страны! Может быть, даже для всего человечества,— пояснила Ирина.

Марина никак не могла связать у себя в голове собаку президента с инновациями и Технопарком, но поверила на слово, что у псины есть какое-то магическое влияние на сложные процессы, которыми руководит ее супруг.

Ребята из кейтеринга заканчивали последние приготовления, стаскивая целлофан с огромных тарелок, заваленных канапе и рулетиками. Все это было похоже на свадьбу. Марина так себя и почувствовала: невестой. Юной, трепетной, обворожительной, таинственной.

Идея устроить прием для резидентов и друзей «Школково», да еще в собственной усадьбе, не казалась Поленову такой уж умной. Что может изменить один вечер, если люди уже выбрали свой путь? Решили покинуть страну, вывезти бизнес или вернуться в свои уютные иностранные университетики и читать лекции там? Разве пара бокалов вина, выпитых в компании чиновников, изменит их планы? Но отдел стратегических коммуникаций настаивал, что прием может изменить настроения и что это эффективный неформальный инструмент. «Не стоит недооценивать обаяние власти. Побольше персон федерального уровня, личного отношения, и люди растают»,— авторитетно поблескивала очками Ирина Миронова, руководитель пиара. Ирину в «Школково» схантили задорого, переманили из международного экологического фонда, гремевшего по всему миру. Не доверять ей было нельзя. Ведь если считать, что ее советы никуда не годятся, то дальше следовало спросить: за что же она получает такие космические деньги? Неужели тот, кто одобрил для нее эту зарплату, идиот? А кто назначил этого идиота руководить? Легче было согласиться с тем, что Ирина — профессионал мирового уровня и говорит дельные вещи, даже если здравый смысл шептал об обратном.

«Шампанского?» — предложил официант.

Марина взяла прохладный бокал и нерешительно замерла с ним, словно засомневавшись, стоит ли ей остаться с собаками или лучше отправиться к мужу в гостиную, куда уже заходили нарядные мужчины и женщины.

Егор. Из жизни джедаев

Наверное, не стоило идти на этот прием. Даже честнее было бы не пойти: мы уже окончательно решили покинуть и «Школково», и эту страну. Юристы начали процедуру ликвидации Future Vision. Долгов на фирме не висело, поэтому учредитель (то есть я) после закрытия юрлица по закону получал права на собственность компании, оставшуюся после расчетов с партнерами. Патенты и ноу-хау, которые Future Vision не имела права ни продать, ни передать, повязанная грантовым договором со «Школково», скоро станут лично моими — распоряжайся как хочешь. Например, езжай в Литву и создавай новую фирму, монетизируй разработки в Европе. Юристы таки нашли лазейку, как нам вытащить из-под замка собственные идеи и разработки.

Да, на вечеринку можно было не идти. Но мы с Вадимом набили карманы визитками и пошли.

Во-первых, потому что сматывали удочки по-тихому и не хотели, чтобы о нашей затее начали подозревать раньше времени. А во-вторых, на приеме у Поленова обещали засветиться рейтинговые иностранцы, знакомство с которыми полезно, в какой бы стране ты ни запускал свой стартап.

Лесная дорога на подъезде к усадьбе была заставлена дорогими тачками и такси. Мы приехали на Uber и отпустили машину. Даже десятки автомобилей не могли заглушить запахи соснового бора и предвечерние лесные ароматы. Солнце уже висело над горизонтом.

На проходной толпилась нарядная очередь. Разодетые гости стремились поскорее протиснуться через ворота. Ожидая своей возможности оказаться в заповедной усадьбе, они хлопали себя по щекам и запястьям, сбивая комаров. На входе всех обыскивали и отбирали телефоны. Мы с Вадимом настороженно переглянулись, но когда увидели, что владелец сервиса машинного перевода ADDYY безропотно отдал свой айфон, последовали его примеру. На шею каждому вешали бейджик с именем и названием компании.

— Кажется, теперь я понимаю, зачем всех тут собрали,— усмехнулся Вадим, когда мы наконец вошли на территорию.— Набухают нас, а сами в это время всю переписку прочитают.

— И прочитают, и ответят,— подыграл я.

Мы шли по дорожке среди сосен, а из-за деревьев, отбрасывавших длинные тени, молча выступали официанты с непроницаемыми, будто маски, лицами и так же безмолвно протягивали подносы с шампанским. От первого из них мы с Вадимом непроизвольно шарахнулись, как от призрака, а у второго со смешком взяли по бокалу. Выполнив миссию, он все с тем же с каменным лицом сделал шаг назад и снова скрылся за сосной. Идти с полными бокалами в руках было неудобно, и мы стремительно осушили их.

Вокруг усадьбы витало легкомысленное настроение. Играл симпатичный лаундж. По газону бегали две большие лохматые собаки. Красиво стояли женщины на каблуках — таких высоченных, что, думаю, на этих каблуках только и возможно красиво стоять. Ходить уже вряд ли. Все присутствующие делились на два типа: те, у кого на шее не было бейджей,— они держались по-хозяйски, а костюмы сидели на них, как вторая кожа, и те, у кого на груди болтались бирки,— они демонстрировали «напряженный позитив», как женихи на смотринах. Мы тоже были «женихами». Все старались изобразить Голливуд и «вечеринку у бассейна» (хотя бассейна не было): деланая открытость, разговоры о больших деньгах, «сделать мир лучше», «предвидеть будущее», «технология XXII века» и все обязательные на таких тусовках громкие слова. Удивительно, но я ни разу не услышал ни «крымнаш», ни «крымненаш», хотя в любой очереди и на любой автозаправке в те дни говорили только об этом. Но тут другие сферы и другой контекст. Здесь такие вещи как бы даже не обсуждались. Присутствующие были выше этого.

В нашей команде за пафос отвечал Вадим, поэтому болтал в основном он. Я стоял рядом и кивал. Если бы спросили что-то конкретно про технологию, то тут вступил бы я. Но никто не спрашивал. Удивительно, но комары здесь не досаждали — как будто им не выдали бейджиков и не впустили за проходную. Хотя, скорее всего, работали какие-то отпугиватели.

Минут через сорок толпа уже хорошенько затоптала газон, а под ногами стали попадаться пустые бокалы. Официанты подбирали их торопливо, соревнуясь, будто дети, ищущие пасхальные яйца в американском фильме. Инноваторы ослабили галстуки. Тут музыку приглушили, и в центре лужайки сам собой образовался пустой круг, куда под аплодисменты вошел Поленов. Солнечный свет уплывал за горизонт. Мы видели уже не столько Бориса Максимовича, сколько его силуэт на фоне затухающего заката и светящихся желтым газовых фонарей.

Красиво. Не удивлюсь, если он, планируя свое выступление, сверился с данными приложения Weather, чтобы явиться именно в таком антураже — за пару минут до сумерек.

Все приглашенные уже не раз слышали его речи, похожие одна на другую, как будто он нанял самого ленивого в мире спичрайтера, поэтому разговоры не особенно заглохли, когда Поленов взял слово. Борису Максимовичу даже пришлось постучать по микрофону, добиваясь тишины. Толпа притихла. Я ожидал всего традиционного набора клише: про то, что технологии — это будущее, а мы — надежда страны, про «Россию — лидера инновационного развития» и бла-бла-бла. Поленов как будто прочитал мои мысли и решил поразить.

«Обычно я говорю про инновации и будущее, про надежды и стремления. И конечно, я буду говорить об этом снова и снова. Но… не сейчас. Сегодня у нас вечеринка, и поэтому я хочу произнести тост. Тост-притчу».

Все удивленно замолкли, кое-кто зааплодировал. Поленов говорил неторопливо, даже вкрадчиво: «Давным-давно, в одной далекой-далекой галактике…— публика изумленно загудела и радостно заулыбалась — впервые босс заговорил с резидентами Технопарка не шершавым языком пропаганды, а на «свойском» языке поп-культа.— На одной древней планете жил юный падаван, в котором было великое средоточие Силы и огромные познания в технологиях. Избранный».

Поленов, окутанный контровым светом, выдержал эффектную паузу и очень медленно и внимательно обвел глазами аудиторию. На какую-то долю секунды наши взгляды встретились, и мне показалось, что сейчас он говорит исключительно обо мне. Хотя, наверное, такое же чувство возникло у каждого слушателя. Все как-то подобрались и вытянулись.

«Джедаи открыли падавану путь овладения Силой, обучили и подарили ему тайные знания,— продолжил Борис Максимович.— Но… он предал своих наставников, поддавшись влиянию зерен тщеславия и сомнения, которые посеяли в его душе сторонники Темной силы. Он предал своих учителей и благодетелей. Нарушил обеты. И тем самым погубил всех, кого любил, и все, чем дорожил. Он вверг вселенную в хаос. Мы все знаем, как звали этого падавана и что за судьбу он себе выбрал».

Еще одна эффектная пауза.

«Каждый, кто вошел сегодня в эти ворота,— избранный. В каждом из вас сосредоточена огромная сила. И выдающиеся знания. Не забывайте, ради чего эта энергия вам дана и кто был вашим проводником на пути открытия Силы. И пусть каждый из вас помнит о данных им обетах. Помните о них ради тех, кого вы любите. Ради той идеи, которая вас вдохновляет. И да пребудут с нами сила и великое знание».

Поленов поднял свой бокал высоко — как факел. В хрустале преломился последний солнечный луч. И тут спустились сумерки, пахнущие ароматом влажной скошенной травы. Борис Максимович растворился среди толпы гостей, которая мгновенно стала похожа на хоровод плотных теней.

Гости стояли пораженные и даже немного оглушенные, но когда Поленов замолк, лишь на пару секунд воцарилась пауза, а потом раздались оглушительные аплодисменты, которые перешли в скандирование «Школ-ко-во», «Школ-ко-во», «По-ле-нов», «Рос-си-я», «Рос-си-я». И «Ура-а-а-а!» А потом все бросились неистово расхватывать бокалы и чокаться. Кажется, я даже расслышал «крымнаш». Я тоже взял пару шотов и опрокинул их подряд, друг за другом.

Никогда не верил в силу ораторского искусства и в то, что какие-то слова могут что-то менять в реальной жизни. Я аплодировал стоя, когда в «Игре престолов» Теон Грейджой толкал речь в духе «сразимся так, чтобы все девки потом, давая другим, вспоминали только нас», а его

246

вояки, которые должны были воодушевиться, тут же оглушили его и продали в плен Рамси Болтону. Ха-ха-ха. Но сейчас я ощутил себя героем другого, идеалистического фильма. Героем, который услышал ту самую речь — не Теона Грейджоя,— пробившуюся сквозь скорлупу цинизма. Кажется, на этот раз меня снимали с дрона, и камера летела довольно высоко: одинокий герой в многолюдной толпе, прислушивающийся к внутреннему голосу.

Мне стало стыдно за все, что мы затеяли с Вадимом. Я раскис. К счастью, Вадим оказался не таким впечатлительным нубом, как я, и ехидно проехался по речи Поленова в стиле «зассать и заморозить», напрочь сбивая пафос его слов. Я слушал и соглашался. Конечно, он прав и говорит здравые вещи. Но одновременно я продолжал видеть и слышать Поленова и ощущать, что и его постулаты верны. Я догадался, что напился. И что мне нужно на какое-то время скрыться от всех, чтобы примирить эти голоса у себя в голове. Отступить в тишину и безлюдье. Я отделился от толпы и пошел в парк по освещенной луной дорожке.

Парк был темным, таинственным и настоящим. Он окутывал туманной сыростью, запахами ночи, шорохами, свежестью. Шагая по вымощенной тропинке, я уперся в тупиковую площадку, окруженную цветами. Среди клумбы независимо и инопланетно мерцали озаряемые лунным светом камни. Одни полупрозрачные, похожие на сахарный лед. Другие блестящие, карамельно-глянцевые, будто увеличенная раз в сто конфета «Меллер». Третьи — розовые, похожие на куски свежеразделанного мяса. Еще один камень, на вид рассыпчатый, как халва, менял цвет от молочного до василькового. Возникло странное чувство, как будто я уже был однажды в этом саду, хотя могу поклясться, что в усадьбе Поленова оказался впервые. Жутко. Как будто кто-то подсмотрел мой сон.

Если это сон или кино, подумал я, сейчас самое время встретиться с монстром, маньяком или привидением. И тут за спиной послышались шорох и шаги. Кто-то приближался. Но я не услышал тревожной закадровой музыки. Сцена звучала и выглядела обыденно, даже немного скучно. Видимо, кино про меня — не триллер. Я обернулся и узнал Поленова.

— Вам нравится сериал «Обмани меня»? — спросил он, и голос прозвучал расслабленно, даже по-приятельски.

— Да, Тим Рот великолепен, — оживился я, удивленный тем, что Борис Максимович заговорил на столь неформальную тему. Он сегодня был в ударе.

— Это он натолкнул вас на мысль создать алгоритм распознавания жестов?

— Нет. Нет-нет! — я замотал головой, меня бесили эти — увы, частые — подозрения, граничащие с обвинением в плагиате.— Когда фильм начался, я за голову схватился: мне казалось, что сейчас сотни команд по всему миру станут делать то же самое, о чем мы с Вадимом давно всерьез задумались.

— Вы же верно спрогнозировали, конкурентов оказалось много? Сколько команд занялись тем же? — прочитал мои мысли Поленов.

— Я знаю полтора десятка стартапов в этой области,— ответил я. Тема разговора все-таки оказалась не очень-то приятной, однако я уже привык отбиваться от обвинений во вторичности.— Но такого алгоритма, как у нас, нет ни у кого из них. Наша разработка уделала Google на международных соревнованиях.

Мне показалось, что я догадываюсь, куда клонит Поленов: видимо, сейчас расскажет про наших менее удачливых конкурентов — бедных стартаперов, которым не удалось создать такую крутую программу, потому что их не поддержало мощное «Школково» и у них не было возможности сосредоточиться на продукте, а вместо этого они бегали и искали деньги. И что мы должны быть благодарны Технопарку и ему лично за то, что нам удалось воплотить свои фантазии. Словом, душить меня чувством долга и благодарности. Но я ошибся. Поленов резко повернул разговор на другую тему:

— Интересно, да? Одна и та же мысль одновременно приходит в голову множеству людей. Вы верите в то, что наши мысли рождаются именно в нашей голове?

— Вы хотите поговорить про ноосферу? — я не мог понять, чего он добивается.

— Это в вашей голове родилась мысль уехать в Литву? Как вы думаете? Или вам ее забросили? Тогда кто и зачем?

Я потерялся. Мне казалось, что мы такие карлики в толпе резидентов, что все происходящее с Future Vision совершенно незаметно там, наверху. И никто не видит, как мы тихонько пакуем чемоданы. А оказалось, что мы как на ладони, если даже не под микроскопом.

— Юридически,— в своем кино я уже видел себя мальчиком в картонных рыцарских доспехах, скачущим навстречу громиле на исполинском коне.— Юридически мы в своем праве. От «Школково» мы получили не инвестиции, не субсидии, не кредит, за которые должны были бы предоставить долю в бизнесе или еще какие-то обязательства, а грант. Грант не подразумевает возврата вложенных денег. Это безвозвратная поддержка, меценатская.

— Вы думаете, я не знаю, что такое грант? — в его голосе звучала не то насмешка, не то угроза.— Юридически вы все делаете грамотно. А если по-человечески?

— А что по-человечески? — взвился я.— Остаться здесь и закопать все, на что мы потратили годы?

— Вы гонитесь за деньгами, но вы не найдете их там. Вы там не нужны. Вы станете просто дешевой политической разменной картой. Вы же знаете, откуда взялись ваши стеклянные офисы, безбедная жизнь и смузи?

— Я не пью смузи,— фыркнул я.

— Вы же понимаете, что в какую-то больницу не купили УЗИ или аппарат вентиляции легких, где-то дети не получили учебников или грамотного учителя, чтобы вы сидели в тепле, уюте и изобретали? Это народ оторвал от себя последнее и сделал ставку на вас. Надеясь, что вы создадите что-то дельное, что изменит жизнь к лучшему. А теперь вы, как крысы, сожрав все, бежите на чужую жирную помойку за длинным долларом. Совесть-то не плачет?

Ну вот наконец то, чего я и ожидал,— давление на чувство долга. Навязывание вины. Начинал бы сразу с этого, а то «Обмани меня», «откуда берутся наши мысли». Знал же, чем все в итоге обернется.

— Мы бежим не за деньгами. Дело не в них, а в том, кто мы, что делаем и зачем. Мы хотим создавать нечто новое и важное, чтобы воплотить его в жизнь. А здесь никакой интеллектуальный продукт не приживается и не начинает дышать. Вы душите все живое, вы перессорились со всем миром, так что все двери для нас закрылись. Если мы останемся здесь, наши усилия точно сдохнут, как крыса в вакууме. Мы бежим за будущим и за надеждой.

— Не надо этого делать,— сказал Поленов. У него это получилось даже по-отечески.— Все будет и здесь.

И вдруг запел:

Надо просто выучиться ждать.
Надо быть спокойным и упря-а-мым...

«Напился он, что ли?» — подумал я. Но Поленов выглядел вполне трезвым. Черт знает этих топ-чиновников. Говорят, их учат так пить, чтобы всегда оставаться огурцом.

— Вы подумайте над тем, что я сказал,— подытожил Поленов, взял меня под руку, как барышню, и повел назад к особняку, хотя я предпочел бы еще побродить по саду.— А главное, подумайте о том, как и когда появилась в вашей голове мысль бросить Россию и уехать в Прибалтику. И в вашей ли голове она родилась?

И он неожиданно, очень чувствительно, вбуравился пальцем мне в череп, как будто хотел просверлить в нем дыру. «Все-таки пьян»,— понял я. От этой мысли сразу стало как-то легче и веселее.

И тут вдруг во мне взбрыкнуло пьяное нечто. Нечто, решившее пойти ва-банк. И я, не успев особенно задуматься, предложил:

— Вы хотите, чтобы мы остались? Предлагаю сделку. Мне очень надо найти одного человека. Девушку. Она потерялась. Я скажу вам ее имя, а вы, используя свои связи в спецслужбах, скажете мне, где она. И Future Vision останется в России,— я не собирался выполнять условия этой сделки, но мне показалось, что это хороший шанс найти Флору.

Он лишь удивленно покосился на меня:

— Я не предлагал вам сделки. Я взываю к вашему здравому смыслу и чувству… родины. (Чтобы подобрать последнее слово, ему понадобилось время.)

— А вы подумайте, не говорите сразу нет,— произносить эту фразу на переговорах меня научил Вадим, и (на удивление) она обычно работала. Подумав, люди действительно соглашались на предложенный вариант.

— Ее зовут Флора Елисеева. Если вы мне скажете, где она, я сделаю то, что хотите вы.

Поленов очень странно дернулся и ускорил шаг.

На Вадима я наткнулся почти сразу, как только вернулся к праздничной толпе. Мы еще пару раз накатили и решили, что пора валить.

На проходной нам вернули мобильники, и я тут же включил свой, чтобы вызвать Uber. Мобильный интернет здесь почти не ловил, приложение со скрипом загрузилось и долго-долго подтягивало карту. Когда же изображение местности наконец появилось, телефон уверял, что мы совсем не среди леса на Рублевке, а в аэропорту Домодедово.

— Ого, да здесь GPS-сигнал глушат,— Вадим заглянул мне через плечо.

— Похоже,— кивнул я.— Чтобы дроны не запускали.

— И чтобы не чекинились.

— Я понял! — рассмеялся я.— Здесь водится редкий покемон-гоу, и Поленов боится, что другие его поймают.

Вадим вежливо усмехнулся. Ну да, ну да, юмор — не мой конек.

— Смешно, конечно, но как мы будем добираться домой? Как мы вызовем такси? — напарник поежился, и выдохнул облачко пара.

Несмотря на июнь, ночь выдалась прохладной, и уматывать надо было поскорее, пока мы не окоченели.

На дороге еще стояли припаркованными десятка три машин гостей. Мы попытались набиться в попутчики в пару из них. Нас вежливо отшили, и мы поперлись пешком вдоль леса по обочине шоссе.

Места показались мне смутно знакомыми. Как будто однажды уже был здесь (черт, опять дежавю) и меня обокрали до нитки. Поэтому я постоянно проверял содержимое карманов, хлопал себя по брючинам и заглядывал в мобильник. А потом увидел ее — автозаправку на развилке. С основной дороги вбок стекала узенькая асфальтированная дорожка. И тут я все вспомнил. Я действительно бывал здесь раньше. Мне не пригрезилось. Я был тогда совершенно зеленым пацаном. Черт побери, я даже был еще девственником. Сейчас, говорят, это снова модно. Но когда мне было девятнадцать, это считалось каким-то отстоем и позором. Я искал способ избавиться от девственности. Все подворачивавшиеся варианты отвращали меня. И тут появился реальный, настоящий — Флора. Но что-то пошло не так.

Марина.
Потерянная бабочка

Занятия, требующие внимания к мелочам, помогают восстановить достоинство, которому нанесен урон. Имея перед собой маленькое простенькое дельце, хватаешься за него, делаешь шаг вперед, потом хватаешься за следующее, а потом — еще за одно. Это помогает не придавать чрезмерного значения всему ужасному, что произошло, и позволяет хотя бы куда-то двигаться.

Взять бокал. Приложить его к губам, не отпивая. Подойти к группе беседующих. Покивать произнесенным чужим словам. Мягко, серебристо рассмеяться, когда засмеются все. Чуть нахмуриться, когда все серьезны. Повернуться к фотографу, когда попросят. Перейти к другой группе. Найти Бориса и слегка улыбнуться ему. Все шло хорошо. Правильно. Я чувствовала уверенность, безопасность, какую-то утешенность.

Как если бы я была ребенком, и меня после долгих слез обняли и дали конфету. Словно неведомым мне образом все оказалось под контролем.

Пространство было плотным, как густой туман, из-за множества людей и предметов, наполнявших его, бесконечно произносимых слов, музыки, ароматов духов. Мне казалось, воздух цепляется за меня как вода, полная водорослей. Но я плыла в нем уверенно, каждое движение получалось замедленным, элегантно-плавным. Вечерело, зажгли фонари. Из темноты вынырнула Ирина, и я скорее прочитала по ее губам, чем услышала:

— У вас все в порядке? Кажется, вы потеряли сережку.

— Сережку? Какого Сережку? — вздрогнула я.

Вместо ответа она дотронулась до своего уха. Я машинально потянулась к своему и не нащупала на нем бабочки Van Cleef. Невесомой, золотистой, с перламутровыми крыльями и брюшком-бриллиантом. Вчера вечером Борис открыл мне второй, маленький семейный сейф (первый я не видела открытым вообще никогда) и дал эти серьги — так церемонно, что стало понятно: настоящее сокровище. Он мне его доверил. И теперь его нет. Паника хлынула в меня, переполнила до краев и растеклась вокруг. Кажется, даже мое платье и скатерти на столах пропитались ею. Я бросилась ощупывать себя, сканировать взглядом землю, кончиками пальцев трогать все вокруг, ища сережку. Что-то блеснуло в траве, и на искру тут же наступил черный мужской ботинок. Я присела на корточки и стала отпихивать эту чужую ногу, но под ней была просто гранитная крошка. Вдруг перламутровый отсвет заплясал под столом. Я упала на колени и стремительно поползла к нему, расцарапывая руки о жесткую, влажную траву, о ее колкие стебли. Перелив света оказался обманкой, но тут же меня поманил другой — яркий, пронзительно-чистый. Я устремилась к нему, путаясь в подоле платья, потеряв туфлю. Оглушал стрекочущий гул, все перед глазами мерцало. Потом поняла, что это были фотовспышки. Я не успела дотянуться до поблескивавшей цели — жесткая рука сжала мое плечо и потянула вверх, заставив подняться на ноги.

«Немедленно в дом», — прошипел Борис и широко улыбнулся (не мне).

Вся игра света, переливы и сверкание сразу померкли, как будто мне на голову упало пыльное покрывало.

«Он заметил, он увидел, что я потеряла сережку», — я шла к дому, дергая себя за ухо и на ходу сочиняя оправдания. Взгляд Бориса сверлил мне затылок.

Мы вошли.

«Ступай к себе и сегодня больше не появляйся»,— сухо приказал-попросил Борис.

Я стала подниматься по лестнице. Он стоял внизу и смотрел, пока я не дошла до второго этажа. Потом хлопнула входная дверь — он вышел. Праздник для меня закончился. Каким же он оказался коротким! Я даже не успела разрешить себе обрадоваться по-настоящему.

Экзамен я провалила.

Мы увиделись с Борисом только за завтраком. Он жевал молча. У меня все заледенело внутри, но я набралась решимости и спросила:

— Борис, неужели эта сережка была настолько дорогой? Ты же богатый человек… Мы богатые люди… Впредь буду аккуратнее. Может, если хорошо поискать, она еще найдется?

— Поверить не могу, что ты действительно такая дура,— вздохнул Борис.— Ты правда думаешь, что дело в украшении?

— А в чем же тогда?

— Что делает настоящая светская дама, когда теряет сережку?

— И что?

— Улыбается, непринужденно снимает вторую и продолжает беседу с того места, на котором она прервалась,— спокойно произнес он.

И внезапно перешел на ор: — А не ползает на карачках, растопырив ляжки! И не жует сопли!

Он резко отодвинул тарелку с омлетом и аккуратно отхлебнул чаю.

— Ты не можешь быть той, на роль которой претендуешь. Тема твоей светской жизни закрыта.

Я подавленно молчала. Хотелось схватить вилку и выколоть ему глаз. Но я знала, что и тут как-нибудь облажаюсь и снова ничего не выйдет. Лучше и не пытаться.

— И что мне делать дальше?

Борис встал из-за стола и упругой рысьей походкой вышел из столовой. Я позвала официанта и попросила подать вино. Когда он принес бокал, я потребовала всю бутылку. Забрала ее и ушла в свою комнату.

Флора.
Не пей вина, Гертруда

Вино плескалось в хрустальных мальцовских бокалах, бурлило в Марине, разливалось по столику. Похоже, я была единственным человеком, с которым Марина не опасалась как следует набраться и сболтнуть лишнего, поэтому и получила приглашение на эту суперзакрытую вечеринку, точнее говоря, на алкоутренник. После проведенных взаперти суток под присмотром охранника мне тоже очень хотелось нажраться. Особенно сильно это желание было, когда над усадьбой взвились финальные фейерверки бала и я поняла, что уникальная возможность вырваться к людям, прокричать о своем похищении и освободиться навсегда упущена. Ух, как мне в тот момент захотелось напиться до бесчувствия! Но вселенная обычно с опозданием отвечает на наши желания — вот как сейчас. Главное, что все-таки отвечает.

— Мы что-то празднуем или наоборот? — спросила я, наблюдая за тем, как Марина отмеряет одинаковые, с точностью до капли, дозы вина в два стоящих на столе бокала.

— Мы расслабляемся,— ответила она, придвигая ко мне бокал.— Вы же устали? Пашете, поливаете, сажаете… Вот и я устала. Выдохлась. Просто измочалена.

— Мне казалось, у вас офигенно спокойная жизнь, без сверхусилий.

— Многие так думают. И им стоит подумать получше. Я устала бороться за менее спокойную жизнь.

— Кажется, начинаю понимать,— усмехнулась я.

— Вот-вот,— кивнула Марина.

И тут мы обе замолчали. Потому что у каждой из нас было много что сказать другой, но произносить это наболевшее все-таки не стоило. А потом мы все-таки напились, и разговор пробился сквозь завалы страха, недоверия и лицемерия.

— Мне всегда хотелось, чтобы меня полюбил такой человек, как Борис,— произнесла Марина, вертя в руках сережку-бабочку с перламутровыми крылышками.— Я думала, вся проблема в том, что мужчин такого уровня нет в моем круге общения, я просто не имею к ним доступа. А как только такой мужчина узнает обо мне — он сразу меня оценит. И вот Борис со мной, рядом. Он даже мой муж. Но… муж, который меня не любит. Ему все время чего-то во мне не хватает. Чего-то важного для него. Это ранит, больно ранит, но я притерпелась. Ладно, решила, пусть не любит. Но пускай хотя бы даст мне возможность наслаждаться положением его жены. Чем я, в конце концов, хуже, чем эти все? — она кивнула на стопку журналов, сваленных около дивана.— Чем я от них отличаюсь? Я не дура. Могу наизусть цитировать классиков. Выгляжу на десять лет моложе… Вот вы дадите мне сорок шесть?

«Нет, не дам,— подумала я.— Тебе можно дать хороший такой, ухоженный сорокет». В этот момент даже чуть-чуть ее зауважала — за успешную войну с возрастом.

— У меня такие же платья, треклятые сумки Birkin и серьги Van Cleef и Chopard, как у этих красоток из журналов,— продолжала Марина.— И все равно я для него не та. И недостойна выйти на какой-нибудь дурацкий модный показ или премьеру. Даже в собственном доме я не хозяйка. Прогнал меня вчера с приема, а утром наорал из-за ерунды… Что ему еще надо?! Чего во мне не хватает?! Вот вы можете сказать? Чем я от них отличаюсь — от этих баб, которых мужья водят на благотворительные балы и презентации?

Которым дарят собственные благотворительные фонды и бутики безделушек? Почему я не могу мчать в красном кабриолете по Лазурному Берегу, держа на коленях маленькую собачку?

— Может, вы и не отличаетесь от этих баб,— ответила я.— Но ваш муж отличается от их мужей.

Сказав это, я вдруг поняла, что на самом деле Марина не похожа на жен других богатых заказчиков, с которыми я сталкивалась прежде. Она была другой породы. И отличалась от них, как детдомовский ребенок отличается от балованной домашней девочки, даже если они одеты в одинаковые платьица и держат идентичные кульки с конфетами.

Понятно, что ничего такого я Марине не сказала. И продолжила свой утешительный монолог.

— Причин может быть миллион. Может, на все эти мероприятия ходит его любовница, и он не хочет, чтобы вы встречались. Может, он опасается, что вы сболтнете какой-то его секрет, а вы даже не осознаете, что это тайна. Может, он боится, что вас похитят или будут влиять на него через вас. Или, может, он страшится, что вы подружитесь там с кем-то, кто принадлежит к клану его соперников? В конце концов, может, у вас просто нет власти над мужем! А у других женщин она есть: какие-то интимные заморочки; имущество, записанное на жену; ее крутые родственные связи; ее ум и деловые советы; его стыд или вина перед ней за прошлое. Короче, какой-то хлыстик, который они показывают, как только муж перестает делать то, что от него хотят. Да все что угодно может быть причиной. Сам-то он что говорит?

Марина на секунду задумалась, внезапно дернулась и привстала, будто вспомнила о невыключенном утюге или хотела что-то взять, но опомнилась и тут же села на место.

На столе появилась еще одна бутылка вина, и мы начали как-то совсем отчаянно и безудержно пить. Распахнули окно в теплый июньский день. Вино оживило Марину, ей не сиделось на месте, она все время срывалась и бегала по комнате, перекладывая вещи, будто что-то искала. Словно где-то здесь лежала волшебная палочка, взмахнув которой она изменит свою жизнь. И нужно только хорошенько ее поискать.

Егор. Говорящие камни

Куда бы я ни пошел, всюду теперь видел «приветы» от Флоры. «Это мания какая-то»,— думал я. Будто она повсюду оставила для меня следы, как Гретель — хлебные крошки. Мне частенько и раньше казалось, что Флора словно хочет напомнить о себе и подбрасывает «маячки». Когда одна из моих предыдущих девушек купила красное пальто с черными отворотами, я с трудом смог это вынести. Мне казалось, что Флора каким-то непостижимым образом загипнотизировала мою новую подружку и заставила купить это дурацкое пальто — такое же, в котором она сама ходила в нашу весну, чтобы я снова о ней вспомнил. Когда другая девушка подарила мне точно такую же рубашку, которую я выбросил много лет назад, потому что именно ее чаще всего надевал на свидания с Флорой, мне почудилось, что она снова издалека надо мной издевается. Это может показаться бредом, но однажды прямо напротив моего дома повесили рекламный щит, на котором оказалась та самая картина, которую я сто лет назад снял для Флоры со стены в кафе. Непостижимым образом, начиная встречаться со мной, абсолютно отличная от Флоры девушка со своими вкусами внезапно начинала пользоваться теми же самыми духами, которые сто миллионов лет назад были у Флоры. Или в речи новой подружки вдруг прорезались словечки Флоры, пятнадцать лет назад переставшие быть модными и забытые еще до прихода к власти президента Боткина. Но тем не менее я внезапно слышал все эти «бесючий», «у них прямо баунти» (в смысле любовь) или это бессмысленное восклицание «Мои нервы!» (с закатыванием глаз). Я не мог понять, как это получается. Будто я был обречен на то, чтобы рядом со мной была именно Флора, а если не она — так какая-то странная ее копия, раздражающая фрагментарностью подобия.

В общем, «приветы от Флоры», которые посыпались на меня после ее исчезновения, не стали такой уж новостью, я привык к ним раньше. Но если прежде понимал, что все это — скорее иллюзия, то теперь не мог отмахнуться от сигналов, потому что мне нужна была, чертовски нужна хоть какая-то зацепка. И вот когда я сидел перед монитором, в десятый раз перечитывая очередную юридическую телегу от наших лоеров и пытаясь уловить суть написанного, на меня вдруг «напали» они — камни из усадьбы Поленова. Я вспомнил их и уже не мог забыть. Потому что в его усадьбе они были точь-в-точь как те, что я видел на участке, где раздобыл телефон Флоры. И сейчас я понял, что это не просто совпадение.

Я пролистал фотки на странице Беспечной Садовницы в Facebook, рассматривая ее старые работы. Она действительно любила камни, в каждом саду находила им место. Были среди них впечатляющие, хотя и незатейливые по цвету глыбы диабаза, сахарные головы кварца, розовая и сине-зеленая яшма. Но часто встречались и другие камни, удивительные и завораживающие: мыльно-полупрозрачный селенит, напоминающий яйца динозавра, слабо обработанный малахит, мутные нефритовые зеркала, подсвеченные изнутри желто-сливочные фонари из оникса... Ну сколько их, этих камней разбросано по паркам и усадьбам? Может, каждый ландшафтный дизайнер тащит заказчику каменюки? Может, это просто мода? Даже тут, в «Школково», нам попытались изобразить скалистую осыпь и рассадили под кустами каменных зайчиков.

«Ну? — спросил я у закадрового голоса.— Что дальше? Может, какую-нибудь подсказку подбросишь?» И чутко прислушался, как будто на самом деле ждал голоса с небес (с потолка, из монитора, из-под стола?). Посидел в тишине и… вдруг услышал его — внутри себя.

«Да чего усложнять? Надо просто спросить»,— ответил внутренний голос.

«И у кого же? — ехидно уточнил я.— Может, прямо у Поленова? Скажите, у вас там герла с камнями по участку не пробегала?»

Голос молчал. Молчал как-то обиженно и громко.

И тогда, чтобы предпринять хоть что-то, я сделал первое, что пришло в голову: нашел фотки с вечеринки у Поленова, на которых хорошо был виден сад (их выложили на сайте Технопарка в разделе «Новости»), скинул на флешку фото старых садов, созданных Флорой, и добавил еще случайных снимков садов и лужаек. После чего нашел телефон известного ландшафтного дизайнера и записался на прием.

— Как вы думаете, какие из этих садов созданы одним и тем же специалистом? — спросил я, продемонстрировав ему свои фотобогатства. Мне важно было получить хоть какое-то внешнее подтверждение тому, что мои подозрения не глюк.— Бывает же у садовников что-то типа авторского почерка или собственного стиля? Можно ли узнать дизайнера по его работе?

Озеленитель, оказавшийся моим ровесником, симпатичным парнем с очень открытой улыбкой и пронзительно-синими глазищами, отнесся к вопросу серьезно и с хорошим энтузиазмом. Он тут же закатал рукава своей немного гейской рубашки, напоминающей по цвету топленое молоко, в котором утопили букет мелких сиреневых цветочков, и стал листать фотографии. Хорошо так засучил, чуть ли не до плеч — будто ему предстояло погрузить руки в навоз по самые подмышки. Я невольно хмыкнул.

— Вы тоже видите этот юмор? Ну не то чтобы юмор, но некоторую иронию? — не отрывая взгляд от экрана спросил он. — Дорогие материалы задействованы в минималистских формах, они не то что не выпячиваются, а как будто бы прячутся. И наоборот — дешевые, простые материалы поданы в очень сложных формах и решениях.

— Э-э-э, м-м-м,— многозначительно промычал я и радостно подпрыгнул, потому что перед глазами дизайнера была картинка сада, который, я наверняка это знал, обустраивала Флора.— То есть так делают не все?

— Все делают, как правило, наоборот. Ну почти все. По крайней мере, у нас в стране.

— То есть тут можно говорить про какой-то авторский стиль?

— Можно сказать и так.

— А вы сможете по другим картинкам предположить, какова вероятность, что над ними работал тот же самый дизайнер?

Парень кивнул и стал пролистывать картинки. Есть! Почти все фотки из усадьбы Поленова оказались в той папочке, которую я условно назвал «сделано Флорой». Он еще час сыпал названиями растений и объяснял мне, сколько стоит тот или иной цветок или куст, которые для меня выглядели, честно говоря, все одинаково, называл цены камней и разных пород дерева, использованных в отделке. Все это было уже не важно. Главное, я не сходил с ума, углядев след Флоры, у меня были реальные основания так думать. Специалист это подтвердил.

«Иди, не беги!» — говорил я себе, выходя со встречи с консультантом. Иди, не беги. Но хотелось именно что бежать. Правда, пока непонятно куда. Ну не к забору же усадьбы Поленова?

Флора. Приворот

Июльский сад радовал непрерывно. Он был хорош влажным утром, до наступления дневной жары, умытый росой и благоухающий цветами. Днем его кусты, травы и деревья играли всеми оттенками зеленого под переменчивыми солнечными лучами. И хотя жар от солнца порой был силен, сад спасал от духоты — ветерок свободно играл среди деревьев, а старые липы манили густой прохладной тенью. Лишь в глухих зеленых кабинетах, окруженных плотными стенами кустарников, воздух стоял словно в парилке — влажный, горячий, наполненный ароматами душистых трав, полынной горечи, гречишного нектара и лавандового покоя.

Особенно нравились мне предзакатные часы, когда солнце едва касалось одним боком горизонта. Яркое, слепящее, почти белое утром, к вечеру оно успокаивалось и становилось золотисто-охровым, тяжелым, усталым. Там, куда еще дотягивались его лучи, дорожки были теплыми, но в тени босые ноги уже чувствовали идущую от земли холодную сырость. В этот час в траве вырастали столбики поливочной системы и выбрасывали воронки воды, в воздухе повисала влажная пыль и расцветали маленькие радуги. В такой вот вечер на пороге снова появился Поленов. В спортивных штанах, хлопковой рубашке и без охраны. Бодрый, энергичный.

— Вы что, с ума сходите? — вместо приветствия произнес БМ, входя в дом.

— Надо же, вы еще помните, что я здесь.

— Вообще-то я ругаться пришел. У вас с головой порядок? — продолжил он.— Что за безобразие вы устроили с деревянными дорожками? Что это за суета? Таскают туда-сюда-обратно.

Дорожки-деки были одной из моих любимых фишек для этого сада. Из лиственницы сколотили прочные деревянные настилы, каждый длиной полтора метра. С изнаночной стороны к ним были приколочены по две широкие поперечные балки. Каждое звено было маленьким помостом. А выложенные друг за другом, они становились дорожкой, которую можно передвигать с места на место. Чем и занимались работники под моим руководством каждый вечер — чтобы на завтра маршрут дорожек изменился и сад предстал совершенно иным, мог быть увиденным с новой стороны. Трава, примятая дорожками за день, ночью как раз успевала выпрямиться.

— А вы бы хотели, чтобы все было предсказуемо? — усмехнулась я.— И чтобы сегодня все было как вчера, а завтра — как сегодня?

— Все этого хотят, нормальные люди ценят стабильность,— кивнул БМ.

— Я думала, что люди хотят разнообразия, движения и перемен. Неповторимая игра со временем и миром — в этом и есть жизнь.

– Опасное заблуждение,— лениво и будто бы не мне проронил он.

— Как скажете. Дайте приказ — и в саду ничего не будет меняться. Хотите, цветы перестанут цвести, чтобы не раздражать вас видом перемен? Лично сорву все бутоны, прежде чем они успеют раскрыться.

Я подошла к стоящему на окне горшку с комнатной розой и принялась медленно обрывать мелкие цветочные головки. Он схватил меня за руку, тянувшуюся к очередному бутону. Свободной рукой я швырнула в него сорванными головками цветов, но получилось робко, слабенько — не швырнула, а осыпала. БМ перехватил мою вторую руку — теперь они обе оказались словно связаны у меня за спиной. У него же одна

рука осталась свободна — ею он взял мой подбородок и потянул его вверх.

Это был самый бесстрастный, но одновременно самый чувственный секс в моей жизни. Невозможное спокойствие, смирение. В каждом движении сквозила какая-то сладкая обреченность, тонкая боль, смешанная с извращенным наслаждением.

После я лежала на животе, положив щеку на руки, и разглядывала БМ. Он опирался на локоть, полулежа на боку, и водил пальцем по моей коже, вырисовывая узор. Кажется, это была его подпись — я явственно ощущала Б, М и П.

С тех пор он стал приходить ко мне постоянно, а я продолжила перекладывать в саду дорожки-деки. Его это больше не тревожило. В цветочном дневнике вырос гелиотроп: «отдаюсь в твою власть».

Поленов.
В поисках вариантов

В последние месяцы ему было страшно ложиться спать. Ворочаясь на просторной кровати в сгущающейся темноте, он видел смутные тени: они возникали в огромном зеркале, просачивались в щель под дверью, влетали в открытое окно и сочились сквозняком над кроватью. Ему хотелось, чтобы рядом был кто-то живой. Однажды он даже пошел к комнате Марины и почти готов был позвать ее к себе. Не в постель, конечно. Просто посидеть в кресле рядом, пока он заснет. Он шел по коридору, комната за комнатой, и чем ближе подходил к спальне жены, тем жутче ему становилось. Казалось, что тени расползаются как раз оттуда — от Марины. Он развернулся и торопливо пошагал назад, свистом позвал собаку, спавшую на лежанке на первом этаже, та прибежала радостная, цокая когтями по паркету. Он похлопал по кровати, приглашая ее лечь в ноги. Собака недоверчиво поставила одну лапу. Выждала и запрыгнула на кровать. На следующий вечер он позвал псину снова.

Чудо было в том, что после того странного вечера, который Поленов провел с Флорой, тени перестали его мучить. Они просто не явились. Он даже не сразу понял, что случилось. Проснувшись на следующее утро небывало выспавшимся, энергичным и радостным, поразился тому, что все выглядело свежим и ярким, словно умытым или только что созданным. Он не мог вспомнить, как засыпал накануне вечером. Неужели просто лег и сразу уснул, без этого пристального всматривания в темноту и ее оттенки, без вслушивания в тревожные шорохи и скрипы? Следующим вечером, проваливаясь в дремоту, он ощутил: воздух в спальне был совершенно чистым, безо всякого потустороннего присутствия. Как будто комнату впервые по-настоящему проветрили.

Поленов, конечно, не верил в мистику. Но силу целебных трав не отрицал. Видимо, дело в чае, которым угостила его Флора. Или в этих букетах, расставленных у нее в комнате. Если раньше Поленова изводили сомнения и легкое раскаяние за запертую в усадьбе садовницу, то теперь эти угрызения покинули его. Очевидно, так все и должно было сложиться. В этом и был промысел, великолепная задумка кого-то свыше. Вся причудливая игра обстоятельств была выстроена так специально: садовница должна жить здесь, потому что она нужна Поленову. Что-то же должно было принести ему облегчение, стать избавлением. И если выписанное докторами снотворное не помогало, вызывая сухость во рту и мутное, будто похмельное пробуждение, он сам нашел для себя спасение, как больные животные интуитивно находят в лесу траву, которая их исцелит. Так и он — сам обнаружил свое лекарство.

Поленов был очень доволен собой. Ему нравилось это чувство, когда интуитивное, почти случайно принятое им решение вдруг оказывалось гораздо мудрее, глубже и правильнее, чем он мог поначалу предполагать. В эти моменты он чувствовал себя так, будто выиграл в лотерею. Или как будто сама жизнь вдруг дала ему понять, что он, Поленов, знает о существовании в этом мире что-то такое, о чем другим людям неизвестно, и это знание им недоступно. А вот Поленову в знак особого расположения судьба приоткрывает свои тайные замыслы и скрытые мотивы. Это наполняло его уверенностью и решимостью действовать. Появлялся кураж.

В таком приподнятом настроении Борис Максимович и открыл совещание, посвященное недавно возникшей проблеме: бегству резидентов из Технопарка — оттоку отборных мозгов, выпестованных на государственных грантах.

— Пакуют чемоданы? — уточнил Поленов у своего зама, не сомневаясь в ответе.

— Уже контейнеры заказывают для личных вещей,— отводя взгляд, подтвердил тот.

— Есть идеи, как это остановить?

Все молчали, перекладывая карандаши и чистые листы бумаги у себя под носом. Боялись. «Почему? Почему эти люди постоянно чего-то боятся? Даже меня, хотя я практически никогда на них не ору. Даже матом никого ни разу не послал, хотя стоило бы,— думал Поленов.— А эти прощелыги ничего не боятся: ни Технопарк кинуть, ни родину, ни рвануть в неизвестность». Борис Максимович недовольно постучал карандашом по столешнице. Все заерзали и начали озираться друг на друга, как будто выискивая подсказки на костюмах соседей.

— Гм...— наконец решил принять огонь на себя заместитель.— Надо встретиться с этими ребятами и обсудить все открыто и конструктивно. Предложить новые условия. Посмотреть, что людей не устраивает и как мы можем это изменить. Наверное, надо как-то полюбовно решать.

— Еще предложения есть? — со скепсисом произнес Поленов в воцарившейся тишине, куда аккуратно упали его слова.— Н-да, лес рук, квадрильон идей. Снова завалить их деньгами и ништяками, это вы предлагаете? Хватит. Такой вариант мы уже проходили и убедились: все, что эти люди умеют,— плюнуть в кормящую их руку. Хватит их гладить. Необязательно все в этой жизни делать полюбовно. Иногда самые замечательные отношения складываются при отсутствии выбора и возможности сбежать. Если резиденты воспользовались деньгами страны для разработки идей, но не хотят здесь работать и платить налоги — удержим силой. Есть у нас возможность запретить им выезд?

— Исходя из имеющегося расклада, юридически у нас такого права нет.

— А фактически?

— Очевидно, можно что-нибудь придумать.

— Так придумайте! — распорядился Поленов и посчитал, что, в принципе, на сегодня он уже очень эффективно поработал и свою задачу как руководителя полностью выполнил. Придал ускорение подчиненным. А дальше пусть выкручиваются сами. Борис Максимович начал вставать из-за стола.

— Например, выезд за границу запрещен людям, имеющим долги перед налоговой или неоплаченные штрафы,— внезапно набрался смелости и вступил в разговор зам зама.— А еще находящимся под следствием или осужденным условно. Не говоря уже о тех, кому дали реальный срок. Эти еще более ограничены в передвижениях.

— Ну во-о-от, видите, всегда же есть варианты,— одобрительно кивнул Поленов.— Работайте! Надо создать прецедент. Образцово-показательный случай, чтобы все о нем говорили, а мы бы всё отрицали. И при этом чтобы все всё правильно поняли, несмотря на наши уверения. Посмотрели-посмотрели и сделали выводы.

Поленов подмигнул инициативному заму зама и в знак поощрения вручил ему карандаш, который за секунду до этого взял со стола совещаний. Перед замом зама стоял целый стакан с точно такими же карандашами, но он так обрадовался награде, как будто его осчастливили орденом или путевкой на Мальдивы.

Флора. В раю

После незадавшегося приема Марина начала попивать. Каждый день она набиралась чуть больше, чем в предыдущий. Как будто до того вечера балансировала на краю обрыва, а тут ее подтолкнули, и она покатилась вниз по кочкам, с каждым оборотом все больше теряя контроль над ситуацией и над собой.

Наши встречи все чаще происходили не в саду, а в ее комнате. Марина полулежала на пышном бескрайнем диване, обложенная скомканными бумажными носовыми платочками и журналами.

— Мне незачем жить! — всплескивала она руками, неуклюже опираясь на проваливающиеся под ее весом подушки.

А в краткие моменты просветления слонялась грустная, пристыженная и еще более удрученная своим состоянием.

— Марина грустит,— как бы между делом заметил БМ, заглянув ко мне как-то вечером после пробежки.

— Абстиненция,— согласно кивнула я.

— Присматривай за ней,— попросил он.

Сама не зная почему, я отнеслась к его просьбе ответственно. Даже взялась таскать Марине по утрам стакан с растворенным шипучим аспирином прямо к постели.

Смешно: я стала при ней кем-то вроде надзирателя. Так сказать, надзирающая за надзирателем, ха-ха. Мы с БМ попеременно следили, чтобы она не ухреначивалась. Я днем, а он — ночью, когда возвращался в усадьбу от своих планетарно важных дел. Поставки алкоголя в усадьбу прекратились, но Марина, похоже, предвидела такой сценарий и успела хорошо запастись.

Мы как будто стали Мариниными родителями, и это сблизило нас еще сильнее. Вечерами, измочаленная надзором за Мариной, ее капризами, нытьем и неуправляемостью, я больше всего ждала момента, когда смогу уткнуться носом в шею БМ и почувствовать, как меня отпускает ответственность. Ощутить, что теперь контроль над ситуацией он берет на себя. А для меня наступает момент, когда мне посочувствуют и пожалеют. Он даже благодарил меня за помощь, что окупало все неловкости дня.

Марине и БМ теперь было мучительно оставаться вдвоем, не вступая в перепалку. Нужен был буфер, заставляющий «держать лицо». И волей-неволей в этой роли выступала я. Теперь мы часто оказывались втроем, и Марину это почему-то устраивало.

— Скажи ей, пусть не крутится около стола,— нудела Марина, глядя на колли, снующую рядом и преданно заглядывающую каждому в глаза.

БМ на удивление покладисто вставал, брал собаку за ошейник, отводил в сторону и командовал «сидеть». Псина покорно усаживалась, жмурилась и застывала на месте, высунув язык. Ужин продолжался. Вскоре Марина начинала все чаще оглядываться на колли и нервно морщить носик.

— Ну что ты третируешь собаку, это же живое существо! — в конце концов восклицала она.— Разве можно так с ней обращаться. Что за жестокость? Ей же хочется побегать!

Мы с БМ переглядывались, он лишь слегка вскидывал бровь и командовал псине:

— Гуляй!

Та тут же радостно бросалась к столу и начинала бить всех по ногам своим пышным хвостом. Марина хмурилась: похоже, она искренне считала, что муж просто не хочет как следует постараться и устроить все так, чтобы удовлетворить ее противоречивые желания.

Другим любимым развлечением Марины была игра «смени тему». Если БМ был в хорошем настроении и по случаю рассказывал какой-нибудь анекдот (не без соли), жена тут же фыркала, мол, она не грузчик, а дама с духовными запросами. Если же разговор сворачивал на литературу, философию или научные открытия, Марина зажимала уши ладошками и страдальчески просила не умничать.

Время от времени ее одолевало желание что-нибудь уметь на фоне полного отсутствия желания учиться. Тогда в доме появлялись многочисленные самоучители — вязания, вышивки, рисования, гадания на картах Таро. Они валялись по всем комнатам и садовым лавочкам, страницы слипались от влажности, обложки выгорали на солнце и покрывались пылью. Иногда она все-таки брала их в руки, перекладывала с места на место и вздыхала:

— Флора, как же приятно иметь иллюзию возможности. Верить, что на твоем пути будут еще перекрестки и ты сможешь свернуть, куда захочешь. Надеяться, что возможна еще какая-то новая любовь, большой подвиг, открытый в себе талант — какой-то крутой вираж в судьбе!..

— Так пробуйте, делайте виражи,— раздраженно бросала я в ответ.— Открывайте в себе таланты, кто мешает?

— Ну как же я могу сама понять, к чему у меня таланты? — всплескивала руками Марина.— Принимать решение должны специалисты. Не могу же я тут самодеятельностью какой-то заниматься?

Ее показательные страдания продолжались неделями, и удивительно, что дело не доходило до взаимных плевков в лицо, хотя нытьем Марине удавалось изрядно довести и меня, и БМ. Но я понимала, почему она себя так ведет — потому что рядом с БМ можно было себе это позволить: скулить, клянчить, обижаться, истерить, впадать в депрессию и запой. Марина не сомневалась, что Поленов всегда ее защитит и всем обеспечит. Правда, за это нужно чем-то платить — например уметь подчиняться.

Невероятно: я начала ей завидовать. Разве не круто — принадлежать такому вот мужику, который стоит за тебя стеной и все на себе тянет, а ты еще постоянно выкатываешь ему претензии? У меня ни разу не было ничего подобного. Марина просто была недостойна своего мужа. Я уже уверовала, что Поленов заслуживает гораздо лучшего отношения — как минимум, уважения. Может быть, даже любви.

Мне казалось, я не такая, как Марина, а намного лучше. Я не собиралась паразитировать на БМ и винить его за то, что судьба отдала мою жизнь в его руки, усложнять все разборками, взвинченными истериками и скандалами,— зрелые люди так себя не ведут. Я наконец-то встретила настоящего взрослого мужика, готового брать на себя ответственность. Это были первые в моей жизни отношения, похожие на настоящий брак. На отношения мужчины и женщины, а не мамочки и слюнявого сынка. Мне начало нравиться все происходящее. Деспот и самодур превратился в жертвенного, великодушного человека, который тащит на своих плечах эту плаксу — жену. И бог его знает, сколько всего еще он тащит, помимо нее! А теперь принял на себя ответственность и за меня. Я чувствовала признательность, что меня выбрали, что не оставили необходимости выбирать самой. Я ощущала себя по-настоящему желанной: ведь меня захотели настолько, что спрятали за высоким забором, берегут и охраняют, как величайшую драгоценность.

По вечерам я подолгу сидела перед телевизором, щелкала пультом и смотрела все выпуски новостей, надеясь увидеть БМ. Я чувствовала, что операторы и корреспонденты тоже без ума от Поленова — они так удачно выбирали ракурсы, снимая его, упоминали о нем с такой теплотой и упоением, даже с нежностью. Как отличался он от официозных чурбанов, говоривших языком постового милиционера! Они все выражались так, будто русский был для них иностранным, причем выученным по уголовному кодексу. Не таков был Поленов — пословицы, прибаутки, яркое свободное слово — настолько живым в том мире выглядел только он. В нем не было изъянов. Необыкновенно интересная, светлая и умная жизнь, которую он вел, читалась в каждом его проявлении, в каждом движении и взгляде. Конечно, я не говорила об этом вслух: мне хотелось, чтобы Марина по-прежнему считала, будто я мечтаю покинуть усадьбу и злюсь, что оказалась здесь. Порой я так яростно играла эту роль, что сама тут же пугалась — вдруг меня сочтут опасной и вышлют? Перегнув палку «ненависти» в один день, на следующий я начинала «повиливать хвостом». И если накануне заявила: «Жду не дождусь, когда уже вас всех отправят под суд, а меня выпустят из этой проклятой усадьбы», то спустя сутки прогнулась с удвоенной силой:

— Все нормально, я на своем месте. Таков порядок вещей — сильные люди всегда играют судьбами ординарных. И если родился маленьким человеком, надо смиренно исполнять свою роль. Правда же?

— Вы, значит, ощущаете себя маленьким человеком? — уточнила Марина.

— Кем же я еще могу быть? — кивнула я.

— Эй, человек, может уже хватит быть маленьким? Может, пора стать большим? — предложила Марина и как-то неестественно рассмеялась.

Ну как же! Очень мне надо обратно становиться большой! Зачем? Да, раньше я могла решать, куда идти, с кем общаться и что делать. Могла выбирать. Но разве я хоть раз выбрала хоть что-нибудь ценное? И кого-нибудь такого же стоящего, как БМ? Нет же! Всегда выбирала какие-то стремные пути, ранящие ситуации... И каких-то слабаков, безумцев и чудиков, которые не приносили мне ничего, кроме разочарования.

Флора.
Замужество
и другие факапы

Марина угадала, когда назвала меня в нашу первую встречу совершенно одиноким человеком. Да, у меня было полно писем во «входящих» и около пяти тысяч «друзей» в интернете, большинство из которых я ни разу не видела живьем. Они создавали иллюзию непрерывного общения — подчас я даже казалась себе пресыщенной этими контактами. Но в реальности я уже несколько лет жила одна — без родителей, без мужчины и без детей. Одиночество не было моим сознательным выбором. Так сложилось. Хотя вначале все действительно шло к тому, что дружную ячейку общества я себе организовать сумею — еще в 1997-м многое предвещало, что уж с этим-то справлюсь.

Тогда благодаря подробным журнальным инструкциям я выяснила, что благоустроить участок — это не только выровнять его (ну или насыпать горок, террасировать), завезти плодородную землю, засеять все травкой и посадить деревья, как я предполагала. Дело оказалось несколько сложнее: нужно еще соорудить систему полива, освещение, дренаж. Моя наглость еще не зашла так далеко, чтобы самостоятельно проектировать инженерные сети. Я догадалась, что нужен мужик, соображающий в технических вопросах. Добывать такого человека отправилась на строительный рынок. Бродя по павильончикам с трубами, лопатами, тележками, насосами и прочими инструментами созидания, я с пристрастием допрашивала торговцев, мол, посоветуйте специалиста, который умеет со всеми этими штуками управляться. Понятно же, что как кошки водятся там, где пахнет кошками, так и инженера надо искать там, где продается то, что ему нужно. Примерно в десятой лавочке я наконец напала на продавца, который взялся меня познакомить с подходящим мужчиной. Он уверял, что его товарищ Антон не только прекрасно разбирается в том, как делать проводку и закапывать трубы, но еще и редкий красавец. И, как оказалось, не соврал.

В кафе, где Антон назначил встречу, я поначалу проскочила мимо него с мыслью «Фу, какая гадость — мужчина-фотомодель! Вредно для мужика рождаться с такой привлекательной внешностью — он же наверняка не умеет делать ничего стоящего». Но обойдя всех не-красавцев, сидевших в кафе, я поняла, что этот представитель подиума и есть мой инженер. Антон был похож на молодого итальянского гангстера из голливудских фильмов: темные волосы были зачесаны назад и блестели от геля. Рукава черной футболки плотно обтягивали накачанные руки — казалось, что если он напряжет мускулы, ткань с треском разойдется. Довершал убийственный эффект взгляд серо-синих глаз — слегка насмешливый, как у веселого, диковатого хаски. Ему было двадцать шесть лет, и в багаже у него имелось незаконченное высшее в каком-то техническом вузе. Надо признаться, что я не очень придирчиво выясняла, насколько хорошо Антон разбирается в создании инженерных сетей и что конкретно он успел изучить в своем институте, прежде чем его отчислили. (Впрочем, он уверял, что вуз бросил сам — какой смысл оканчивать институт, в котором учат тому, как устроены отсталые советские станки? Кому понадобится это знание в новом мире? Да и кому вообще теперь может понадобиться знание о станках — заводы закрываются один за другим?)

Мне оказалось достаточно того, что Антон пообещал без проблем решить все вопросы инженерного устройства сада. И вообще, он — спец на все руки! Чего ему только не доводилось делать — и торговать, и строить, и страховать, и водить. И со всем этим он успешно справлялся. Так сказал тогда Антон и посмотрел мне в глаза честным-честным взглядом.

Томительно жгучим июньским утром я с очень деловым видом сновала по участку среди киргизов, которые вкапывались в землю, готовя траншеи для дренажа. Ночью шел ливень, но к утру от туч не осталось и облачка. Вышло солнце — ясное, могучее, и от земли поднимался пар, будто она только что из бани. Антон, стоя на краю траншеи, втолковывал работникам про ее глубину и необходимый уклон, но, очевидно, взаимопонимания между ними было. В конце концов Антон стянул футболку и сам прыгнул в траншею. «Эмне учун! Муну жасап кереги жок»,— загалдели киргизы (после нескольких дней совместного труда я уже начинала понимать их язык и запомнила, что эта фраза выражает что-то вроде недоумения и призыва остановиться — так они кричали, когда я, сдавая задом на своей машине, чуть не свалилась в кювет). Пошуровав лопатой и дав подчиненным мастер-класс, Антон ловко вылез из ямы. Щурясь от солнца, он шумно вдохнул, потянулся и, не надевая футболки, по-кошачьи легко пере-прыгнул через траншею. Антон шел на другой конец участка — натягивать направляющие ве-ревки между вбитыми накануне колышками. Хозяйка, сидевшая на крыльце с книжкой, дела-ла вид, что читает, но в непроницаемо-темных стеклах ее солнцезащитных очков отражалась потная загорелая спина Антона. Отвлечь ее вни-мание смогло только жужжание пчелы, соблаз-нившейся пахучим букетом черемухи. Хозяйка замахала руками и убежала в дом, а я подума-ла о Егоре. Что он сейчас делает? Как было бы здорово в такую жару поехать с ним на речку, валяться рядом полураздетыми. Щекотать его шершавой метелочкой тимофеевки. Я нагнулась и сорвала лист мать-и-мачехи, чудом выросшей среди этого апокалипсиса. Пушок на внутрен-ней стороне зеленого сердечка отзывался в руке ощущением тепла, а наружная сторона листа приятно холодила. Я чувствовала себя примерно так же: с одной стороны, приятно разнежен-ной, разомлевшей на сегодняшнем солнышке, но где-то внутри меня, глубоко-глубоко, посто-янно плавала и не таяла большая ледышка и все сжималось от неуверенности и страха. Каждую секунду я опасалась какого-нибудь неожиданно-го и ужасного происшествия, которое приведет к моему разоблачению и краху. Я приложила мать-и-мачеху к разгоряченному лбу и догнала Антона.

— Может, съездим на речку? Тут недалеко... Искупаемся.

— Если тебя не смутит, что я не взял плавки,— озорно подмигнул он.

Чем ближе мы подъезжали к реке, тем игривее посматривал Антон. На берегу я разделась — черное белье выглядело почти как купальник, поэтому я не смущалась. Долго и осторожно входила в ледяную воду. Антон передумал купаться — он развалился на берегу, раскинув руки, и подставил тело знойным лучам.

Я вылезла из воды замерзшая, в гусиной коже. Соски торчали, а губы посинели. Села на траву обсохнуть, подтянула колени к груди — казалось, так будет теплее. Зацепилась взглядом за трясогузку, которая семенила вдоль берега мелкими шажочками, покачивая черным хвостиком. Вдруг Антон придвинулся, обнял меня сзади и просунул руки мне в чашечки лифчика. Я дернулась, но не сильно. Его руки остались на моей груди. Они были теплыми, а его грудь и живот — вообще горячими, как раскаленная крыша.

— Ух, какая ты холодная,— с каким-то даже восхищением сказал он и поцеловал меня в плечо, а потом чуть выше — в то место за ухом, где начинают расти волосы.

Все внутри меня запульсировало — я слышала ритм своего сердца. Грудь, уютно расположившаяся в его ладонях, совсем отогрелась, но соски опять торчали — уже не из-за холода. Он высвободил правую руку и скользнул ею вниз — к трусикам. Я инстинктивно перехватила его движение, но задержала лишь на несколько секунд. Его палец ввинтился в меня и теперь подрагивал внутри, как будто он звал им кого-то — «иди сюда!», заставляя меня замереть.

— Это снаружи ты ледышка,— прошептал он.— А внутри такая горячая. Прямо печка.

Я глуповато хихикнула и тоже перешла на шепот:

— Что, будем во мне пирожки печь?

— Флора, не шути со мной,— выдохнул он.

И тут я поняла, что решилась. Сейчас это случится, мой первый раз — здесь, с ним.

Больше всего в этом процессе мне понравилось «после» — лежать обнявшись, как будто весь мир остановился и в этот момент не замышляет ничего плохого против тебя. Защищенность. У меня возникло это чувство. Казалось, с этого момента Антон берет на себя ответственность за меня. Он так уверенно рулил процессом сближения, четко знал, когда что сказать, что делать с руками и ногами и куда девать нос, чтобы тот не мешал целоваться, что я ожидала, что он и дальше будет вести себя так же: всегда все знать, направлять и поддерживать.

Мы вернулись на участок, надеясь увидеть готовые траншеи и утомленных, но гордых проделанной работой киргизов. О том, что что-то пошло не так, я догадалась сразу, как только мы шагнули за ограду. Все киргизы сгрудились в одном месте и что-то бурно обсуждали на своем языке. К счастью, масштаб неприятности оказался невелик — всего лишь осыпались стенки траншей. Целый день работы псу под хвост. Хорошо еще, что не засыпало никого из работников. Это была подстава — Эмма уже обнаружила нашу ошибку и с большим интересом наблюдала разыгрывающийся спектакль с крылечка. На меня смотрела с особенным неодобрением.

«Хорошенькое начало,— ехидно крикнула она.—Если вы и дальше продолжите в этом духе, мы все уйдем под землю».

Я смотрела на Антона. Ждала, что он что-то скажет или сделает, выправит ситуацию. Он тоже сверлил меня взглядом, сжав челюсти так, что, казалось, сейчас раздастся звук крошащихся зубов. Наконец выдавил злобным полушепотом: «И все из-за того, что кто-то все бросил и захотел купаться».

Я чуть не села на землю от удивления: и это после всего случившегося! Следом за разочарованием меня захлестнула волна возмущения. Так и подмывало в ответ плюнуть в него ядом и ответить, что все из-за того, что кто-то ни хрена не знает о том деле, на которое подписался. Этот кто-то не может даже вырыть элементарную колею для трубы! Мог бы и выяснить, как стены траншей укреплять! (Я не задумывалась о том, насколько комично обвинение в непрофессионализме звучало бы из моих уст.)

Я перевела взгляд с Антона на киргизов, а с них — на Эмму. И поняла, что взрослой и ответственной придется быть мне. То, что мужчина уверенно тебя трахает, говорит о том, что он половозрелый, но совершенно не означает того, что он взрослый.

— Мы все исправим, и будет как надо, — со всем самообладанием пообещала я Эмме. — Я отвечаю за конечный результат и уверяю, что он будет достойным.

— Надеюсь! — снизошла до милости Эмма. — Я приму только качественную работу!

Киргизы поплелись ужинать и ночевать в свою бытовку, а мы с Антоном сели каждый в свою машину и поехали по домам. Даже не попрощались. Я рулила и думала о том, как бы вся эта затея с садоводством не стала для меня большой траншеей с осыпавшимися стенками, на дне которой я окажусь.

В общем, чего стоит Антон, стало понятно в первые же дни нашего знакомства. Но его удачная внешность и то, что оба мы были молоды и днями напролет терлись бок о бок на участке, привело к тому, что отношения сами собой стали близкими. Через пару дней мы помирились, а через пару недель я стала так часто оставаться у него ночевать, что проще уже было переехать. И я перевезла свой жидкий скарб к нему — в комнату у конечной станции метро. Все произошло само собой, даже буднично, без той мучительной неловкости, страха и сомнений в себе, которые всегда охватывали меня рядом с Егором.

Возможно, наши отношения с Антоном закончились бы сами собой — я не верила, что он станет для меня первым и последним. Единственным. Периодически начинала продумывать сценарии, как мне половчее бросить его, и выжидала подходящего момента. Впрочем, он изо всех сил помогал мне, то и дело создавая очень удобные ситуации для такого моего поступка. То у меня из кошелька исчезали все деньги, а Антон устраивал у нас дома пир на весь мир для своих друзей. То я приходила домой и заставала в гостях каких-то незнакомых девушек, отчаянно флиртовавших с Антоном прямо у меня на глазах. Апофеозом этой карусели стала пузатая Маша, беременная близнецами. Сидя в моем кресле и ставя на раздувшееся брюшко, как на стол, бутылку пивка, она кидала на меня лукавые взгляды. И как бы между прочим сообщила, что собирается дать двум своим детишкам отчество Антонович. Маша хрипло смеялась, затягиваясь сигаретой «Пётр I». Но и к этой новости я отнеслась равнодушно-лениво и тоже всего лишь засмеялась в ответ.

Гораздо больше, чем половые похождения Антона, меня волновал уровень его квалификации. Он то и дело отчебучивал на участке что-нибудь такое, от чего я хваталась за голову и начинала бегать по соседним вотчинам в поисках человека, который быстренько сможет исправить все, что накосячил Антон. Хорошо, что поблизости всегда обнаруживалась усадьба, где работали наши коллеги и процесс озеленения был в самом разгаре. Чаще всего они соглашались выручить за вполне адекватный прайс. Я намекала Антону, что неплохо было бы, если б он сам поинтересовался нюансами доверенных ему работ, но тот не видел в этом никакого смысла: «Зачем? Не думаешь же ты, что я всю жизнь стану разводить садики? Я сейчас буду мутить серьезную тему, вот закончим этот проект, и я спрыгну. Мне интересен настоящий бизнес и реальные бабки!» Эти его слова почему-то отзывались внутри меня надеждой — а вдруг правда? Вдруг Антон как раз и есть тот новый человек, специально созданный для изменившегося и продолжающего стремительно меняться мира? И он-то, в отличие от моих родителей и от вслепую барахтающейся меня, действительно понимает, по каким новым правилам теперь надо жить. То, что его поведение противоречило всем впитанным мною с манной кашей правилам жизни, меня даже подкупало: видимо, он уже успел перестроиться.

Постоянно намекая, что создан для чего-то позначительнее, мой дружок придумал стать рантье. Идея, что ни говори, роскошная. Загвоздка обнаружилась всего одна: для этого неплохо было бы иметь хоть плохонькую квартиру, чтобы сдавать ее и жить на ренту. Антон придумал, что найдет каких-нибудь бесхозных бабушек и дедушек и осчастливит их своим чутким уходом и заботой, а они за эту доброту отпишут ему свои квартиры, отправляясь в мир иной. С этого момента Антон бродил по дворам в поисках одиноких старичков. Он зависал с бабушками у подъездов на лавочках, завел привычку грызть семечки и смотреть дневные сериалы для поддержания разговора с контингентом, а в дни выдачи пенсии пропадал в сберкассе. Из дома стали пропадать мои духи, коробки конфет и пачки печенья — как выяснилось, Антон пытался прикармливать своих будущих благодетелей.

Бабки и дедки, в отличие от меня, почему-то совершенно не велись на обаяние Антона, его подарки и цветущий вид. Вот что значит жизненный опыт!

Когда надежда уже почти оставила Антона (со мной она попрощалась немного раньше), на горизонте внезапно появился подходящий дед: одинокий и с собственной квартирой. К тому же сильно больной и пьющий — лучшего трудно и желать! Втираясь к нему в доверие, Антон принялся каждый вечер посещать «веселую квартиру» дедка, пить с ним водку и психологически готовить старикана к щедрому поступку. Каждую ночь он возвращался домой пьяный, пахнущий как бомж и завирально гордый собой. Он ощущал, что стоит на пороге чего-то великого — думаю, даже Сахарова перед открытием водородной бомбы не настигала такая эйфория. И тут я поняла, что больше не выдержу. И решила, что в следующий раз, когда застану Антона трезвым, объявлю ему, что ухожу.

Прозрачным осенним утром я, проснувшись, смотрела в окно на улетающие от родной липы листья. Ветер подхватывал их и уносил в бледный день. Я оглянулась на другую сторону кровати — Антона там не было. «Как хорошо,— пронеслось в голове.— Может он больше никогда и не вернется? Может, навсегда остался уже жить у своего пьющего деда?» При этой мысли я не ощутила ни ноты сожаления, ни толики страха, ни капли горечи — только легкость. Я живо вскочила и почти в праздничном настроении приготовила себе яичницу. Открыла тетрадь с конспектами, чтобы подготовиться к семинару по «Мифу о Сизифе». И тут в дверь позвонили. Это был сосед по лестничной клетке, с которым Антон свел довольно близкое знакомство и к которому часто бегал, чтобы позвонить по телефону,— в нашей квартире хозяева его отключили, не дай бог жильцы наговорят по межгороду или устроят китайский переговорный пункт. Сосед молча протянул мне записку. Там было написано «Институт им. Склифосовского. Отделение сочетанной и множественной травмы. Палата № 4».

— Что это? — удивилась я, на ходу дожевывая желток.

— Антона очень сильно избили, может не выжить,— ответил сосед.— Он в этой больнице.

Я мгновенно похолодела, обмякла и почти сползла по стенке. Впрочем, тут же собралась и начала одеваться. Потом я бежала по эскалатору метро, а слезы катились по лицу. «Только бы он остался жив, только бы этот шалопай выкарабкался,— молилась я.— Боже, оставь его мне. Я обещаю, что больше никогда не буду думать так, как думала сегодня утром. Пусть он даже останется инвалидом, но пусть только живет, живет, живет. Сохрани его, я обещаю, что буду ухаживать за ним столько, сколько понадобится. И никогда ни за что его не брошу!»

Со страхом я вошла в палату. Из бинтов смотрели два опухших малиновых глаза. Антон весь был окутан бинтами, как египетская мумия. От него остро пахло засыхающей кровью, лекарствами, больничным постельным бельем. Он слегка пошевелил пальцами. Я хотела бодриться и поддерживать его боевой дух.

— Жив, курилка? — как можно более браво сказала я, но нижняя губа запрыгала и задрожала.

Антон постарался улыбнуться, но вышло кривенько, а из глаз у него выкатились две огромные слезищи. Я бросилась к нему, чтобы обнять, а он почти закричал от боли, когда я его коснулась. Я опустилась на колени у кровати, уткнулась подбородком в простыню и начала реветь.

Как выяснилось, многообещающий дедок оказался тем еще брехуном. Старикан только прикидывался славным пьянчугой-одиночкой. На самом деле у него имелся очень даже деятельный и агрессивный сын, сидевший в тюрьме. Накануне сынуля вышел на свободу и заявился к папочке. Первое, что он обнаружил в родительском доме — охотника за жилплощадью,

Антона. Урка недолго раздумывал, какие воспитательные меры применить к моему незадачливому дельцу.

— Повезло еще, что он не схватился за нож,— пытался увидеть светлые стороны в случившемся Антон.— Но кулаки у него что надо. Возможно, я буду хромать. И нос, наверное, кривым останется.

— О боже!

— Теперь ты меня бросишь? — спросил Антон, усиленно разглядывая потолок. Глаза его сделались влажными, дрожаще-блестящими.

— С ума сошел? — возмутилась я. — Никогда-никогда тебя не брошу! Всегда буду с тобой,— поклялась абсолютно искренне, совершенно не помня в этот момент своих утренних мыслей.

— Ты же понимаешь, что я делал это для тебя? — жалобно посмотрел Антон.— Чтобы мы с тобой жили нормально. Все ради тебя.

— Мы справимся. Все будет хорошо,— пообещала я, осторожно гладя его по пальцам.

— Правда? — с надеждой спросил он.

— Обещаю,— кивнула я.

— А ты выйдешь за меня? — вдруг, безо всякой причины и подготовки брякнул Антон.

Лучшего момента, чтобы задать такой вопрос, он не подобрал бы ни до, ни после. Только в этот день, расплющенная жалостью и ощущением чудом избегнутой потери, я могла согласиться на это бесперспективное предложение.

— Конечно я выйду за тебя,— я наклонилась и очень-очень бережно поцеловала Антона, коснувшись его губ невесомо — будто бабочка задела крылом.

— Малышка Флора,— успокоенно улыбнулся он, и в его глазах забегали озорные искорки.— Микро-Флора, а купи мне в палату микротелевизор? А то я с ума сойду от скуки так валяться.

— Да-да, конечно,— рассеянно кивнула я, сраженная внезапно взятой на себя ответственностью и резкой сменой темы разговора.

Антон сходил с ума от скуки в больнице, строя глазки медсестрам, а я сходила с ума от усердия, зарабатывая деньги для нас двоих и на подарки медперсоналу.

Организм Антона оказался устроен очень счастливо, и уже через пару месяцев он выглядел даже лучше, чем до драки. Благодаря слегка искривившемуся носу его сходство с пижонистым итальянским гангстером усилилось, и на нашей свадьбе он выглядел превосходно. Я по юношеской глупости отнеслась к данному обещанию чрезвычайно серьезно и принялась тщательно выстраивать из этого в общем-то случайно слепленного союза «настоящую семью».

Флора. Фальшь-дети

К моей предстоящей свадьбе с Антоном родители отнеслись так, словно это и не было никаким событием. К тому моменту они впали в такую глубокую апатию, что, кажется, вовсе перестали реагировать на любые события во внешнем мире. Вначале я приняла их безучастность за поддержку и одобрение, но вскоре ужаснулась, какой степени безразличия к жизни они достигли.

Сообщить родителям о предстоящей свадьбе мы с женихом отправились после его полного выздоровления. Я долго мялась и не понимала, могу ли я попросить маму постелить нам с Антоном в одной комнате, или это сразу повергнет в обморок моих высокоморальных родителей. Как оказалось, я могла хоть сразу начинать раскидывать по дому презервативы — на них это не произвело бы никакого впечатления.

В поездку я вырядилась как принцесса. Мне хотелось, чтобы мама с папой сразу увидели — я встала на ноги. Вся в обновках, на собственной машине и в кои-то веки могу сказать им, что у меня все зашибись. Ожидала, что они как-то загордятся мною или хотя бы порадуются, но семейный ужин был скорее похож на панихиду, чем на победительное торжество. К Антону у мамы с папой не возникло никаких вопросов. У него к ним тоже. Он смотрел на них с разочарованным недоумением: не ожидал обнаружить, что я до такой степени бесприданница и провинциалка.

Все трое молча жевали, а я бесконечно трещала о том, что жизнь налаживается и все в наших руках, надо только никогда не сдаваться и прилагать усилия. Как говорится, задавала позитивную ноту. По телевизору говорили, что мы живем во время больших надежд и грандиозных возможностей. И такие «окна возможностей» открываются раз в столетие. Я верила этому бреду. Начала почитывать мотивационные брошюрки, пачками продававшиеся в подземных переходах и распространявшие в обществе новую религию — индивидуального успеха. Их авторы, в основном иностранцы, уверяли, что единственный путь к спасению — это все время преисполняться оптимизмом, хотя бы и деланым, и пребывать в уверенности, что лучшее, конечно, впереди. Эту-то новую философию я и пыталась прививать родителям — мне казалось, что я начала понимать, как устроена современная жизнь и какие у нее новые правила.

— Рано или поздно мы с Антоном накопим на собственную квартиру,— убежденно кивала я.— Да-да, у меня уже отложены деньги на целый квадратный метр — полторы тысячи долларов. И мы заработаем еще, я открыла специальный счет в банке «СБС-Агро». Это очень популярный новый банк, коммерческий, надежный, удобный — как в западных странах.

— Ну-ну, мы тоже всю жизнь копили,— вяло потряс головой папа.— Накопили семь тысяч рублей — на машину. Только разве нам кто дал ее купить? Заморозили все вклады и спалили.

— Это было раньше,— старательно убеждала я папу.— Тогда у власти были злые коммунисты, они всех грабили. А теперь у нас на дворе 1998 год, и у власти свои парни — демократы. Они же понимают, что у нас нынче свободные выборы — обидят народ, так их быстро с верхушки сковырнут. Так что жизнь налаживается.

Я рассказывала о заказчиках и заработках, о своих планах, о светлом будущем, в котором каждый получит по способностям и по вере в себя. Но лишь Антон изредка поддакивал моему жизнеутверждающему словесному потоку. Ситуация становилась все более невыносимой в своей безжизненности, и я вспомнила проверенное средство, как привести родителей в чувство,— предложила отправиться «на фазенду».

Все так же хмуро, безо всякого оживления, папа снял ключи с гвоздика, и мы вышли из дома. То, что я увидела в огороде, меня шокировало — земля выглядела нелюбимой и заброшенной. Грядки были не то что не засеяны — даже не перекопаны. Стекла теплицы грязные и местами разбиты. Известь с яблоневых стволов смылась, и никто не думал белить их заново. Тут и там среди веток с набухающими почками виднелись высохшие, которые давно просились их срезать.

— Почему тут такое запустение? Что происходит? — требовательно спросила я. С такой интонацией мама в детстве обращалась ко мне, когда обнаруживала за чем-то недопустимым — например за разрисовыванием обоев.

— Ничего тут теперь не происходит. Мы больше не копаем и не садим,— махнул рукой папа.

Он по инерции подошел к облепихе и принялся поправлять колышек и поддерживающую перевязь, но тут же бросил, не завершив начатое.

— Но почему?! — возмутилась я.

— Полив теперь платный, очень дорого получается. Столько воды выльешь на эти огурцыпомидоры, что они выходят золотые. В магазине дешевле купить,— пояснила мама, ковыряя землю носком калоши.

— Неважно, сколько это стоит, наш сад должен жить,— возмущенно приказала я, но никто не воспрял.— Почему вообще вода вдруг стала платной? Вы же все вместе скидывались и покупали насос, который тянет сюда воду?

— Теперь он приватизирован, принадлежит директору колхоза, и он назначает цену.

— Как приватизирован? Почему им? — я искренне не могла понять, как вода из общей вдруг сделалась директорской.— Ну хорошо, пусть подавится! Я заплачу за воду, но вы должны поддерживать сад. Это же наша земля.

Я прошлась по соседним огородам: многие оказались затоплены запустением и покинутостью. Валялись дырявые ведра, мотались драные куски мешковины, заваливались заборы и зарастали сорняками бывшие грядки. «Ни фига себе, как быстро ты можешь подурнеть и одичать, светло светлая и украсно украшенная земля русская»,— изумлялась я.

Родители взяли у меня денег, но категорически отказались платить «водяной налог» и возвращаться в сад — держались так, будто им нанесли глубочайшее оскорбление. Я не могла понять, почему они поступают как парочка обиженных детей. Папа с мамой были преисполнены таким злобным безразличием к этому миру, что не хотели дарить ему ничего — ни хрустящего огурца, ни вишневого цветка.

Я уже привыкла действовать не эмоционально, а рационально, и раз родители сказали нет, незачем напрасно разбрасываться ресурсами — тем более свадьба уже на носу.

После этого упадок и гибель стали наваливаться пугающе быстро. Уже через несколько недель у мамы обнаружился рак в серьезной стадии, и вскоре ей отрезали грудь. Несмотря на это, свадьбу отменять не стали и сыграли ее осенью — я к тому моменту уже была «немного беременна». Праздновать решили на моей родине, в ресторане в райцентре, — так выходило дешевле.

Для подготовки к свадьбе мы несколько раз приезжали к родителям — договариваться о машинах, ресторане, музыке. «Приятные» свадебные хлопоты получились с оттенком горечи и страха. Мама не хотела ничего — ни делать прическу, ни подбирать себе наряд, ни красить ресницы и губы в честь моего выхода замуж. Она уже как будто отчислилась из этого мира и просто доживала положенное. Единственный момент, который вызывал в ней бледное оживление, — финансовая сторона свадьбы. Она подробно расспрашивала, во сколько обойдется то и это и какую часть бюджета обеспечат Антон и его родня. Уяснив, что я — основной спонсор мероприятия, мама превратилась в какого-то фининспектора. Застигнув жениха в кухне или у телевизора, садилась рядом, делала грустные глаза и сверлила его взглядом:

— Еще не поздно. Вы бы подумали еще раз.

— О чем? — медленно закипал Антон.

— О свадьбе, — назидательно говорила мама. — О расходах. Отмените ресторан. Для чего это все?

— Для нас, для вас, для друзей, — отмахивался Антон.

— А мне не надо никакой свадьбы, — оживлялась мама. — Мне и кусок в горло не полезет, когда знаю, что почем. А для кого тогда — для чужих людей?

— О господи, — жених быстренько вскакивал и убегал в соседнюю комнату.

Мама находила его и там. Тогда он прятался в туалете, запирался и подолгу разгадывал кроссворды, сидя на унитазе. Каждый из них при этом бегал ко мне — жаловаться и ябедничать на другого, каждый просил «принять меры». Мама припоминала котлеты, которые она «пожарила себе, а этот лоб слопал». Антон ныл, что он не может так жить, когда у него во рту считают каждый пельмень. У меня с трудом хватало выдержки, чтобы утешать и увещевать их обоих.

Под моим жестким нажимом мама все-таки согласилась принарядиться и прийти на свадьбу. Когда она натянула платье, в глаза бросилась плоская половина груди — та, где удалили опухоль.

— Надо что-то придумать,— почесала макушку я.— Давай добавим в пустую чашечку лифчика какие-нибудь тряпочки или вату.

— Зачем? — запротестовала мама.— Чтобы люди думали, будто я здорова? Что у меня все хорошо? Что вообще все нормально?! Я не обязана им нравиться! Мне все равно, что они там почувствуют, глядя на меня. Я вообще могу не ходить. Чего я на этих свадьбах не видела?

— Мамочка, мне очень важно, чтобы в этот день ты была со мной. Чтобы сегодня все было радостно и красиво. Ведь я не так часто просила тебя о чем-то. И сейчас прошу сделать очень простую вещь. Ты это сможешь! Ну пожалуйста-пожалуйста, сделай это для меня! — применила я запрещенное оружие, и мама сдалась, ловко припертая к стенке чувством вины.

Мы принялись набивать пустую чашечку лифчика носовыми платками, шелковыми шарфиками, ватой. Но как ни впихивали мы это тряпье внутрь чашечки, выходило жутко неестественно.

Родная грудь лежала в чашечке приятной тяжестью, красиво ее оттягивала. А соседняя чашка, сколько бы тряпок мы в нее ни пристраивали, торчала вверх.

— Все, я никуда не пойду,— мама устало опустилась на стул перед зеркалом, разглядывая декольте своего платья.

— Сейчас мы что-нибудь придумаем! — умоляла я.

Побежала на кухню и притащила большое яблоко. Оно легло в лифчик идеально. Теперь и правая, и левая половины груди выглядели одинаково значительными. Мама сконфуженно улыбалась.

Свадьба вышла сумбурной, натянутой и пьяной. Все то и дело поднимали бокалы, читали дрянные шаблонные стишки из открыток с золочеными розами и кричали «горько». Почему-то никто не произнес ни одного человеческого, живого слова «от себя» — только разные лубочные глупости вроде «желаем паре молодой дожить до свадьбы золотой». Свидетель — дружок Антона умудрился вспомнить все пошлости, которые только изобрело человечество, и развлекал нас «уморительными» состязаниями вроде «попади карандашом, привязанным к поясу, в горлышко стоящей на полу бутылки». Он чувствовал себя хозяином на этом празднике жизни. Впрочем, Антон выражал ему всестороннюю поддержку: радостно ржал, выталкивал гостей участвовать в аттракционах и сам с энтузиазмом подыгрывал. Я мило улыбалась из-за букета роз, который поставили на столе прямо передо мной, и старалась не замечать приступов тошноты, вызванных токсикозом. Родители Антона сидели строгие и серьезные, как пара парторгов. Мои мама и папа наблюдали за происходящим со скучающими, скорбными лицами. Папа методично напивался, а мама все время что-то равнодушно жевала, пока общительность и веселость Антона не докатились до их столика. Начинался очередной конкурс, для которого требовались добровольцы, и он решил вытащить в веселый круг участников мою маму. Та оказывала вялое, но искреннее сопротивление. Антон не отставал — тянул ее за руки и в конце концов догадался выдернуть из-под нее стул. Тут уже мама не выдержала, вскочила и подбежала ко мне: «Скажи своему мужу, чтобы он оставил меня в покое!» — прошипела она.

Я с укором посмотрела на Антона. Он понял и больше к столу родителей не приближался. Мама снова принялась скучать.

Дошло и до дикого народного обычая: свидетели расколошматили о кафельный пол глиняный кувшин, набитый мелочью. Монеты раскатились по пыльному, затоптанному полу, а шумный свидетель бросился ко мне с веником. «А теперь невеста покажет нам, как она умеет вести дом, хранить чистоту и собирать семейный бюджет!» Гости высыпали в центр зала и принялись задорно отбивать чечетку по монетам, стараясь ногами распинать деньги подальше — под столы, в углы. Антон тоже прыгал среди этой разошедшейся толпы. Я вышла в центр зала с веником, попыталась нагнуться, чтобы начать мести пол, и почувствовала, как в уже наметившемся животе шевельнулся ребенок. Я отставила веник и вернулась на свое место.

— Ну ты чего всю потеху портишь? — подскочил ко мне Антон.— Смотри же, как весело!

Мама тоже внезапно вышла из оцепенения.

— А что это ты раскидался чужими деньгами? Сам-то много ли заработал, чтобы швыряться? — наехала она на Антона, глядя на ноги танцующих.

Она схватила веник и принялась сметать мелочь в совочек. Пьяные гости старались ей помешать, выбить старательно собранные в кучку монетки и снова расшвырять их по всему полу, их каблуки мельтешили в опасной близости от ее рук, которые быстро сделались серыми от поднятой пыли. Мама заслоняла свою добычу телом.

Антон тоже отбивал чечетку в центре толпы. Мама слишком низко наклонилась, и злосчастное яблоко, выскользнув из лифчика, покатилось по полу. Не успев даже задуматься, Антон на автомате ловко пнул его — как футбольный мяч. Яблоко с хрустом раскололось на половинки и разлетелось в разные стороны. Мама ойкнула и выронила веник. Толпа замерла и уставилась на нее.

— Упс,— только и сказал Антон и почему-то глупо расхохотался.

Зареванная мама уже бежала ко мне.

— Ты должна что-то с ним сделать,— завывала она.— Этот человек ничего не ценит — ни твоих, ни моих, ничьих усилий! Он может только уничтожать созданное другими!

— Никто не просил вас туда лезть,— Антон тут же нарисовался рядом и принялся защищаться.— Чего вы все время лезете, куда не просят?

— Пиявка и паразит,— кричала на него мама.

— Жмотина! — вопил мне в другое ухо Антон.— Как ты, Флора, смогла вырасти нормальным человеком с такой матерью?

— Бросай его,— командовала мама.

— Объясни ей, что она должна меня уважать,— призывал Антон, теребя цветок, пришитый к моему платью.

— Прекратите сейчас же, оба,— потребовала я.— Вы же взрослые люди!

— Она первая начала,— канючил Антон.— Ты должна защищать меня.

— Еще чего! — возмущалась мама.— Она должна защищать свою мать, то есть меня.

— Замолчите оба! — взмолилась я.

Я вскочила из-за стола и выбежала из ресторана. Чувствовала, что дошла до той степени усталости, при которой наступают душевная неряшливость и отупение, когда каждое усилие дается тяжело. Хотелось просто лечь и больше никого из них не видеть и ни за что не отвечать: ни за деньги, ни за мир между мамой и Антоном, ни за еще не родившегося ребенка. «Не поддаваться, ни за что не поддаваться этой усталости. В конце концов, что может быть проще, чем стать несчастной? Если хочешь жить — надо делать усилия. Иначе ничего не выйдет!» — убеждала я себя, чувствуя, что охватившая меня нежная жалость к себе готова вот-вот переродиться в жестокость по отношению к другим. Я тряхнула головой, чтобы сбросить с себя это наваждение, и, надев на лицо приветливейшую из своих улыбок, вернулась в зал.

Столь «удачно» начавшись, семейная жизнь продолжилась в том же ключе. Антон действительно все время требовал опеки и защиты: от моих родителей, от безработицы, от злых начальников, от кредиторов, от комаров, от голода, от мороза, от депрессии, от собственной глупости — от всего мира. И я как-то все понимала, прощала, входила в положение. Наверное, могла протянуть так всю жизнь, если бы однажды он не подставил меня особенно больно, и тогда мы все-таки развелись.

Но и другие мужчины — те, кто позже пришел ему на смену, были не лучше.

Всю жизнь я играла роль взрослой, потому что больше никто вокруг не соглашался брать эту ношу на себя. Это выглядит каким-то распухшим самомнением, но примерно лет с шестнадцати меня действительно окружали люди, которые были взрослыми только по паспорту и совсем не пытались вырасти. Все мужики, с которыми я сходилась. Каждый из них не мог справиться даже с собственной жизнью, не то что отвечать за чью-то еще. Все они придерживались амплуа «милого дитяти». И очень скоро я обнаруживала, что опираюсь на пустоту, и тогда все рушилось. Они оказывались такими же, как Антон, в патовой ситуации говоря своей женщине: разбирайся сама.

Например, Федя, когда мы познакомились, «работал над романом». Целыми днями он сидел дома, пока я носилась по садоводческим рынкам и загородным участкам, и сочинял. Вечером, когда я возвращалась, Федя обессиленно падал на диван и требовал ужин. Ни одной строчки из этого романа мне так и не удалось прочитать. На прощанье я отформатировала жесткий диск его ноутбука и выставила вещи за дверь.

Валера каждое утро просыпал на работу. Он честно ставил будильник, но когда тот звонил, сонно бормотал: «Еще пять минуточек!» — и переводил стрелки. Затем следовали «еще пять минуточек», и еще. Неудивительно, что за эти непосильные труды его в конце концов наградили — вернули трудовую книжку. Заглянув в нее, я обнаружила, что там нет ни одной записи дольше полугода. Немного покручинившись и сходив в запой, Валера вдруг просиял оптимизмом. «Все будет хорошо! Можешь на меня положиться»,— пообещал он и уселся перед монитором, увлеченно погрузившись в мир компьютерных игр.

С Алёшей я сближалась уже осторожнее. Слава богу, этот мог себя прокормить, но на этом все и заканчивалось. В собственном шкафу он не мог найти носки. Если носовой платочек не был мною положен ему в кармашек, то в середине дня раздавался гневный, обиженный звонок. А когда я свалилась с гриппом и температурой под сорок, Алёшенька целый вечер сидел перед телевизором, капризно надув губки, и горестно вздыхал: злая Флора не приготовила ему ужин.

Самостоятельно он даже кусок колбасы не мог себе отрезать.

Олег произвел впечатление уверенностью в себе и решительностью действий. Он быстро взял мой номер телефона, моментально назначил свидание, решительно командовал, куда нам пойти вечером, не задумываясь собрал чемоданы и переехал ко мне от своей прежней девушки. Но… столь же мало задумываясь, он делал вообще все. Безоглядно ввязывался во все переделки, которые только предлагала ему жизнь — драки, гонки на опасных скоростях, карточные игры со случайными попутчиками, проверку байки о том, действительно ли лампочку можно вставить в рот, но нельзя самостоятельно вынуть (да, нельзя). Когда все эти спонтанные затеи плохо заканчивались, Олег растерянно чесал в затылке: «Не повезло!» И тут же бежал навстречу новой глупости. Ввязался он и в игру на «Форексе». Торги захватили его настолько, что он даже не мог оторваться от монитора, чтобы сходить в туалет, и поэтому держал под столом ведро, на которое пересаживался со стула, чтобы сделать пи-пи или пу-пу прямо возле компьютера. Эта оригинальная повадка исчерпала мое терпение.

Надо признать, что никого из своих мужчин я не завоевывала, а подбирала их, как бездомных котиков. Они приходили сами, жалобно

мяукали и поселялись в моих съемных кварти-
рах, заискивающе заглядывая в глаза и вымали-
вая заботу. К тридцати годам я уже смирилась
с тем, что по-другому и быть не может: такой
уж я, видимо, человек. И вот когда я совсем перестала верить в существование по-настоящему
взрослых мужчин, мне встретился БМ. Впервые
рядом со мною был мужик, которого не надо
спасать и защищать. Мне ничего не надо было
тащить ему в клювике — он сам брал все, что
ему надо, и давал мне все необходимое. Возможно, подобные мужчины ходили где-то рядом
и прежде, но я их не замечала. Тогда я должна
быть признательна своей несвободе, этому за-
точению, благодаря которому я встретила БМ.
Правда, у нас не было возможности убежать
друг от друга. Но, возможно, это единственный
способ в сегодняшнем мире выстроить прочные
отношения — просто приковаться друг к другу
наручниками, а ключи выкинуть.

Поленов. Пресс-конференция

В работе начальника нет ничего более нудного, чем сидеть на собрании без возможности предпринять что-то конкретное даже по самому очевидному вопросу. Потому что настоящие решения принимаются совсем не так и в других местах. Но сидеть надо, выслушивать необходимо и произносить повторяющиеся из раза в раз речи тоже. Потому что форумы и конференции проходили в «Школково» постоянно.

«Открытые инновации». «Цифровая экономика». «Вызовы глобальной трансформации». Иногда кажется, что названия этих мероприятий составляют просто: забрасывают в мешок бумажки с набором модных слов, хорошенько трясут, а потом вытаскивают по одной и выкладывают друг за другом. Буйство фантазии, от которого мухи засыпают на лету. Плюс к тому

никаких ВИП-зон или отдельных фуршетных сто-
лов. Идеология абсолютной открытости. В зале
несколько микрофонов — любой может встать
и задать вопрос или что-то добавить к тому, что
сказано со сцены. Типа мы же все на равных,
мы партнеры.

Поленов вполне овладел особым началь-
ственным умением присутствовать на таких
мероприятиях физически и даже на автомате
отвечать на вопросы, которые ему иногда задавали, но мыслями при этом не включаться
в происходящее.

Сегодня все было как всегда. На сцену подни-
мались докладчики, произносили слова, иногда
очень эмоционально, сердито, будто злились
из-за жары или из-за каких-то давних, как зима,
споров и обид. Или как будто от слушающих
в самом деле зависела их судьба, и эта речь могла на что-то повлиять. Хотелось, чтобы все это
поскорее закончилось. На улице стояла отличная
погода, лето было в разгаре. Мысли Поленова
убежали так далеко и от Гиперкуба, и от Технопарка, и вообще от Москвы, что догнать их
можно было только на самолете. Самолет этот
летел в Сочи, а воображаемая стюардесса предлагала ему, пассажиру бизнес-класса, карту вин.
В окно било солнце, и хлопковые облака обни-
мали весь мир до самого горизонта. С небес его

вернул голос, который спрашивал что-то крайне неуместное и не относящееся к делу:

— Скажите, кто работал над ландшафтным дизайном вашей усадьбы? Это была Флора Елисеева? Где она сейчас?

Поленов даже привстал со стула от неожиданности такого вопроса, совершенно не относящегося к повестке дня. Какая, кстати, сегодня эта повестка? Борис Максимович оглянулся на огромный, во всю стену, экран у себя за спиной, где было совершенно ясно написано: «Цифровая экономика. Вызовы глобальной трансформации в эпоху антропоцентрической усталости». Все в порядке. Вопрос действительно совершенно никак не относился к делу, а значит, на него можно было не отвечать.

Но публика в зале неожиданно оживилась и почему-то начала улыбаться, как будто этот придурок, задавший вопрос, действительно сказал что-то дерзкое или даже смешное. Кто он, кстати, этот сумасшедший?

Поленов всмотрелся в многолюдный, человек на двести, зал, заполненный преимущественно мужчинами. Почти все они сидели лицом к сцене, некоторые стояли в небольших очередях к микрофонам. Наконец Борис Максимович рассмотрел говорящего. Он даже узнал его — это один из тех, кто собирался по-тихому свалить из страны, высосав из Технопарка сытные гранты. Как же его зовут? Поленов вспомнил, что снизошел до этого пацанчика и разговаривал с ним лично на недавнем приеме в усадьбе. Парень тем временем продолжал топтаться у стойки с микрофоном и повторять свой дурацкий вопрос.

— Вот вам яркий пример той самой антропоцентрической усталости, о которой мы и собрались сегодня поговорить,— пошутил Поленов. Публика с готовностью захихикала. Это одно из преимуществ начальственного положения — твое чувство юмора сразу начинает нравиться всем без исключения.

Но сам вопрос Поленову не понравился, его ладоням сделалось горячо — они вспотели. Публика между тем в ожидании уставилась на него, будто он был стендап-комиком и обязан был произнести новую шутку.

— Этот вопрос, полагаю, лучше задать моей жене. Вы думаете, она мне докладывает, кого нанимает для уборки дома или полива цветов? Чушь какая-то. Это хорошая иллюстрация к вопросу о делегировании. Вам, наверное, молодой человек, надо научиться перепоручать задачи, и ваш бизнес пойдет. В области менеджмента самая большая проблема — это неумение делегировать,—Поленов собрался и заговорил очень уверенно, произнося отработанный и уже миллион раз сказанный по разным поводам топик, следя взглядом за тем, как ассистенты оттирают от микрофона любопытного нахала, задающего неуместные вопросы.— Как говорил Стивен Кови, «зачем тебе покупать собаку, если ты хочешь лаять сам?» Надо давать людям возможность проявить себя. Я бы рассказал вам один анекдот на эту тему, но он не очень приличный, поэтому не буду. Кому интересно, потом, без записи, в кулуарах расскажу.

Публика ожидаемо тут же забыла, с чего все началось, и настойчиво стала просить анекдот. После минутных уговоров Поленов его, конечно же, рассказал. Но в отличие от аудитории он не забыл о неуместном вопросе из зала. И как только объявили кофе-брейк, подозвал зама.

— Чувачка запомнил? — обозначил он предмет беседы.

— Да, так точно,— кивнул помощник, сразу догадавшись, о ком идет речь.

— Помнишь, обсуждали, что надо сделать показательный кейс на тему «Не бросай Родину, сынок»?

Еще один кивок зама.

— По-моему, это отличный кандидат, чтобы вывести его на главную роль в этой истории,— предложил Борис Максимович.

Заместитель достал блокнот и торопливо сделал в нем запись.

Егор. Полиция

Я отправился в полицию писать заявление о пропаже Флоры Алексеевны Елисеевой. И никто не послал меня («Кто вы ей такой?», «На каком основании?»), не отфутболил по какой-нибудь бюрократической причине («Что, у вас даже нет свежей фотографии пропавшей? И вы даже не знаете, в какой день она ушла из дома и во что была одета?»). Меня подробно расспросили, дали подписать бумаги и сложили их в папочку.

Я смутно чувствовал, что режиссер моего фильма недоволен банальностью действий персонажа. Он ожидал большего. Для развития сюжета ему явно требовалось что-то героическое, какой-то Поступок с моей стороны. Но я ничем не мог ему помочь. Я не пытался закрутить сюжет, просто делал то, на что хватило фантазии.

Следователь Дмитрий Станиславович Никитин на первый взгляд казался человеком, из которого выпущен воздух — осталось одно плотное, плохо слепленное тело. Никакой энергии во взгляде или пружинистости в движениях — сырой, неповоротливый кусок глины, весь вид которого как бы сообщал, что ждать от него нечего. Однако я взялся регулярно его навещать и допытываться, как продвигается расследование. Если коротко, то ответ всегда был один: никак. Максимум, что ему удалось раздобыть,— это свежую фотографию Флоры. Он позволил мне скопировать ее на флешку.

Я сделал с этой фоткой объявление «пропала девушка» и отправил его гулять по интернету. Оплатил продвижение. Телефон указал свой.

И однажды зазвонил мобильник. Незнакомый номер. Я сразу понял — это о ней, и прежде, чем ответить, включил диктофон на телефоне — записать звонок.

— Что вы так долго трубку не берете? — сердитый женский голос.

— Извините. А что вы хотели?

— Вы ищете девушку, ландшафтного дизайнера?

— Ищу.

— Я видела ее. Летом она работала в усадьбе Поленова. Я тоже там работала. Недолго.

— Ее там удерживают насильно?

— Похоже, что да. Ни с кем не разрешают общаться.

— Сейчас она все еще там?

— Не знаю.

— Понял! А вы не могли бы рассказать поподробнее? Давайте встретимся!

– Нет-нет, ни в коем случае, я и так слишком рискую,— ответила женщина и бросила трубку.

Это было уже даже не «кое-что», а «о-го-го!». Я бросился перезванивать. Сначала трубку долго не брали, а потом ответил раздраженный мужчина. Оказалось, просто прохожая, незнакомая, попросила телефон на минуточку — позвонить, якобы ее мобильник разрядился.

Я отнес запись следователю. Подкараулил его в конце рабочего дня и пошел провожать до автомобиля, припаркованного тут же, во дворе. Рассказал ему про Поленова, что Флору надо искать у него и нужен внезапный обыск. Никитин на минуту остановился и поморгал короткими ресницами. В руке он держал брелок от машины и постоянно нажимал на кнопку, выбрасывающую металлическую пластинку замка. Тут же складывал его и нажимал снова.

— Версия бредовая,— покачал головой он.— Значит, скорее всего, правдивая. Но вы же понимаете: чтобы получить ордер, надо возбудить дело. Чтобы возбудить дело на должностное лицо, нужно, чтобы другое должностное лицо, рангом повыше, дало на это указание. Лучше, чтобы это второе лицо было с большими погонами. Если кишка не тонка — ищите врага Поленова и преподнесите ему на блюдечке уже готовое расследование. Может, тогда что-то и выгорит.

— Вы разве не хотите сами раскрутить такое громкое дело?

— Я? Шутите? — он снова нажал на кнопку брелока, и ключ выскочил в мою строну, словно лезвие перочинного ножа.— На вашем месте я бы никому больше об этом не рассказывал. Если только вы не найдете человека, который хочет свалить Поленова.

Флора.
Охотница на лягушек

На следующее утро меня вывернуло от запаха бутерброда с копченой форелью. Обнимая унитаз, я вдруг вспомнила, что все это со мной уже было — и набухшие груди, и постоянная усталость, и тошнота — много лет назад, когда я, беременная, готовилась к свадьбе с Антоном.

«Не может быть,— убеждала я себя.— Нет никакой беременности, просто что-то разладилось в организме. Стрессы, нервяки, тревоги — вот тело и сходит с ума. Надо сделать тест на беременность и решать проблемы по мере поступления».

Я достала блокнот для заказов и аккуратно вывела: «Тест на беременность». Подумала и дописала: «3 штуки». Подумала еще раз и… вырвала листок из блокнота. Бросила в раковину и подожгла — нет, я не могла так рисковать и давать охране, Марине и самому БМ повод заподозрить, что я беременна. Даже представить не могла, как каждый из них воспримет эту новость. Особенно Марина.

Я вспомнила, что люди умели диагностировать беременность еще до изобретения тест-полосок. Порылась в сарае с садовым инвентарем и нашла марлю и около метра проволоки. Согнула обруч, который прикрутила к ручке швабры. С помощью степлера окутала обруч марлей — получился просторный сачок. Надела резиновые сапоги.

На краю участка прятался небольшой прудик с подболоченными берегами. Мы выстроили вокруг него высокие деревянные дорожки-настилы, опиравшиеся на столбики из лиственницы. Туда-то я и направилась. Аккуратно спустилась с настила. Сапоги с чавканьем засосало в илистую жижу. Вода, покрытая светлой ряской, задрожала, разбегаясь кругами. Я внимательно всматривалась в воду близ бережков. Пруд снова превратился в застывшее грязное зеркало, и встревоженные было моим появлением водомерки опять заскользили по его поверхности. Над камышами пронеслась тяжелая переливающаяся стрекоза. Наконец я увидела того, кого ждала — на мелководье раздался тихий всплеск и показалась лягушачья морда. Я тихо, но стремительно накрыла ее сачком, подцепила и вытащила на воздух. Лягушка дергалась и сучила лапками, но молчала. Я бросила ее в мешок, затянула тесемку и продолжила охоту. Примерно через час стояния по колено в воде ноги замерзли, резиновые сапоги не спасали. К этому моменту в мешочке трепыхались уже пять лягушек.

Вернувшись в дом, я налила в ванну немного воды и выпустила туда своих пленниц. Теперь предстояла самая сложная для меня задача — определить, кто из них самки, а кто наоборот. Я сравнивала скользкие пупырчатые тельца, терла мозолистые пальцы на передних лапках, разглядывала брюшки. Наконец убедила себя, что вот эти две красотки с мягкими лапками без мозолей и маленькими хвостиками между задними лапками и есть самки. Я выпустила их в ванну и оставила привыкать к перемене обстановки, остальным повезло в тот же день вернуться в родное болото.

Шприцы, к счастью, у меня сохранились еще с весны — я боролась с конским щавелем, заполонившим цветник, делая сорняку инъекции раундапа. После пары таких уколов прожорливые вредители увядали навсегда, уступая место благородным садовым цветам. И вот шприцы пригодились снова. Набрав в один из них немного утренней мочи, я сделала каждой из лягушек по инъекции, а потом отпустила их снова плавать в ванну. Весь день я заглядывала к ним, ожидая результата. Но перемен не было — квакухи продолжали вяло дрыгаться в воде или сидеть, высунув морды. Вода в ванне оставалась чистой и прозрачной. Если она останется такой до утра — значит, я не беременна и можно выдохнуть. Я почти успокоилась. Но на следующее утро, зайдя в уборную, испуганно ахнула. Мои худшие опасения подтвердились: в ванне лежали два слизистых комочка, состоящих из полупрозрачных бусинок лягушачьей икры. Древнейший тест на беременность дал положительный результат. Лягушки беззаботно плавали возле своего будущего потомства.

У меня будет ребенок от БМ. Если мне позволят его родить... Какая жизнь его ждет? Он вырастет здесь? Во мне звучали два голоса. Один возмущенно роптал: растить ребенка взаперти? Без игр со сверстниками? Без настоящей жизни? А другой звучал по-матерински убедительно: «Что может быть лучше, чем растить ребенка в усадьбе? Без компьютерных игр, среди потрясающей природы? Под покровительством замечательного мужчины? Мне же тут хорошо. И ребенку будет замечательно. Теперь со мной рядом тот, кто не позволит мне поднимать даже пакет с продуктами, не говоря уж о носилках. На этот раз я защищена».

В моем дневнике выросла розовая гвозди-ка, символ материнства, которую я нарисовала с особым трепетом.

Флора.
Бери ношу по себе, чтоб не падать при ходьбе

Мама умерла через несколько недель после нашей с Антоном свадьбы. Внезапно. То есть для меня совершенно неожиданно. Да, я знала, что она болела, знала, что диагноз серьезный. Но все равно не могла поверить, что ее не станет так скоро. Я не сомневалась — до рождения внука она точно дотянет. Мама столько энергии вкладывала в телефонные скандалы со мной и Антоном, что казалось, этого запала хватит еще на годы. Когда она позвонила из больницы и сказала, что ее увезли на скорой, я даже заподозрила, что это какой-то очередной виток развития «семейных отношений». Пообещала навестить, но так и не доехала за два дня, потому что гинеколог велел мне побольше лежать и поменьше ходить — из-за гипертонуса.

А на третий день мы с Антоном поехали забирать тело мамы из морга. Вдвоем, потому что папа тут же провалился в запой.

Маму вывезли на каталке, накрытую простыней. Санитар отбросил покров с ее лица и спросил:

— Она?

Я не сразу ее узнала. Впервые за долгое время я видела мамино лицо абсолютно расслабленным, даже с легкой улыбкой. Без скорбно сжатых губ, нахмуренных бровей и застывшего выражения невыносимой обиды, страдания, разочарования и потерянности. Как будто ей вдруг пообещали, что все еще случится и что однажды она все-таки будет счастлива. А то, что сделала с ней жизнь в последние годы,— это ошибка, наказание, которое предназначалось не ей. И вскоре все будет исправлено.

Я, ревевшая всю дорогу до больничного морга, вдруг успокоилась, взглянув ей в лицо.

— Да, это моя мама,— кивнула я санитару и стоявшему рядом водителю «газели» из ритуальной службы, который должен был перевезти тело из больничного морга в наш, районный, где ее нарядят, сделают макияж и уложат в гроб.

— Забирайте,— скомандовал санитар.

— Да-да,— кивнула я и повторила водителю ритуальной службы.— Забираем.

— Грузите,— пожал плечами шофер и выставил из фургончика самые простые носилки — две палки с натянутыми между ними брезентом.— Я вам не грузчик.

Я посмотрела на Антона и на санитара — мол, давайте. Перекладывайте тело и несите в машину. Антон судорожно глотнул воздуха и выбежал из кафельной комнаты. Я побежала за ним. Он, согнувшись, блевал на траву рядом с моргом.

«Я не могу! Я боюсь мертвецов. Меня тошнит. Нет, нет, ни за что»,— и он судорожно принялся прикуривать сигарету.

Я вернулась в морг:

— Мужики, ну пожалуйста, перенесите маму,— просила я санитара и водителя.

Оба они отворачивались и повторяли только одно:

— Я не грузчик.

Почему-то в тот момент я была так ошарашена, что не догадалась просто дать денег каждому из них — ведь они этого и ждали, как я сообразила много позже! Все, на что у меня хватило фантазии, это встать на колени перед водителем:

— Ну как же так? Неужели вы мне не поможете?

— Черт с вами,— он поправил кепку.— Пятьсот пойдет?

— Пойдет,— закивала я и оглянулась на санитара. Но его уже и след простыл.

Мы с водителем подняли простыню за края и перекатили маму на носилки. Он взялся за передние ручки, я за задние. Понесли. Тяжесть ошеломила. Идти было всего ничего — метров двадцать. Но они показались мне марафоном с китом в руках. Я чувствовала, как внутри меня что-то потихоньку обрывается с каждым шагом.

Еще когда «газель» с мамой отъезжала с больничного двора, я почувствовала, что во мне началось что-то необратимо страшное. Оказалось — выкидыш.

На мамины похороны я не попала, потому что лежала в больнице, обколотая капельницами. А когда ребенка все-таки спасти не удалось, капельницы отменили и обкалывали антибиотиками и успокоительными.

Выйдя из больницы, я несколько месяцев жила словно замороженная. Потом начала плакать. Слезы захватывали меня вдруг, внезапно, в самых неподходящих ситуациях, без предупреждения. На переговорах с заказчиками, на садовом рынке, в магазине, в банке, на унитазе. Это могло случиться в любой момент. Стоило малышу заказчицы, улепетывая от няни, вбежать в комнату, где мы обсуждали план участка, я начинала рыдать. Так же действовали детские песенки, звучащие из телевизора или радио.

Мне стало страшно выходить из дома. И тогда я позвонила психологу. Мы встречались с ней долго, но из всех встреч я запомнила два дельных совета: во-первых, перестать пить (а закладывать я начала не по-детски), а во-вторых, не сдерживать слез и не пытаться их контролировать. А как только подступят рыдания — тут же находить укромное место и плакать-плакать-плакать, отложив любые дела и забыв обо всем другом. Плакать, будто идет долгий, нескончаемый дождь. Смотреть на этот воображаемый дождь и ждать, когда он сам закончится.

Протрезвев и проплакавшись, я развелась с Антоном. Не смогла ему простить бегство от носилок. И еще психолог научила меня беречь себя. Никто не может действовать свыше сил, ему отпущенных, и не поплатиться за это. Забирая энергию для сверхусилий на одном поприще, ты крадешь ее у других. Если выдергивать нитки из ткани жизни, она истончается. И рано или поздно прорвется.

Флора. Клумба с секретом

Лягушки скользили крошечными лапками по стенкам банки, которую я взяла в руки, словно гладили ее изнутри. Я представляла, что внутри меня тоже сидит кто-то и нежно меня гладит.

Вышла за порог. Ослепленная солнцем, окунулась в летний ветер — теплое дыхание мира, неспешное и ласковое. Меня охватило внезапное чувство беспечной радости, будто я вдруг оправилась от тяжелой болезни, считавшейся неизлечимой. Наверное, ту непрестанную тревогу и напряжение, в которых я жила почти всю жизнь, и в самом деле можно назвать своего рода недугом. Они были со мной так долго, что я уже перестала их замечать. Я болела преувеличенным понятием важности работы: «ты — то, что ты делаешь». И раз ничего не делала, то и ощущала себя пустым местом. А сейчас… сейчас все было иначе. Даже если я буквально сидела, сложив руки, и не думала даже маленькой мыслишки, благодаря мне происходило нечто важное — во мне рос ребенок. Самая значимая работа во вселенной. Наверное, я и прежде могла бы гораздо больше доверять жизни, но была рада и тому, что это чувство открылось мне хотя бы сейчас.

Я дошла до пруда и выплеснула лягушек.

Возвращалась по лесу, негромко напевая. Целый мир тихонько мурлыкал со мной мою песенку. Я просто шагала — никуда не торопясь и не стремясь попасть в какое-то определенное место. Из влажного тенистого ельника меня поманил солнечный свет, кружевной, изрезанный ветками деревьев. Я вышла на поляну, залитую негой праздного летнего полдня. Трепыханье крыльев пчел и стрекоз пронизывало воздух, как электрические разряды. Но вдруг что-то изменилось, будто диснеевский мультфильм о Бэмби переключили на триллер Линча. Перед моими глазами предстал кошмар, о котором я уже успела забыть с того дня, когда попала сюда впервые: чудовищная пародия на альпийскую горку. Я подошла к ней, и внезапно пахнуло холодом, как бывает, когда открывается подпол или вход в подземелье. Клумба будто стала разрастаться, грозясь поглотить собой и эту полянку, и солнечный свет, который на нее проливался. Все вокруг словно начало мертветь и уходить под землю. «Стоп! Спокойно!» — сказала я себе, отступая на шаг. Что меня так испугало? Откуда этот пещерный ужас? И тут же поняла, откуда он. Земля — с ней что-то было не так.

Почва на клумбе проваливалась. Она осела. Так бывает на кладбищах — холмики, даже очень высокие, через год становятся вровень с землей, а потом, если никто не позаботится о могиле, и вовсе ямкой. Земля проваливается первые два года. И в первый год очень много сорняков — как тут. Я знала это, потому что, кроме меня, некому было позаботиться о могилах моих родителей.

Получается, это могила? И она не старше года-двух.

Пятясь, я вернулась в ельник. Ноги подкашивались, и я буквально свалилась на замшелый ствол упавшего дерева, внезапно возникший передо мной,— словно лес, увидев мое состояние, подвинул мне сиденье. Природа приспособлена к нашей слабости не менее, чем к нашей силе.

Кто там похоронен и почему тайно? Жуткий вопрос, но… Что «но»? Мозг лихорадочно искал приемлемый вариант ответа — такой, с которым можно было бы продолжить купаться в беззаботности жаркого полдня. Такой, с которым можно было бы просто продолжать жить. Без ужаса и страха. Может, это собака? Старая любимая собака. Всего лишь. Ну конечно собака. Господи, какое у меня специфическое воображение.

Вдалеке тяжело, со звуком сорвавшихся в пропасть камней, загремел гром. Я встала и поволокла себя в дом. Ноги были такими тяжелыми, что с трудом отрывались от земли и шаркали, оставляя заметные вмятины на травяном ковре.

Часть III

2014.
ОСЕНЬ

Флора. Спячка

В мокрую и блестящую от росы траву уже падали веские, плотные сентябрьские яблоки. Я просыпалась в просторной, согретой солнцем комнате. Распахивала окно, и у меня перехватывало дыхание — от свежего воздуха, от прохладного хрустального света, от желто-зеленого шума. Хотелось, чтобы время остановилось и длилось именно таким — золотым, с тихим звоном высохших листьев и яблочным вкусом на губах. Даже сумерки казались наполненными скрытым, тайным свечением. Казалось, что если ничего не предпринимать и вести себя как прежде, то все и будет по-прежнему. Я замерла, как засыпающая на зиму в оконной раме муха. И тут в это окно постучали.

Поленов в последние недели появлялся нечасто и смотрел как-то немножко сквозь меня — не то в свое светлое будущее, не то в прошлое,

которое, по-видимому, тоже было вполне луче-
зарным. А в этот раз он посмотрел прямо на меня.
И еще раз на меня. Я сидела на кровати, кутаясь
в плед. БМ вошел и сел в кресло. Я видела лишь
его силуэт, выделявшийся на фоне окна, за которым опускались волглые сентябрьские сумерки.

— Встань,— попросил он.

Я продолжала сидеть.

— Пожалуйста,— добавил он.

Я нехотя вылезла из-под пледа.

— Разденься полностью,— сказал он.

Я через голову стянула просторный, мешко-
ватый свитер.

Живот, хотя еще и едва наметился, но уже
говорил сам за себя.

— Чей? — удивленно спросил он.

— Мой. И твой.

— Блин! — он схватился за голову.— Я просил
тебя об этом? Все вытворяют, что хотят.

— Что теперь будет? — обмирая, спросила я.

— Какой срок? Аборт еще успеваешь сделать? — по-деловому спросил он.

— Срок уже большой.

Он тяжело вздохнул, посмотрел на свои ногти,
закинул ногу на ногу, подтянул носок. Мучил
меня паузой.

— Значит, родишь,— наконец с обреченно-
стью в голосе произнес БМ.

— Там? В большом мире? За забором?

— Тут.

— Я не могу тут, я умру в родах, если меня не отвезут в больницу.

— Не паникуй. Никто не даст тебе умереть. Выноси сначала.

— И что потом?

— Роди, потом разберемся,— уклончиво ответил он.— Отсвечивай поменьше. Старайся не попадаться на глаза гостям. И да, спи, отдыхай, хорошо питайся, береги себя,— как будто вдруг опомнившись и уже более сердечно закончил он.

У меня с души как будто уехал товарняк. Стало невероятно легко и празднично. Как я могла тревожиться и сомневаться, что он отнесется к новости о моей беременности без радости? Ведь это же он — «обожекакой» мужчина. Все будет хорошо.

А второй вопрос, мучивший меня... О нем надо просто забыть. Напридумывала себе ужасов с этой могилой. Ну конечно там старая собака. Надо перестать вспоминать о ней. Хотя, кажется, перестать про нее думать значило для меня перестать думать вообще. И я прекратила эту возню в голове, которая притворялась мыслями. Дни потекли спокойные и сонные.

Подчиняться, благоговеть, принимать, благодарить. На все отвечать «да» и никогда «нет».

В этом заключались теперь мои главные добродетели. Мне казалось, что я уже разучилась за это время думать самостоятельно и тем более принимать решения.

В какой-то момент поймала себя на том, что даже моя речь потеряла энергию и решительность. Точнее говоря, не я, а меня на этом поймали. Раньше, когда работники задавали вопросы, я отвечала абсолютно уверенно и однозначно.

— Не пора ли сделать то-то?

— Приступите в понедельник! — отвечала я.

Когда же на днях мы встретились в парке с двумя помощниками, чтобы составить расписание работ на ближайшее время, я начала мямлить:

— Наверное, нужно очистить сучья от отмершей коры и мха. Было бы неплохо купить снежную пушку для розария и экзотов. Может, пора уже высеивать однолетники под зиму?..

Парни начали с ухмылочками переглядываться. И тут один, нагловатый, жмурясь осеннему солнышку, спросил:

— А что, снег-то сегодня идет?

Я растерянно посмотрела на золотистый свет, янтарную листву, втянула ноздрями воздух, в котором еще не было даже запаха холода, и растерянно покачала головой:

— Снег? Наверное, мог бы и пойти.

И тут эти двое начали безудержно ржать. Так молодо и заливисто, что даже меня пробрало — я тоже рассмеялась. К счастью, у меня еще хватало мыслительного аппарата, чтобы понять причину этого смеха.

Марина.
Пропавшие козыри

Я пила уже пару месяцев. Каждое утро просыпалась около пяти, дрожа от липкого, тревожного, похмельного озноба. Все тело колотило, будто я спала на льду, даже если лежала под одеялом в шерстяной кофте, а в комнате вовсю жарили батареи. Я пробуждалась от холода, нервной трясучки и огромного, затапливающего комнату отчаяния. Если бы были силы встать, могла бы повеситься в одно из таких утр — такое это было мерзкое, паническое пробуждение. Я лезла рукой под кровать, нащупывала бутылку, делала глоток спиртного и ждала, когда сон заберет меня снова. Второй раз просыпалась поздно, когда сентябрьский утренний туман успевал развеяться и за окном появлялось солнце. Зеркало отражало опухшее, моментально постаревшее лицо с красными глазами и набухши-

ми веками. Но мне почти не было стыдно...
И вот почему...

«Люди, умирающие на глазах у других людей, всегда умирают мужественно»,— говорил Вольтер. Но вот о чем он не говорил: свидетель необходим не только для того, чтобы умереть, но и для того, чтобы жить достойно. Сложно сохранять достоинство и не опускаться, когда ты понимаешь, что не будет никаких наблюдателей твоего падения и разложения. Нет аудитории. Наверное, я бы так и не вышла из запоя, если бы однажды не поймала на себе полный брезгливости и презрения взгляд Флоры. И вдруг меня пронзило — наблюдатель есть! Вот же она, свидетельница моей жизни (а также моего умирания). Я не в вакууме — я у нее на глазах. Взгляд Флоры был полон превосходства. Как будто она одна тут настоящий Человек и Женщина, у которой есть Воля и Самоуважение.

Негодование, стыд и злость зашипели во мне, как таблетка аспирина, которую Флора уронила в стакан с водой. Она протянула мне лекарство и стала раздвигать шторы. Я выпила залпом.

Как во сне, я бродила по комнатам, собирая спрятанные бутылки. Торопилась, чтобы успеть выгрести все, пока во мне еще сохранялся этот порыв — завязать. Сделать все быстро, пока не передумала. Оставаться трезвой. Избежать соблазна прямо сейчас, а потом будь что будет. Вылила все их содержимое в раковину. Раковина стала бордово-сизой.

Как пережила вечер того дня, лучше не вспоминать. Я сожалела о вылитом. Крутилась около раковины, надеясь, что что-то случайно сохранилось. По второму и третьему разу проверяла тайники… Но нет, ничего не осталось.

На следующее утро Флора снова прошмыгнула в мою комнату с таблеткой шипучего аспирина и очень удивилась, что ее услуга мне не понадобилась. Она приходила еще пару раз и перестала. Смешно: как только я решила жить достойно, так, чтобы можно было смело и гордо смотреть в глаза соглядатаям, Флора исчезла. Она перестала таскаться ко мне в комнаты и торчать тут часами. Как будто только в свиноподобном своем состоянии я и была ей интересна. Как будто люди нужны другим только для того, чтобы самовозвышаться на фоне иных. Я смеялась над собою и над получившимся анекдотом. Конечно же, мне хватило самоуважения, чтобы не бегать за Флорой. Не пытаться ткнуть ее носом в свою трезвость и силу воли.

Потянулись нескончаемые недели осенней непогоды. В такие дни хорошо сидеть, запершись в комнате в глубине дома. Я раскладывала пасьянсы. Все они не сходились. Это потому, что я пытаюсь играть с судьбой, поняла я. Не стоит быть такой амбициозной и самонадеянной. Не надо пытаться переигрывать Провидение. Можно начать с соперников попроще. Для начала научиться обыгрывать людей, а уж потом тягаться с судьбой. Когда до меня это дошло, я наплевала на свое обещание не навязываться Флоре. И пригласила ее на карты. Играли в буру, на интерес. Вначале было весело, азартно, но я не горячилась, сохраняя благоразумие и трезвость. Однако же чаще проигрывала, чем побеждала. Подкралась досада: опять, опять мне не везет. «Это потому что игра ненастоящая. Я ничем не рискую, поэтому и не стараюсь. Нет жгучей потребности выиграть. Нужна мотивация!» — догадалась я и предложила сделать ставки. На что играть? Денег у Флоры не было, у меня, впрочем, тоже. Она предложила книжку — редкий ботанический атлас. Я поставила платье — любое, пусть сама выберет в гардеробной. Снова раздали. Мне шли хорошие карты. Откровенно удачные: прилетали «письма», козыри выпадали парами. И я не могла понять, как с таким фартом и такой откровенно выигрышной комбинацией на руках… все равно проигрывала.

Я разозлилась, смахнула карты со стола и пнула их, как ворох опавших листьев: «Игра окончена».

Мне не было жалко платьев. Похоже, они мне вообще уже никогда не понадобятся. Угнетала только эта моя неспособность выгодно распорядиться даже хорошими шансами, моя непробиваемая неудачливость. Почему? За что? Чего я не понимаю в этой жизни и ее играх? Какой неуловимый закон не могу постичь? Почему я недостойна даже крошечного триумфа? Может, я недостаточно рискую? Или слишком хочу победы? Или, наоборот, недостаточно сильно к ней стремлюсь?

Стало страшно и тревожно. И почему-то зябко. Я накинула плед поверх шерстяного свитера. Полжизни прошло, и на что я ее потратила? Похоже, во второй половине мне удастся не отыграться, а только лишь спустить последнее — остаток молодости и сил. Господи, как обидно, как несправедливо!

Я выгнала Флору. Она унесла с собой платье. Когда я распахнула двери гардеробной, она тут же, почти не выбирая, сняла с вешалки черное, бархатное, которое превращало в пантеру и висело отдельно от всех остальных. Я вздрогнула. На какую-то секунду мне захотелось воскликнуть: «Только не это, дурочка!» Но тут же мелькнула вторая мысль: «А может это знак? Она заберет платье и все, что с ним связано». Интересно, куда она его собралась надевать?

Егор.
Герой начинает
DDOS-атаку

Корректно сформулировать задачу — уже половина решения. Я открыл ноутбук. Старенькая глупая подслеповатая Ириска, везучая долгожительница, втиснулась под стол и рухнула мне на ступни, привалилась горячей лысеющей спиной к моим ногам. Раньше, когда я садился за компьютер, она устраивалась напротив и смотрела мне в глаза. В любой момент можно было оторвать взгляд от монитора и уткнуться в ее карие сосредоточенные зрачки. Стоило ответить на этот взгляд — она тут же вскакивала, включала хвост в режиме «пропеллер» и радостно тащила поводок: «Уже закончил? Уже гулять?» Так что я до последних сил сидел, уткнувшись в монитор, не отвлекаясь от кода ни на секунду. Знал: отвернешься от экрана — придется тащиться на улицу.

Потом, слегка сдав, погрузнев и поседев, Ириска устраивалась на том же месте, но морду клала на лапы. Сворачивалась калачиком и прикрывала глаза. А последние два года старушка прописалась в моих ногах — грелась. Укладывалась поверх тапочек и тут же начинала храпеть. Теперь можно было сколько угодно шарить по комнате взглядом, отвлекаться от висящей на экране задачи и думать о ремонте, который рано или поздно придется сделать. Проблемой было только встать, не потревожив собаку, и долить себе кофе. Поэтому я садился за письменный стол сразу с огромной кружкой. И с термосом.

Так вот, кофе из кружки уже был выпит, а задача все еще не сформулировалась. Я открыл термос, плеснул в кружку на треть и представил, что это не я ставлю себе задачу, а кто-то другой, важный, весь из себя такой «не поспоришь», ставит задачу кому-то очень ловкому, сильному и всемогущему. Ну типа М ставит задачу Бонду. Или Бобби Аксельрод командует своими менеджерами. Или Тони Сопрано отдает распоряжения. Во-о-от! Так стало намного легче, и я наконец выдал:

Условия задачи.
Дано:
Слабо заселенная и хорошо охраняемая территория, окруженная каменным 5-метровым забором. Камеры видеонаблюдения по всему периметру. Протяженность периметра около

4–5 километров. Профессиональная вооруженная охрана. Вход только по приглашениям и пропускам.

Найти:

Находится ли внутри объект Ф? При положительном ответе: вывести с территории.

Решение 1:

Получить приглашение (как вариант — пропуск) на территорию и обследовать ее.

Возражение: приглашения не раздают. А если вдруг повезет, то за приглашенными надзирают, невозможно самостоятельно выстроить маршрут. Затруднительно покинуть территорию вдвоем.

Решение 2:

1. Вызвать отказ работы охранной системы.
2. Проникнуть на территорию.
3. Обнаружить объект Ф.
4. Вдвоем покинуть периметр.

Я смотрел на этот план и офигевал от собственной дерзости и наивности. Я что, правда возьму и организую сбой в работе охранной системы Поленова? И мне за это ничего не будет? «Будет, конечно же, еще как будет»,— хмыкнул голос, ну, тот самый.

Начнем с первого пункта. Это, пожалуй, самое простое. Нужно только выбрать день. Подходит выходной, суббота. Например, почти через месяц. Самое то. Теперь придумываем тему мероприятия. Midautumn Night's Dream — вполне подойдет. Пять простых шагов: сайт + страницы в соцсетях + объявление на Timepad + покупка постов у популярных блогеров через биржу + покупка анонсов в СМИ через ту же биржу. Стоит дешевле, чем кажется. И вот уже модные и продвинутые, те, кто постоянно ищут новых впечатлений и исследуют все свеженькое в ночной жизни столицы, обсуждают таинственную вечеринку «Сон в осеннюю ночь». Костюмированный бал в духе пьес Шекспира. По легенде, туса приурочена к свадебному торжеству художницы и бизнесмена, чьи имена пока что засекречены. Координаты места, где состоится бал, каждый гость получит только в день праздника и только в личном сообщении. Заранее известно: это будет роскошная подмосковная усадьба. Никаких объявлений локейшена на широкую аудиторию: круг приглашенных ограничен, попадут не все, а только те, кто достаточно моден, продвинут и креативен. Mind- and face control.

Над описанием приманок вечеринки особенно на заморачивался, скопипастив отовсюду по чуть-чуть:

«В эту ночь усадьба превратится в райский сад с чудесными существами и таинственными деревьями. Вас ждут экзотические плоды, фантазийные цветы и незабываемо сказочная иллюминация! Невероятный театральный перформанс с участием актеров из разных стран, красочный парад-алле и световизуальное шоу у воды. Зажигательные танцы полуобнаженных мужчин и женщин с эквилибристическими номерами. Бармены в образах летучих мышей материализуют Атмосферу Всеобщей Радости и Тотального Счастья.

Вход — for free, но участие подтвердят только избранным».

Этого оказалось достаточно, чтобы люди начали записываться. Строили догадки. Кто-то убедил себя, что уже знает имена жениха и невесты. Моя будущая армия, которой предстояло нейтрализовать систему охраны Поленова, формировалась сама собой. Сегодня наемникам необязательно платить — достаточно пообещать им хлеба и зрелищ с непременным бонусом в виде красоты и таинственности. Просто пообещать, давать уже необязательно. И можно даже не вводить в курс дела, что вообще-то они часть моего плана и мои «солдаты». Люблю интернет за такую возможность.

Опасно ли собирать столько людей там, где в них могут пальнуть? Опасно. И для них, и для того, кто созывает компашку. Поэтому я тщательно заметал следы в Сети, используя анонимайзеры и VPN. Все-таки дело серьезное. «Жизнь — это вам не игрушка. Это охренеть какая крутая игрушка!» — так говорил мой инструктор по полетам на парамоторе. К нему я, кстати, и зачастил после того, как запустил движуху с secret party. Это была вторая часть плана.

Марина.
Вопросы без ответов

В прежней своей жизни я совершенно не верила, что можно быть несчастной, имея все и не переживая больших трагедий вроде смерти ребенка. И вот это «все» стало моим. Я не нуждалась в деньгах. Могла заказать все, что мне понравится. Я не стояла у плиты и забыла, каково это — держать в руках половую тряпку. Мой муж был интересным во всех отношениях человеком, не пил и не бил меня. Я жила в особняке посреди большого сада. Была ли я счастлива? Ни одной минуты.

Неопределенность парализует волю. Но абсолютно ее обрушивает полная определенность, которая наступила у меня: завтра будет таким же, как вчера и сегодня. Ничего не изменится. Нет будущего, цели, финала, красивого конца у сказки. И надо научиться как-то с этим жить, выполняя одни и те же действия, которые так и будут идти по кругу.

Проснувшись в этот день, я не заплакала, как это бывало часто, потому что почувствовала, что сегодня что-то произойдет. Ощутив эту щекотную волну ожидания, я стала ее в себе подогревать и растить, опасаясь, как бы она меня не покинула. Даже если я не получу того, что хочу, все равно что-то случится. Непременно.

Суббота. Борис уже проснулся и позавтракал. Долго крутил педали велотренажера, глядя в планшет — смотрел какой-то сериал. Переоделся. Посидел в запертом кабинете. Говорил с кем-то по телефону. Клацал клавиатурой. Шелестел бумагами. Пошел к Флоре. Они вдвоем вышли из ее домика. Я увидела в окно, как Флора садится в его служебный автомобиль. Он помог ей, вежливо подал руку и мягко прикрыл дверь машины. Автомобиль выехал за ворота! Флора уехала — одна, лишь с водителем. У меня дыхание перехватило, словно на морозе. Я не могла поверить собственным глазам. Вот оно. Что-то сдвинулось, шестеренки заскрипели…

Борис сел обедать. Я заняла стул напротив. Пока он ел, за столом царило молчание — Борис считал, что все разговоры можно начинать лишь после того, как наешься. Наконец, когда он перешел к чаю, я спросила:

— Поделись секретом, что такого сделала Флора, что ты начал ей доверять? Позволил даже отсюда выезжать, еще и на твоем личном автомобиле. Скажи мне, что она такое смогла? Может, я тоже это умею?

— Это исключительный случай, больше таких выездов не будет,— ответил Борис.— Не завидуй, хорошо?

— Нет, не хорошо,— покачала головой я.— Объясни наконец, что ты думаешь о моем будущем?

— Я о нем вообще не думаю. Каждый должен думать за себя сам. Голова есть? Вот и используй.

— Меня не устраивает, как все складывается. Я не собираюсь сидеть всю жизнь в этом доме.

— Не устраивает, можешь собрать вещи и уйти с тем, с чем пришла. Не стану тебя держать.

— «Уходи с чем пришла» — и все?

— Можешь взять одежду. Украшения. Немного денег, о'кей.

— Ты сам-то себя слышишь? Я осталась с тобой, когда была тебе нужна. Не я просила тебя со мной жить. Ты об этом просил. Чтоб была с тобой, выручила. Я ничего тогда с тебя не потребовала. Согласилась помочь, потому что пожалела. И рассчитывала на твое благородство и умение возвращать долги. Надеюсь, помнишь? Я отозвала акции с продажи. Подписала все бумаги. Отвадила всех просящих подачки и бубнящих молитвы. Сохранила пристойность. И что я получила?

— Ты получила шанс,— бросил он, вставая из-за стола.— Но у тебя не хватило мозгов, чтобы им воспользоваться. Считай, что ты купила лотерейный билет. Но зачеркнула в нем неправильные цифры. Всё!

— Ты мой должник.

— Может, ты к судебным приставам обратишься? — с нескрываемым презрением расхохотался он прямо мне в лицо. С презрением, которое уничтожало меня… и вместе с тем оживляло.

— Не шути так,— пригрозила я.— Ты же знаешь, что у нас есть общий секрет.

— Тебе не приходило в голову, что если я смог уладить все тогда, то смогу уладить и сейчас? — Борис взглянул так, что мое сердце пропустило удар. И вышел из столовой. Через секунду он вернулся. Я выпрямилась, ожидая его слов.

— У меня к тебе просьба. Сегодня после трех посиди, пожалуйста, в своей комнате и не высовывайся оттуда, хорошо?

Вот и все, что он сказал мне о моем будущем. Так-нечестно-так-нечестно-так-нечестно — выстукивали ритм мои ботинки по мокрой дорожке сада. Борис предлагает мне уйти отсюда с пустыми карманами и вернуться к заурядной и полунищей жизни. Оставить ему все. Но не для того я терпела его все это время. Не для того подписывала любые бумаги, которые он подсовывал, и покрывала его секреты. В конце концов, у меня на руках достаточно козырных карт, чтобы выиграть свободную, красивую, богатую, шумную и яркую жизнь. С чего это я должна их скинуть и согласиться на проигрыш? Обидно только, что никак не могу придумать, как разыграть эти карты, чтобы сорвать джек-пот. Почему нужная комбинация никак не сложится у меня в голове? С чего зайти? Чем бить? Я не могу найти кнопку «сделать все хорошо». Но я однозначно могу «сделать все плохо». Сделать так, чтобы он был несчастлив. Смогу же?

Я прошла почти всю тропинку вдоль забора. Приближаясь к дому, поразилась сама себе: вместо того чтобы все это время строить комбинации и искать решения, как добиться счастья для себя, я придумала десяток вариантов, как устроить несчастье ему. Об этом мозг думал очень увлеченно, ни на секунду не успокаивался, не уставал, подбрасывая все новые варианты. Может быть, поэтому у меня все так? Я горько, отчаянно рассмеялась в голос. И вдруг услышала, что мой смех становится не моим, чужим. Он двоится, подхваченный необъяснимым эхом. Множится, распадаясь на разные голоса — они смеялись вместе со мной, вместо меня. Они хохотали — вначале как будто где-то вдалеке, но с каждой секундой смех приближался, разрастался, и я оказалась внутри него. Огляделась — вокруг никого. Прикрыла уши руками, смех продолжал звучать, но приглушенно, будто из-под земли. К хохоту добавился низкий, стрекочущий гул. Голова кружилась, словно от высоты или голода. Домой. Срочно. Под одеяло. Я побежала ватным, замедленным бегом, стараясь не отрывать взгляда от тропинки. Только бы дойти и не упасть тут, среди мокрых листьев и грязи.

Я ввалилась в дом без сил. Борис сидел в углу гостиной, вжавшись в кресло. Практически слившись с ним. Тепло одетый. Безо всякого занятия. Окно было приоткрыто, и ветер трепал занавеску, норовя опрокинуть стоящий на подоконнике цветочный горшок. Борис взглянул на часы: «Почти три. Поднимайся к себе и сиди, пока я не разрешу спуститься».

Я попыталась стащить ботинки. Голова закружилась еще сильнее. И я пошлепала по лестнице прямо в обуви, оставляя на ступенях грязные следы.

Егор. Слабоумие и отвага

Сердце билось как отбойный молоток. Пот заливал глаза. Тошнота подобралась к горлу. Мотор за спиной оглушал. Я далеко не первый раз летел на мотопараплане, но такой отчаянный адреналин попер впервые. «Эй, режиссер! Заканчивай съемку!» — хотелось прокричать мне и развернуться. О чем только думал тот парень, который придумал этот трюк и решил, что я с ним справлюсь? Ах да, это же был я сам... Блин...

Сверху все выглядело четким и плоским, словно ты шмель, планирующий на тщательный ученический рисунок. Дом, деревья и человечки внизу казались ненастоящими, выскочившими из GTA. Вот усадьба. Вот окружающий ее забор. Вот веселое сборище у ворот, которое начинает растекаться вдоль ограды, стартуя от проходной. Людская змейка скользит, обвивая каменную стену и стремясь взять ее в кольцо.

Нарядные люди шли вразброд, пританцовывая. Жалко, что я не слышал их из-за рокота мотора — судя по всему, они еще и пели. Тусовщики бурлили уверенным потоком — отыскивали «правильную секретную проходную № 3», на которой их якобы ждут списки гостей и велком-дринк. Все как и планировалось.

Я представил, как сейчас бешено крутятся видеокамеры, облепившие забор по периметру. Как ошалевшие охранники мечутся в своей будке от одного монитора к другому, пытаясь уследить за безумной кодлой. Вторжение шло сразу со всех сторон, по всем направлениям, а на такое не рассчитана почти ни одна охранная система. В общем, это был людской вариант DDOS-атаки. Самый популярный, всем известный, но оттого не менее эффективный способ свалить систему безопасности сайта: послать такое астрономическое количество запросов, чтобы она просто не успевала их обработать. И тогда все защиты падут. Это я и наблюдал сверху: охранники выбежали из будки и поперлись вслед за праздничной гурьбой, отпихивая наглецов от забора, уговаривая разойтись и, видимо, стращая. Публика в карнавальных костюмах была самоуверенной, убежденной в собственной важности и исключительности, поэтому от охраны отмахивались, снимали бойцов на мобильные телефоны или игнорировали.

Внутри участка от ограды к дому бежала женщина, зажав руками уши. Других людей в парке видно не было. Даже ни один охранник не вышел из особняка. Я ожидал, что забор возьмут под защиту изнутри, но на это наплевали. Странно. Чего это они такие беспечные? Ни на секунду не допускают мысли, что кто-то прорвется внутрь?

Никого похожего на Флору сверху не было видно.

Я выбрал точку приземления: просторный газон, где летом устраивали прием. Развернулся против ветра и пошел на снижение. Ноги спружинили о траву, я по инерции сделал пару быстрых шагов, заглушил мотор и торопливо отстегнул лямки. Крыло шуршало за спиной. Я ожидал, что сейчас к шороху ткани моментально добавятся топот, крики, может быть даже выстрелы. Но… ничего. Вот это везение! Неужели секьюрити так увлеклись разгоном толпы, что даже не заметили, что с неба к ним ввалился чувак на параплане? Если так пойдет дальше, может, мы сможем даже улететь отсюда с Флорой тандемом? Крепление для такого полета я, чисто на всякий случай, взял с собой.

Внутри включился таймер, не дававший ни на секунду замереть. Я несся по участку, во всю глотку выкрикивая имя Флоры. Черт побери, это был лучший момент всего мероприятия: я так картинно, героически мчался, размахивая руками и голося! Клянусь, невидимый кинооператор, снимавший меня в этот момент, не мог оторвать взгляда от видоискателя!

Я молотил в двери коттеджей и заглядывал в окна. Иногда из-за стекла на меня смотрели чужие испуганные глаза. Я показывал им фотографию Флоры: видели? Видели такую? Они со страхом отшатывались. Двери никто не открывал. Я проверил все домики, заглянул в каждое окно: Флоры там не было.

И тут меня как будто перещелкнуло. Адреналин, что ли, закончился? Я замер и завис в торжественной, прямо-таки вакуумно-космической тишине. И сам себе показался страшно нелепым, даже комичным со своими выпученными глазами, хриплыми криками и суетливыми прыжками: «супердетектив ввалился в дом, палил направо-налево, а когда дым рассеялся, оказалось, что он — в детском саду во время тихого часа».

Я неуверенно пошел к особняку. Постоял у двери, поколупал ее ногтем и не решился даже дернуть за ручку. Безмолвие и оцепенение усадьбы насторожили меня: берегись, бро! Я шел вдоль дома, заглядывая в окна. Внутри не было ни-ко-го. Может, Поленов сегодня уехал, и поэтому здесь так пустынно и неохраняемо? Створка на одном из окон первого этажа качнулась, задетая ветром. Окно было открыто. Я заглянул в неосвещенную, сумеречную пустую комнату. Подтянулся на руках и практически бесшумно впрыгнул внутрь. Замер. И тут зажегся торшер, освещая кресло в углу и сидящего в нем Поленова.

— Привет, Егор,— потянулся он с зевком.— Опаздываешь. Я тебя заждался. Чай вон уже остыл. Да ты садись, не стесняйся,— он кивнул на стул с другой стороны чайного столика.

Я продолжал стоять. Ужас, страх, стыд. Бросило в жар и тут же — в озноб. Как будто на меня вылили ведро кипятка, а следом окатили ледяной водой и опять кипятком.

— Что, Егор, пустился во все тяжкие? Типа Уолтер Уайт? — Поленов хмыкнул и посмотрел на меня озорно, с деланой симпатией.

— Пришлось,— сказал я хрипло, горло пересохло.

— С этого все начинается: вначале ты нарушаешь моральный закон и хочешь кинуть Родину, которая тебя обогрела грантами. Плюешь в колодец. Непорядочно, но ненаказуемо. И смотри, куда это ведет дальше — ты совершаешь уголовное преступление: незаконное проникновение в жилище. За это в тюрьму сажают. Хочешь в тюрьму?

— Нет,— я сел на стул и прихватил правой рукой левую, чтобы та не так сильно дрожала.

— Ну, рассказывай, зачем пришел,— сказал Поленов.

— Я ищу Флору Елисееву. Я знаю, что это она работала над вашим садом. И с тех пор бесследно исчезла.

— Значит, от тебя прячется баба, и ты решил поискать ее у меня? — рассмеялся Поленов.— Ну и как, нашел?

Я отрицательно помотал головой.

— Что вы с ней сделали? — спросил я.— Убили ее?

— Пфф,— фыркнул он.

— Она работала на вас, что-то узнала о ваших преступлениях, и вы ее убили. Теперь мне это совершенно ясно.

— Не выдумывай,— прервал он меня и подвинул в мою сторону лежавший на столе лист бумаги.— Читай.

Я прочитал:

«По приговору мирового судьи судебного участка № 157 Одинцовского района Егор Андреевич Демин осужден по ч. 2 ст. 139 УК РФ к наказанию в виде лишения свободы на срок 2 года условно с испытательным сроком 1 год».

— Что это?

— Приговор суда за твое сегодняшнее правонарушение. Пока что это только проект, но очень проработанный. Уверен, таким решение и окажется. Все доказательства зафиксированы. Повестку тебе пришлют. Для справки: осужденное лицо не имеет права выезда за границу в течение всего срока наказания и еще год после его окончания. Резюме: на ближайшие три года ты, Егор, невыездной. Провалился ваш план свалить в Прибалтику. Где вы там планировали осесть?

— В Вильнюсе.

— Н-да… Придется потерпеть. Башню Гедимина хоть успел посмотреть, когда туда ездил?

— Успел.

— Ну и достаточно. Больше там и смотреть-то не на что.

Мне поставили мат в два хода. Уделали как младенца. Это был провал неудачника. Жалкая судьба, жалкие идеи. Все мои выходки — претензии заурядности. Амбиции пустобола. У меня защипало в носу.

— Предупредите своих товарищей, чтоб не ходили по скользким дорожкам. Надо любить родину, работать для ее блага. Для своего тоже можно. И еще немного полезной информации: гражданин, осужденный условно, может работать, учиться, жениться и все что вам взбредет в голову. Но на своей территории.

— Трындец.

— Справедливость. Скажите спасибо, что срок условный. Это потому, что я добрый и все этим пользуются. Берите конфету.

Издевается? Я представил, как вскакиваю со стула, набрасываюсь на Поленова, хватаю за горло и душу. Но продолжал сидеть на месте. А он встал:

— Спасибо за внимание. Вас проводят.

Уже в дверях Поленов резко развернулся:

— Ты правда думал, что сможешь прилететь и незаметно здесь приземлиться? На этом моторчике? — со смехом спросил он и помахал руками как крылышками.— И что у нас нечем «снять» такого Карлсона, как ты? — Он изобразил выстрел из ружья.

— Думал.

Поленов расхохотался:

— Слабоумие и отвага! Кто в экспертном совете допускает до денег таких дурачков?

Он еще что-то бормотал себе под нос, удаляясь и посмеиваясь.

Вошел «провожающий».

— А ты, летун, отчаянный,— уважительно прокомментировал охранник, когда мы оказались на улице.

Он позволил мне забрать парамотор и даже помог сложить крыло. Мы вместе вышли за забор.

— Повезло тебе, уходишь со всеми целыми зубами, почки не отбиты и пальцы не переломаны,— с сожалением сказал он на прощание. Добро улыбнулся и хрустнул пальцами.

— Чтоб тебе так везло, чувак,— ответил я.

Флора. Что показало УЗИ

Когда БМ скомандовал: «Собирайся, сегодня ты едешь к врачу», я испугалась. Первая мысль: вывезут и убьют в лесу. И сама не поверила этому, чуть не засмеялась. Разве может он обидеть меня — мать своего ребенка? Он же верит, что я люблю его,— я столько сделала, чтобы он в это поверил. Но все тело затряслось в панике. Я сдалась, призналась самой себе, что мне страшно. Да, я очень его боюсь. И очень хотела бы не быть с ним, не быть здесь и снова вернуться в свою жизнь. Это мой шанс? Попытаться ли мне бежать? Или нет? Одновременно с паникой меня охватила оглушающе огромная радость от возможности покинуть усадьбу. Морозный воздух свободы властно поманил наружу.

«Не делай глупостей,— предупредил БМ.— Не говори лишнего. Не впутывай в неприятности посторонних людей. Поверь, снаружи все так же, как и здесь. Только там ты никому не нужна, а здесь — нужна». Он легонько щелкнул меня по носу и захлопнул дверь машины снаружи. В автомобиле мы остались вдвоем с охранником. Парень вел машину, то и дело поглядывая в зеркало заднего вида. Это напрягало, но потом я догадалась, что не я приковываю его взгляд,— он любовался своей свежей стрижкой (еще пахнущей парикмахерской) и новой кожаной курткой, запах которой заполнил салон автомобиля. Выглядело так, будто я — рублевская фифа, а он — мой водитель-любовник, недавно получивший щедрые чаевые.

В машине стояла тишина. Никто не произнес ни слова. Мы ехали по загородному шоссе: лес, дачные участки, заборы, живые изгороди и за ними дома. Мелькали редкие прохожие. Кровь стучала в ушах. Только когда мы съехали с окружной дороги в город, меня отпустило: значит, везут не в лес, чтобы там убить.

Город я не узнавала. Когда-то пестревшие рекламой щиты вдоль трассы сейчас кричали пустыми лицами: «сдается», «сдается!», «сдается!!!». Часто попадались погасшие, замотанные в полиэтилен вывески закрывшихся кафе и киосков. Там, где еще весной ярко горели огнями витрины, сегодня через одно зияли темные окна.

Все, что я видела, выглядело нереальным. Яркий свет горевших посреди тусклого дня фонарей казался льющимся из огромного софита. Все улицы опутала истеричная, припадочная иллюминация, она облепила столбы, деревья и даже заборы, словно ползучая токсичная плесень. Город выглядел накрашенным и принаряженным больным, впавшим в деланое веселье, чтобы заслониться им от ужаса надвигающейся тьмы. Я ехала по знакомому миру, ставшему чужим. Люди шли без остановок, без лишних движений, торопливо, как роботы. Меня охватило сомнение в их реальности. Не статисты ли это, выпущенные на улицы, чтобы создать у меня впечатление, будто я на свободе? Может, я по-прежнему в клетке, только размеры ее увеличились?

Машина остановилась перед медцентром. Я шагнула на тротуар. Голова закружилась, едва я вдохнула городской коктейль запахов: бензин, духи, выхлопные газы, шаурма, цветы, сбежавшая каша — господи, как я раньше не замечала, чем дышу? Сейчас я увижу людей. Я могу попросить о помощи. Заговорить с кем-то... Что говорят в таких случаях? Поверят ли мне?

Охранник распахнул дверь клиники, пропустил меня вперед. Затылком я чувствовала его сильное дыхание, представляя, как сжимаются его кулаки в карманах новой куртки. Стоит мне проронить хоть одно неосторожное слово — и эти кулаки заставят меня замолчать. А может быть, и не только мне. Вдобавок к кулакам у него был еще и пистолет.

Мы подошли к стойке регистрации. «Добрый день! Чем могу помочь?» — улыбнулась нам пухленькая женщина в кудряшках. Я вздрогнула. Впервые за восемь месяцев со мной заговорил новый человек. Я молчала, ошарашенная этим подтверждением, что я существую, а происходящее реально. Охранник назвал фамилию врача, к которому я записана, и нас тут же проводили в кабинет.

В темной комнате, освещенной лишь настольной лампой и мерцанием серо-голубого монитора УЗИ, конвойный по-хозяйски сел на кушетку. Сутулая седая женщина с добрым круглым лицом ласково попросила «папочку» пересесть на стул, а меня — занять кушетку. Дальше она разговаривала только со мной. Задавала множество вопросов: дата последней менструации, как протекает беременность, часто ли тошнит, чувствую ли я шевеления. Я отвечала, словно соскребая слова с языка. Мне и в голову не пришло попросить охранника выйти. Мне и в голову не пришло попросить эту милую тетушку о помощи. Я была так признательна ей за то, что она оказалась единственной, кто за все эти месяцы по-настоящему заинтересовался мной, моей беременностью, будущим ребенком. Она была ласкова. Она так нежно, по-матерински гладила меня по животу скользким датчиком, что я ни на секунду не могла подвергнуть ее опасности. Кто я такая, чтобы втягивать ее в свой запутанный мир? Разве она виновата, что я попала к ней на прием?

Когда врач повернула ко мне монитор, я разрыдалась: на экране сосал палец крохотный человечек. Все было видно: ручки, ножки, глазницы, нос. Даже пальчики, малюсенькие пальчики можно было пересчитать! «Похоже, что мальчик»,— сказала доктор, щурясь и вглядываясь в экран.

Я одну за другой выхватывала салфетки из коробки, но не успевала вытирать слезы и сопли. Врач продолжала водить датчиком, что-то записывала и улыбалась. Меня захлестнула острая жалость ко всем и всему: к себе, к ребенку, ко всем этим манекенным людям вокруг. Щемящая печаль о хрупкости и уязвимости жизни вообще и новой жизни, бьющейся во мне. Жизнь продолжается. Я буду ее беречь. Я никого не подставлю под удар. Я никому не нажалуюсь. Я не попытаюсь бежать. Я буду хорошей. Я сохраню всех: плохих и хороших, злых и добрых, жестоких и жалостливых, любящих и ненавидящих.

Доктор дотошно отвечала на множество вопросов, которые меня тревожили. Я лихорадочно придумывала, что бы еще такое спросить, чтобы не уходить из этого уютного кабинета, не возвращаться в машину, не ехать назад. Я чувствовала себя воровкой, которая пытается урвать побольше того, что ей не принадлежит.

Но из кабинета все-таки пришлось выйти и потащиться по выкрашенному в бирюзовый цвет коридору. Вдруг из-за распахнувшейся двойной стеклянной двери нам наперерез вывалилась каталка. Две медсестры толкали ее к лифту. Женщину, лежавшую на каталке, била крупная дрожь, так, что стоявший у нее в ногах целлофановый пакет шелестел и шуршал, словно на порывистом ветру. Она вытащила из-под простыни руку, которой шарила под собою, где-то ниже пояса. Рука была вся в кровище. Женщина завыла и обхватила руками свой аккуратный, размером всего лишь с большую перевернутую салатницу животик. «Выкидыш», — поняла я. И тут они нахлынули на меня — воспоминания, которые казались давно уже погребенными под бесконечным ворохом других событий. Мой живот свело, будто обхватило стальным обручем. Стало невыносимо страшно. Вдруг я напрасно расслабилась, ощущая себя в безопасности под крылом Поленова? А если у меня опять случится выкидыш? И это произойдет там, в усадьбе? Кто сможет мне помочь? Отвезут ли меня в больницу? И если да, то сколько времени понадобится, чтобы получить разрешение на выезд? Мне же никто не поможет. Меня просто оставят там истекать кровью.

«Не переживайте, с вами такого не случится,— сказала женщина с ресепшена, заметив, как побледнело мое лицо.— Какая вы впечатлительная. Хотите валерьянки?»

Я пила воду под тревожным взглядом растерянного охранника. Стоило сделать последний глоток, как он настойчиво взял меня под локоть и потащил к выходу. «Мне нельзя возвращаться в усадьбу. Я должна ждать появления ребенка в городе. Рядом с врачами. Надо бежать»,— устало, но невероятно четко произнес мой внутренний голос. И все тело, до самой последней клеточки, с этим согласилось.

Мы вышли из клиники. Нервы напряглись до предела. Сейчас! Если я собираюсь вырваться, то именно сейчас надо побежать и закричать. Я пристально смотрела на дорогу и тротуар, выискивая человека, к которому я могу броситься, которым я смогу закрыться от своего ужаса. У противоположного торца дома мужчина выгуливал бульдога. Пожилая женщина качала коляску на детской площадке. Дворник вез громыхающий мусорный контейнер. Мимо пробежал школьник, раскручивая мешок со сменкой. До меня никому не было никакого дела. Я ощупывала каждого из них глазами и не чувствовала в них силы, способной противостоять тому, от чего я хотела скрыться.

Дверь машины распахнулась. Охранник, видимо, прочитал мои мысли и подтолкнул меня в салон. Я рухнула на сиденье. Город будто выталкивал меня из себя, как море — пластиковый мусор. От близости спасения и его невозможности у меня перехватило дыхание, я отчаянно боролась со слезами.

Машина притормозила на светофоре. На перекрестке дежурили дэпээсники в стеклянной будке. Прямо перед моими глазами. Что если я выпрыгну из машины прямо сейчас и побегу к ним? Я тихо потянула шапочку фиксатора, чтобы разблокировать дверь. Она не поддавалась. Зажегся зеленый, и полицейские остались за спиной. Скоро и город миновали. И вот ворота усадьбы снова захлопнулись.

Я вошла в дом и рухнула на кровать. Меня охватила глубокая тоска. Я так предвкушала встречу с внешним миром, представляла, что я почувствую, оказавшись за воротами. Но все оказалось совсем не так. Я должна была воспользоваться ситуацией, но ничего не вышло.

Было ощущение, что побывала не в реальном, а в иллюзорном мире, где не знала, как себя вести. А по-настоящему реальный мир — здесь, среди этих стен, за высокой оградой. Я разрыдалась. Меня трясло так, что не могла расстегнуть пуговицы на куртке и попасть пальцем в кнопку настольной лампы, чтобы зажечь свет.

Поленов.
Отцовский подарок

Внутренне Поленов был совершенно уверен, что все пройдет хорошо: Флора не станет устраивать концертов, дергаться, изображать трагедию и побег из Шоушенка. Он знал, что ей можно доверять. Но на всякий случай заготовили справку, что она состоит на психиатрическом учете: охранник показал бы бумагу, если бы что-то пошло не так, и объяснил бы, что девушка «с тараканами в голове». Не понадобилось.

Но только когда Флора уже вернулась и Поленов выслушал доклад ее соглядатая, у него в животе будто развязался тугой канатный узел.

— Что еще? — нетерпеливо взглянул он на топчущегося в кабинете охранника.

— Подробности интересуют? — смутившись, уточнил тот.

— Только коротко,— Борис Максимович подвигал стопку бумаг на столе, показывая, что его отвлекают от важных дел.

— Ну… Мальчик там. У нее будет мальчик,— негромко проговорил охранник.

— Ясно. Можете идти,— сухо распорядился Поленов.

Оставшись один в кабинете, он вернулся к чтению аналитической записки. Новости были хорошие: бегство резидентов остановлено, все, кому следовало, быстро сделали правильные выводы из случая с основателем Future Vision — этого «неформального урока». Тайные, секретные знания распространяются быстрее, чем открытые директивы и громогласные призывы. Поленов пробежал еще пару абзацев и отодвинул бумаги. Походил по комнате. Задумчиво присел на корточки возле тумбы письменного стола. Выдвинул нижний ящик. Вытащил оттуда тонкие папки, забытые флешки, ручки, карандаши, ластики, корпоративный календарь «Школково» на прошлый год, блистеры с просроченными таблетками, записную книжку, визитки людей, имена которых ему сейчас уже ничего не говорили, и наконец на самом дне ящика нашел ее — складную солдатскую ложку-вилку.

Поленов ясно помнил тот день, когда отец подарил ему этот единственный свой подарок.

Ясное зимнее утро. Такое ослепительное, что даже отраженный от стола солнечный свет заставляет жмуриться. И материнская рука, держащая вилку. На вилку накручены серые, дрожащие, маслянистые макароны. Они приближаются к лицу мальчика, тычутся ему в рот своими противными мокрыми тельцами. Он плотнее сжимает губы. «Ешь!» — требует мать. Боря выскальзывает из-за стола и мчится за занавеску. «Доедай!» — настаивает она, идет следом, вытаскивает его за ухо из укрытия и хнычущего усаживает за стол. «Наедайся, наедайся, пока есть чем»,— уговаривает она, пережившая блокаду, и из глаз ее начинают течь тихие огромные слезы. Борю тошнит от этих макарон, ему жалко себя, но еще больше ему жалко маму, которая вдруг из сердитой сделалась такой беззащитной и несчастной. Он открывает рот, начинает жевать соленые от его слез макароны. Входит отец, говорит: «Не надо, Нина. Никогда не заставляй его делать то, что он не хочет». Папа лезет в чемодан, стоящий на шкафу, и достает оттуда солдатскую ложку-вилку, принесенную с войны. Сокровище из сокровищ для мальчишки. «Держи, боец,— говорит папа.— Пообещай есть так, чтобы у тебя всегда были силы». Других подарков отец сделать не успел: вскоре погиб, в 1966-м, когда Борису едва исполнилось пять.

Поленов аккуратно развернул ложку-вилку, взвесил в руке и переложил из нижнего ящика на стол, на видное место.

Егор. Приговор

Приговор мне действительно вскоре влепили — такой, как Поленов и обещал. И полицейская, и судебная машина сработали быстро и слаженно. Все люди, занятые в процессе, оказались на удивление обыкновенными — не упырями, не толстомордыми хамами, не скрытыми садистами, а усталыми бюрократами. Они отрабатывали должное с сухим равнодушием — и ко мне, и к Поленову. Без ненависти, подобострастия и энтузиазма. И если до этого вся государственная машина представлялась мне монолитным монстром, который ощетинивается весь разом, стоит только кольнуть одно из его щупалец, тут я вдруг увидел, что это не единый организм, не спаянное братство «один за всех и все за одного», а просто толпа наемников, не вполне понимающих, чему они служат.

Наверное, получив свой условный срок, я должен был затихнуть и испугаться. Но у меня, напротив, появилось чувство, будто уже нечего терять (хотя на самом деле было что).

Снова навестив следователя, я рассказал о своем приключении в усадьбе Поленова.

— Вот что предпринял бы я на вашем месте,— опять почему-то начал он раздавать советы, вместо того чтобы выполнять свою непосредственную работу.— Я бы по-быстрому сделал ноги за границу.

— У меня же условный срок, меня даже в самолет не посадят.

— Езжайте через Минск,— пожал он плечами.

— Как это «через Минск»?

— Все невыездные, кому надо свалить, спокойно через Беларусь летают. Союзное государство, граница открыта. Обмен данными их и наши спецы никак не наладят. Поэтому там всех выпускают,— следак шагнул ко мне и выхватил мой мобильник, торчавший из кармана джинсов.— Ну хотя бы хватило ума не записывать этот разговор. Не безнадежен.

Он воткнул телефон обратно в мой карман.

— А Флора — ее просто бросить и забыть? — спросил я.

Он в ответ только постучал себя пальцем по голове — мол, думай, думай.

Я отправился в бар. Было еще рано, большинство посетителей просто ужинали. Я заказал выпивку первым и напился раньше других. Домой добрался в полубессознательном состоянии и сразу упал на постель. Я барахтался где-то на самой поверхности сна и никак не мог провалиться глубоко в забытье. Мне грезилось, что под одеялом вместе со мной лежит Флора. Но я не мог очнуться и двинуться, чтобы коснуться ее или заговорить с ней. Она была словно 3D-проекция.

Часть IV

2014/2015.
ЗИМА

Флора. Мольба

Еще несколько дней после поездки на УЗИ мне казалось, что голова вот-вот взорвется. Почему, почему я не решилась попросить о помощи ни врачей, ни полицию, ни прохожих? Почему упустила такую возможность? Неужели я теперь вообще ничего не могу сделать без его позволения?

«У меня нет силы. Нет воли. Одни страхи. Я боюсь его. А еще сильнее я боюсь рожать. Господи, как мне быть?» — мои мысли метались по кругу.

Могилоподобная клумба на краю участка все чаще и чаще пробиралась в голову. Я старательно отскабливала это воспоминание от своих мыслей, но если вдруг мне это удавалось, его место занимал еще более леденящий страх — я отчетливо понимала, что умру в родах. И что еще хуже, я видела, что роды эти будут преждевременными и ребенок тоже не выживет. Раза три в неделю мне начал сниться почти один и тот же сон — из тумана выходит умершая мама и уводит меня в этот туман, я иду за ней и оказываюсь у той самой клумбы-могилы, про которую так и не решилась спросить у Поленова. Мама приводила меня в это место, а потом словно прыжком оказывалась на противоположном краю поляны, смотрела на меня уже оттуда — из еловой темноты, молча и печально, и кивала, как бы говоря: «Да, да, это тебя ждет. Вот твой жребий». Я просыпалась в истерике и поту. Пальцы дрожали, я задыхалась до тошноты. Дошло до того, что стала бояться засыпать, подолгу не ложилась в кровать, и сон настигал меня в кресле или на диване.

Если свой ужас, связанный с «тем самым местом», я решилась скрывать, то паника и страх перед родами казались мне делом довольно обычным — таким, о котором можно рассказать. Которое всем и каждому будет понятно. Маленькая княгиня из «Войны и мира» и Кэтрин в «Прощай, оружие!» — кто не плакал над их судьбой? Судьбой, которую я не должна повторить.

— Я вижу страшные сны. Ты должен выпустить меня отсюда,— как можно более спокойно сказала я, когда БМ снова появился в моем доме.— До родов я хочу жить рядом с хорошим роддомом, на Севастопольском. Мне нужен контракт с надежным врачом, которому я могла бы позвонить в любое время дня и ночи. Я должна быть там, куда скорая сможет примчаться в течение пяти минут. Если ты всего этого не сделаешь, случится что-то страшное. Настолько страшное, что ты никогда не сможешь спать спокойно.

Это было в последнее перед новогодними праздниками воскресенье. В комнате уже стояла наряженная елка, и ее гирлянда мерцала тревожными, суетливыми, беглыми огоньками — синими и красными, похожими на маячки скорой помощи. Раньше я не замечала, что запах хвои так похож на больничный, хлорный дух. Весь этот антураж блестящих шариков и золоченых шишек меня совсем не успокаивал, наоборот, выводил из себя. Поленов поморщился:

— Невозможно, чтобы ты уехала отсюда, ты же знаешь,— ответил он тихо.

— Ты создал такую ситуацию, в которой сможет выжить только один из нас,— вдруг вырвалось у меня.— Если все будет так, как хочешь ты, меня ждет смерть. Пока ты жив, ты меня не выпустишь. Этим ты заставляешь меня желать тебе смерти,— я слышала свой голос как будто со стороны.

Поленов прищурился:

— Что-о-о?

— Нет, нет, я не хочу тебе смерти — в глубине души не хочу. Я же… люблю тебя. И благодарна, что окружаешь меня заботой. Но это же нормально, что мне хочется уйти. Или ты завтра же отпустишь меня на свободу, или своими душными объятиями убьешь.

— Нет. Тема закрыта. Еще одно слово об этом — и ты меня не больше увидишь,— холодно отрезал он.

— Ну пожалуйста! Я не убегу, я никому ничего не скажу. Никакой опасности для тебя. Ведь ты же отец моего ребенка,— продолжала убеждать я, но видела, что мои слова не вызывают в нем никакого сочувствия, никакого шевеления души, даже жалости или желания успокоить. И от этого мне стало страшно до оледенения. Тело сделалось холодным и жестким, ладони окоченели, словно обмороженные. Я прижала их друг к другу и они сами собою сложились в молитвенный жест.

«Это моя последняя надежда,— промелькнуло в моей голове.—Господи, помоги мне, подскажи правильные слова, чтобы растопить сердце этого человека. Он сам не ведает, что творит. Он — мой мучитель и одновременно единственный для меня человек в целом мире и отец моего будущего ребенка». Как на кадрах замедленной съемки, передо мной прошли все минувшие месяцы. И как еще более замедленную съемку, а точнее, как два стоп-кадра, я увидела этот момент: Поленов, сидящий у стола перед остывающей чашкой чая, и я — замершая около кухонной плиты с молитвенно сложенными руками.

Я бухнулась на колени и поползла к нему, умоляя. Причитая. Упрашивая. В моей памяти вдруг вспыли какие-то совсем не мои слова. Но и не чужие — бабушкины. Слыша их в детстве, я даже не пыталась запоминать, но они сами упали вглубь меня и сейчас вдруг выметнулись наружу и сложились в спонтанную мольбу такой неистовости, что мне казалось, камни должны были расступиться и дать мне дорогу, даже не так — взвалить меня на свои плечи и понести на свободу: «Милосердия двери отверзи. Христом Богом прошу, выпусти меня отсюда! — причитала я. — Ради Его страдания будь милосерден ко мне и нашему ребенку. Ты знаешь нужду мою. Посему молю тебя: сохрани меня и младенца нашего. Ты мое упование, отвори свое милосердное сердце».

Бессвязное, околоцерковное бормотание выплескивалось из меня — толчками, как будто меня тошнило словами. Я ловила его взгляд и видела в нем… страх? отвращение? раздражение? досаду? — словом, совсем, совсем не то, на что надеялась.

Он замахнулся, а я смогла только намертво, до искр, зажмуриться. Раздался звон и хруст. По щеке хлестнула боль. Я распахнула глаза и закрыла руками живот, но он в него даже не метил — он продолжил рубить кулаком по столу. Молча и зло. Осколки чашки и блюдца разлетались в стороны с ледяным дребезгом.

Поленов перестал лупасить стол так же внезапно, как и начал. Обмотал окровавленный кулак полотенцем. Накинул дубленку, натянул шапку. Ботинки он никогда при входе не снимал. И вышел, хлопнув дверью.

У меня остался кровоточащий шрам на щеке — царапина, видимо от отлетевшего осколка чашки.

Марина. Предчувствия

Принято считать, что прошлое влияет на настоящее, а настоящее — на будущее. И что пребывая в дне сегодняшнем, мы реагируем на вчерашнее. Это верно, но только наполовину. Мы погружены во время. Мы окружены им, как рыба водой. Время обнимает нас со всех сторон. И та вода, что впереди, влияет на нас так же, как и та, что остается сзади. Будущее влияет на нас не меньше, чем прошлое. Просто мы не привыкли это осознавать. Например, бывает так: вдруг, ни с того ни с сего, тебя охватывает неожиданное, странное и страстное желание. На днях, идя по дому через комнаты, я внезапно та-а-ак захотела свежего огурца! Просто до дрожи. Думала — умру, если сейчас не откушу — зеленого, в пупырках! Захожу в гостиную и — сюрприз — там Борис ест огурец. По-простому так: разрезал на половинки, присолил и хрустит. То есть мой мозг не осознал еще, что уловил слабый запах огурцов, но подсознательное желание уже появилось — за минуту до того, как они передо мной возникли. С глобальными вещами то же самое — когда появляется какое-то сильное желание, это верный знак, что скоро на тебя свалится и ситуация, «аромат» которой ты подсознательно уловил. Желание — это реакция на будущее. И никакой мистики в этом на самом деле нет.

А еще раньше при виде Флоры меня стало охватывать совершенно необъяснимое и невыносимое, как зуд, раздражение. Она начала бесить меня — не могу сказать, чем конкретно, но до такой степени, что хотелось ее ущипнуть до смачного синяка или даже ударить со всей силы. Даже не ударить, а конкретно так избить. Я поняла, что это неспроста — с ней что-то должно случиться. Из времени, которое выше нас по течению, сочился запах крови. Я стала ждать. Наблюдать. И когда она два дня подряд не выходила из дома, решила ее навестить.

Я постучалась в дверь. Стук вышел как крупная дрожь — мне мерещились совсем ужасные картины. Повесилась? Вскрыла вены? Отравилась? Я была готова к тому, что мне не откроют, дверь придется ломать и внутри обнаружится тело — обезображенное, опухшее.

Тело Флоры действительно выглядело отвратительно, но не так ужасно, как я ожидала. Грузное и словно отекшее, оно было живо. Оно передвигалось по комнате. На щеке глубокая запекшаяся ссадина. Опухшие веки, синева под глазами. Бескровные губы.

— А ты рисковая,— произнесла я, догадавшись, что происходит, и видя теперь причину, по которой мне совсем недавно так хотелось вцепиться ей в волосы и расцарапать щеки. Она же беременная! Борис — с нею?! Как я раньше этого не заметила?

— Он тебя когда-нибудь бил? — спросила Флора.

Я отрицательно покачала головой, всматриваясь в ее лицо. Сегодня оно было похоже на то, другое — своей испорченностью и неузнаваемостью.

— Я не давала повода. Что ты сделала?

— Попросила отпустить меня.

— Ха. Ну, в общем-то, я тоже об этом просила. Только меня он не бил. Это как же просить надо?

Флора тяжело переваливалась по комнате. В ней было что-то неживое, жуткое. Подвижный, разговаривающий, мятый кусок мяса.

— Ради Христа просила. Богом заклинала. Взывала к его бессмертной душе,— ухмыльнулась Флора и тут же поморщилась.

— Христом Богом заклинала? — не поверила я своим ушам.— Серьезно? Ну ты вообще... Надо же так угадать те самые слова, которые при нем вообще нельзя произносить!

— С чего это?

— С того! Единственное, о чем вообще никогда нельзя заговаривать с Борисом, — это о Боге. Стоит произнести при нем одно это слово — он становится реально опасен. По-настоящему.

— Это шутка такая?

— Я серьезна, как никогда. Так что уж поверь на слово.

— Но почему?

Я задумалась, но только на секунду. И произнесла то, что всегда про него знала. Хотя никогда прежде это конкретное слово не приходило мне на ум при мысли о Борисе. Он был для меня «жестким», «влиятельным», «сильным», «властным». Но на самом деле лучше всего его описывало только одно слово. И я вложила его в ответ:

— Потому что он очень, очень грешный человек.

Егор.
Превращение в мышь

Я перестал нормально спать. Давно со мной не случалось бессонницы, кажется, с детства,— и вот она. В школе со мной такое бывало: упрешься в какую-нибудь математическую задачку и никак не можешь решить. Тогда я до упора сидел над тетрадкой и учебником, потом посреди ночи просыпалась мама и выключала лампу на моем письменном столе. Я залезал под одеяло, но и ворочаясь в постели, продолжал крутить-крутить-крутить в голове задачу, пока наконец меня не вырубало. Уже уснув, я мог внезапно подскочить, схватить ручку и начать прикидывать новый вариант решения. Под одеялом с фонариком.

Так же я спал теперь. В голове постоянно крутились две задачи. Future Vision была уже закрыта. Я сидел на патентах (теперь моих, личных) и никак не мог придумать, как же их применить тут, не покидая России. Задача была с таймером: решение стремительно устаревало, над технологией постоянно должна работать команда, чтобы развивать ее, поддерживать актуальность. Тут как в компьютерной игре без сейвов — зазевался, притормозил, сел на пенек съесть пирожок — хопа, все уже убежали вперед и тебя прикончили на бегу. Даже чтобы стоять на месте, надо очень быстро бежать. Патенты горели на глазах, и от этого хотелось орать и разбивать стены. Из-за судимости я не мог выехать за границу еще два с половиной года. Что делать? Что делать? Что делать? К кому идти? Что предлагать? Мне снились переговорки и мне снилась Флора. Она была ко мне благосклонна — возможно потому, что каким-то неведомым способом узнала, что именно я ради нее сделал и что в итоге потерял. Но что-то нам все время мешало. Что-то постоянно мельтешило то рядом, то между нами.

— Как бы сделать так, чтобы государство от нас отвалило? Любое причем,— спросил я, когда Вадим уже выставил на стол батарею пивных банок, да еще и бутылку виски.

Он был у меня дома впервые и с интересом пялился на стены. Я вдруг увидел свое жилье его глазами — пожалуй, квартира выглядела скорее как берлога тинейджера: марвеловские плакаты, флаги и гербы разных стран, игровая приставка. Круто, но не солидно. Так здесь и не бывает никого, перед кем мне надо из себя что-то изображать.

— Читал в детстве журнал «Трамвай»? — удивил он вопросом.

— Ну… Да…

— Помнишь сказку про четырехмерную мышь и трехмерный холодильник?

Я кивнул. Действительно, запоминающаяся была история, и журнал стоящий.

— Вот что тебе надо сделать. Стать четырехмерной мышью в этом трехмерном мире. И свободно ходить через стены. И есть свой сыр.

— Это как?

— Варианты разные. Например, снова подружиться с государством. Заточи эту историю под спецслужбы, приди в ФСБ, стань их человеком — и все стены падут перед тобою. Может срастись. Например, видеораспознавание террористов по жестам в аэропортах и метро. Чем не вариант? У евреев такое в Бен-Гурионе уже есть.

— Хреновый вариант. Я не люблю вмешательство государства и государственные проекты.

— Но ничего, кроме государства, просто ведь уже нет.

— Ну давай еще мемуары Шпеера перечитаем! Проехали. План «Б» есть?

— «Б», «В», «Г» — полный алфавит.

— Валяй.

— Вариант «Б». Ты можешь бежать через Минск и просить какого-нибудь убежища. Как гей или жертва режима — выбирай сам.

— Забавно, мент мне предлагал то же самое. Что еще?

— Вариант «В». Ты можешь просто продать патент и забыть. Дорого, конечно, загнать его не получится, но хоть что-то. И сиди придумывай что-нибудь новое, что будет актуально и через три года. Крипта вот поперла, нейросети, что там еще сегодня модно?

— И что покупатель будет делать с патентом без меня?

— Ну, кое-что можно сделать. В пакете свои консалтинговые услуги приаттачишь, чтобы тему не слили.

— Это, я так понимаю, все варианты?

— Есть еще один, лихой и придурковатый. Переписать патент на меня и отпустить нас с ним в Европу. Я сделаю компанию, попробую раскрутить. Через три года приедешь, если дело будет трепыхаться, я переписываю на тебя часть акций.

— Я что, по-твоему, дебил? — уточнил я, взвешивая в руке банку с пивом.

— А ты подумай, не говори сразу нет,— в своей всегдашней манере ответил он.— Я тебе расписку оставлю. Все лучше, чем если патенты просто протухнут.

— Даже обсуждать не хочу.

— А я что, по-твоему, ничем не рискую, берясь вывезти то, из-за чего тебе условник повесили?

— Я же сказал: даже не обсуждается.

Вадим с пониманием кивнул и сменил тему. Мы выпивали дальше, делали вид, что беседуем. Я рассказывал Вадиму, что по объявлению о пропаже Флоры звонят всякие ее бывшие заказчики. Рассказывают иногда что-то занимательное, но не имеющее отношения к делу. Например, говорят, она виртуозно кроет рабочих, но не матом, а такими ругательствами, что это само по себе представление. Или как она таджикам в рот заглядывает, чтобы проверить, как у них с насваем. Или как упирается, чтобы все делать по уму, а не как придется и как заказчику в голову взбредет. Один мужик меня час грузил, как они бодались из-за устройства системы автополива — закапывать под газоном какую-то канистру или нет. «Делать надо как надо, а как не надо, делать не надо» — поговорка у нее, оказывается, такая. Вадиму, похоже, все это было до лампочки, он вежливо покивал и к полуночи вызвал такси.

В тот вечер я слишком много съел и слишком много выпил. И ночью чувствовал себя ужасно.

Ворочался, пытался вызвать рвоту и протрезветь, но ничего не помогало. Надо было уже наконец хоть что-нибудь решить, свалиться в какую-то лунку (или колею) и начать по ней катиться. Бездеятельность вымораживала. Так, не вполне протрезвев, я нащупал мобильник и написал Вадиму: «Забирай и уезжай. Я тебе верю».

Думали меня поиметь, а вот хрен вам. Я и сам себя подставлю, без вас.

Вернул телефон на тумбочку и откинулся на подушку. И только теперь заметил, что лежу на чистом белье, только сегодня поменял. Кайф-то какой. Наконец заснул. Спал я той ночью хорошо. В первый раз действительно хорошо. Утром проснулся и ощутил наконец его — новогоднее настроение.

Флора. Новый год

Невероятно, но даже беременной мне удалось втиснуть себя в вечернее платье из черного стрейч-бархата, которое я несколько месяцев назад выиграла у Марины в карты. Если бы я заранее получила приглашение на новогоднюю вечеринку к Поленовым, то заказала бы себе какой-то более подходящий наряд. Но обо мне вспомнили в самый последний момент. Похоже, пожалели. Так в девять вечера 31 декабря мне и пришлось выискивать среди своей одежды хоть что-то праздничное. Платье обтянуло выпирающий живот, но все-таки я выглядела хорошо. В те дни, когда не опухала от слез и лежания, беременность меня красила — я казалась моложе: кожа стала чище и будто светилась изнутри, волосы погустели. На лице еще маячила ссадина, но макияж с ней справился.

В гостиную особняка я вошла босиком — туфель под платье у меня не было. У Поленова отвисла челюсть — такой светской он меня не видел еще никогда.

«Ого, — выдохнул он. — Откуда у тебя это?»

Марина побледнела, но проводила меня в свою гардеробную и позволила выбрать туфли на каблуке. Весь вечер БМ и Марина не сводили с меня глаз, и выражение лиц у них было такое… ошалевшее. Как будто они впервые меня увидели.

Это была самая странная встреча Нового года в моей жизни. Я сидела за одним столом с любовником и его женой. Марина уже обо всем знала, и Поленов держался так, будто мы обе были его женами — старшей и младшей. Но при этом обе, кажется, не очень-то любимыми. Никто из нас не напивался. Я не пила из-за беременности. Марина — потому что помнила летний запой и то, с каким трудом она из него выкарабкивалась. Почему не пил БМ — я не знаю. Может, хотел все контролировать? Смотрели телевизор. Пульт был в руках БМ, и он щелкал им с таким упоением, будто лопал пузырики на пупырчатой упаковочной пленке.

Зазвонили куранты и хлопнула пробка шампанского. Я сожгла бумажку и бросила пепел в бокал. (Долго колебалась, какое желание написать на ней — «выбраться из усадьбы» или «благополучно родить здорового ребенка», в итоге написала «благополучно выбраться из усадьбы со здоровым ребенком». Успела вывести все!) Мы мило болтали, как попутчики в поезде. Я поддерживала беседу, делая вид, что не злюсь на Поленова, и вообще — они с Мариной моя семья.

Обменялись подарками. Марина и БМ вручили мне презенты, завернутые в одинаковую, алую с золотыми шишечками, упаковочную бумагу. Она — коробочку побольше (в ней оказались заварочный чайник и пара чашек с кобальтовой сеткой от «Императорского фарфора»), он — поменьше (жемчужное ожерелье, как будто мне есть куда его носить). Мне не хотелось заказывать Марине и Поленову подарки за их же собственные деньги, поэтому я просто подарила каждому из них по горшку — в одном выращенный мною амариллис с бутоном, готовым распуститься (для него), а в другом — лаванда (для нее).

В час ночи отгремел салют. Вот он был что надо! Настоящий, высокий, мощный. Золотые и алые папоротники распускались в черном, укутанном облаками и дымкой небе. Ночь была тихая, с легким, незлым морозцем. С неба непрерывно сыпался слабый снег, словно мы были внутри стеклянного снежного шара. Сразу после салюта я собралась к себе. Марина шмыгнула в дом, а Поленов постоял со мной еще минутку под падающим снегом, подержал за руку и поцеловал на прощание в губы, как ни в чем не бывало. Хотя ни словом не извинился за ту истерическую вспышку. Двери за ним закрылись.

Уже дойдя до своего коттеджа, я вспомнила про подарки, забытые в гостиной. Не то чтобы этой ночью мне были так уж необходимы жемчужное ожерелье и заварочный чайник, но они были чем-то вроде символа радости и несли в себе настроение настоящих новогодних каникул. Поэтому я развернулась.

Когда в облепленных снегом валенках я бесшумно подошла к дверям гостиной, меня словно кто-то невидимый придержал за плечо: постой, подожди, послушай. Я приложила ухо к щели между створками дверей и прислушалась. Хозяева особняка были внутри. Мне даже удалось их рассмотреть. Марина вжалась в кресло, а Поленов грозно нависал над нею, упершись руками в подлокотники. Их лица были совсем близко, но они говорили громко — почти кричали друг на друга.

— Ты специально отдала ей это платье, чтобы испортить мне праздник? Чтобы позлить меня? — спрашивал БМ.

— Я не знала, что она его сегодня наденет, клянусь! — пищала Марина.— Флора выпросила у меня его несколько месяцев назад.

— Ты опять себе дорожку расчищаешь? — рявкнул Поленов.

— Да причем тут я? — искренне возмутилась Марина и стала отпихивать его от себя, толкая в грудь руками.— Ты сам, сам во всем виноват! Ты убил жену, а не я! Убил, а она была хорошим, набожным человеком, — у Марины не получилось оттолкнуть нависающего над нею Поленова, она оставила попытки, закрыла лицо руками и начала всхлипывать.

— Что ты хочешь подстроить? — прорычал БМ.

— Я ничего не подстраивала! Ни тогда, ни сейчас. Ты избиваешь Флору и обвиняешь меня, что я лезу в ваши отношения! Лучше посмотри, как ты себя ведешь — со мной, с нею…

— Ты даешь ей платье, которое было на тебе в тот вечер!

Желваки его заходили, кулаки с силой впились в обивку кресла, но он не ударил ни жену, ни мебель.

— Это случа-а-айность,— прорыдала Марина сквозь прижатые к лицу ладони.

Поленов тяжело выпрямился, будто карманы у него были набиты камнями. Лицо его оцепенело и походило на маску в свете гирлянд и свечей. Так, ничего не добавив, он и ушел из гостиной — к счастью, через другую дверь.

Меня качнуло. Я ведь и раньше знала, что на краю участка — могила. Знала это еще тогда, когда впервые увидела эту злосчастную клумбу. Но отказывалась верить. Старалась не признаваться себе. Ведь тогда бы пришлось делать совсем не то, что я делала и что мне хотелось делать... Но теперь уже не скрыться от этого знания. Поленов и вправду убийца. Я вынашиваю ребенка убийцы. Он убил женщину. Жену? За что? Наверное, она тоже хотела отсюда выбраться...

И вдруг я ясно ощутила, что тоже никогда этого не смогу. Я НЕ СМОГУ! Мысль эта пронзила меня навылет. Стало страшно. Из будущего высунулась беспощадная рука и начала душить меня. Я потеряла веру, истонченный дух сломился. Я увидела, как я слаба. Жизнь прошла наполовину впустую и впустую же окончится. Мне уже тридцать пять. Мой путь завел меня в тупик. Жалкая судьба неудачницы.

Несколько дней я была оглушенной, будто в ознобе. Все оказалось настолько ужасно, насколько только можно было предположить. Я разговаривала сама с собой, перебирая разные предположения, какое будущее ждет меня, удивляясь и сама себе не веря. Шли дни. Внутренний диалог постепенно затихал, а потом и вовсе прекратился.

Через пару недель у меня разболелись зубы — причем все сразу. Утром я пошла в ванную, чтобы прополоскать рот. Глянула в зеркало и отшатнулась: я увидела в нем маму. Такую же опухшую, некрасивую, с некрашеными волосами, небрежно одетую. Кастрюли в кухне стояли грязные, закопченные. Я перестала заправлять кровать. Зубы… Когда я в последний раз чистила зубы? Я не помнила. Мне было все равно.

Со мной случилось то, чего я боялась всю жизнь: что однажды буду сломлена так же, как когда-то сломались родители. Столько лет я доказывала себе, что я другая, что со мной такого не произойдет. Что я сильная. Ну как минимум живучая. И вот — сломалась. Разочарование, страх, бессилие. Ощущение, что ты ничего не можешь в этой жизни. Ты не в силах ничем управлять. И все зависит не от тебя. Прежде я думала, что будущий ребенок заставляет держаться на плаву, что дети стимулируют нас на то, чтобы выстоять и сохранить себя, заставляют биться до последнего, но теперь вдруг ясно осознала: нет, сломаться можно и с ребенком. Мои же родители сломались. Почему я думала, что беременность меня защитит?

Марина. Та самая ночь

Борис всегда представляет все так, будто все хорошее — его рук дело, а все плохое и ужасное творит кто-то другой. В новогоднюю ночь он так уверенно кричал мне: «Ты опять что-то подстраиваешь? Себе дорожку расчищаешь?» — что, будь я более внушаемой, сама бы поверила, что виновата в смерти сестры. Но нет, виновник он. Я это знаю. Я очень, очень хорошо помню тот день…

Такие дни в кино всегда начинаются с плохой погоды. Ливень, ветер, летящий по воздуху мусор и какая-нибудь свистящая музыка.

Но тогда погода стояла замечательная, славный майский денек. Живи и радуйся — грейся на солнышке, любуйся цветущим садом и мечтай о приближающемся лете. Особенно грешно не радоваться, если у тебя есть все. Все, что можно купить за деньги. И даже кое-что, что за деньги не продается. «Если бы это все принадлежало мне, я бы радовалась. Даже больше: я была бы во-о-от так счастлива»,— думала я, расхаживая по огромному дому, как по музею, любуясь через окна просторным садом, разглядывая чужие семейные фотографии в рамках. Хорошие фотографии, профессиональные, стильные. Как из журнала. Важный сильный мужчина и элегантная достойная женщина. Я постаралась представить свою фотографию в одной из этих рамок и поняла, что у меня нет ни одного снимка, который бы не смотрелся позорно рядом с их портретами. Даже тот, который стоит аватаркой на «Одноклассниках», все равно не супер.

Мне кажется, Маринка (та первая, настоящая Марина, не я) еще утром начала настраиваться на вечернюю склоку — так хорошие актрисы уже с утра вводят себя в нужное состояние перед спектаклем. Мы с нею закрылись в огромной гардеробной (сорок квадратных метров — как моя квартира). Я помогала разобрать платья. Марина утонула в кресле, перебирая четки, а я по очереди доставала из шкафов наряды и показывала сестре. Какие-то из них — особенно открытые, вызывающие, сексапильные — она отбраковывала:

— Это мне больше не пригодится,— мотала она головой. И тогда я перевешивала платье в отдельный шкаф.

— Ты же не выкинешь их? — недоверчиво спросила я, рассматривая бирки Valentino, Chanel и Sonia Rykil.— Если будешь выбрасывать, лучше отдай мне.

— Это хорошие деньги,— улыбнулась Марина.— Продадим, а средства пустим на какое-нибудь доброе дело. Впрочем, одно можешь забрать себе. Любое. Для двоюродной сестренки — по блату, дарю!

Она очень постаралась улыбнуться открыто, светло, от души, но вышло как-то устало и с горечью.

Я все мотылялась с вешалками от шкафа к шкафу. За этим необременяющим дельцем мы много болтали. Говорила в основном она — я слушала. Всегда надо много слушать, прежде чем что-то ляпнуть, когда хочешь прилепиться к кому-то надолго. И запоминать. А потом, когда тебя наконец о чем-нибудь спросят, надо возвращать людям ими же сказанные ранее слова и мысли, как мячик в пинг-понге. Тогда ты всегда будешь приятной собеседницей. Ну или по крайней мере в ваших взглядах уж точно не обнаружится непримиримых противоречий.

И вот она болтала, трепалась, щебетала. Слова сыпались из нее, как фигурки в тетрисе. Я поражалась этому умению так гладко и много говорить без подготовки. Как будто из цистерны вынули пробку — и полилось, зажурчало, забулькало. Смотрела она при этом в сторону — будто я не живой человек, а что-то типа диктофона. А говорила в основном про божественное и про брак — о своих размышлениях и сомнениях. «Духовная общность», «нравственные основы супружества», «любовь и единение в вере». Вот этого всего, судя по монологу Марины, в ее браке не было. А ей хотелось. Сестра, как я поняла, хоть и недавно, но очень глубоко воцерковилась. «Я не та, прежняя Марина. Я новый человек. Я лучше. Лен, у меня открылись глаза!» — сказала она (тогда я еще была Леной).

(«Я не та, прежняя Марина. Я лучше. Я новый человек», — повторила я про себя.)

Она признавалась себе (и мне), что она обновленная старалась полюбить этого мужчину, который оказался ее мужем, доставшимся ей от нее старой. И хотя он того не заслуживает, она все-таки старалась. Всей душой. Полюбить его новой, правильной любовью.

(«Стараюсь полюбить», «правильной любовью» — запомнила я.)

Она просила Бога только об одном — чтобы все были счастливы. И желательно, чтобы это счастье было таким, как понимала его она, Марина. То есть чтобы все вместе с нею просветленно молились, постились, каялись и тем наслаждались. Борис, как я понимала из ее сетований, видел свое счастье как-то иначе, не так духовно.

Она молила Всевышнего наставить ее и мужа на путь истинный. Но Господь в своей безграничной мудрости, а может просто утомленный бесконечными просьбами, никак не вмешивался в ситуацию.

(«Чтобы все были счастливы», «наставить на путь истинный».)

И вот она, уже вся измученная, поставлена перед экзистенциальным выбором: продолжать тонуть в потоке обмана, одиночества и вины рядом с «этим человеком» (то есть Борисом), или… Или… спастись?

(«Тонуть в потоке обмана, одиночества и вины рядом с ним».)

Сейчас она служила ему — мужчине, которого больше не любила, но чувствовала, что принадлежит ему. А она хотела принадлежать Ему, Тому, Кто выше нас всех. Просто бросить Поленова и уехать куда-нибудь казалось ей немыслимым. Забрать ее от мужа мог только

Он. Господь. В Свой дом. Если уходить — то только в монастырь.

(«Служить мужчине, которого не любишь, но принадлежишь ему» — записала я в свой мысленный «молескин».)

Разбор платьев закончился. Марина щедро позволила забрать мне два. Я решила сразу примерить подарки сестры. Одно платье — блестящее и длинное, словно покрытое чешуей. В нем я была как змея. Второе — черное, бархатное, и в нем я была пантерой. Совсем новое, даже бирка не срезана. Я тоже пока решила ее не срезать — вдруг понадобятся деньги, продам.

Видимо, ветер на улице разогнал облака — в окно хлынул солнечный свет. Я увидела в зеркале новое лицо и новую линию волос, новый блеск в глазах и даже откуда-то появившийся лоск. «Как же мы с Маринкой удивительно похожи, — пронеслось у меня в голове. — Я даже не выгляжу моложе ее, хотя она старше на десять лет». Не хотелось снимать платье — так оно мне шло. Я буквально вросла в него.

…Они ввалились в каминную на первом этаже совершенно внезапно, толкая перед собой маленький столик на колесах. На нем звенели чашки. Зазмеился запах кофе, ликера, выпечки.

Минутой раньше в эту комнату проскользнула я, в новом бархатном платье с колющей спину не срезанной биркой. В руках у меня был новенький (а на самом деле старый, надоевший сестре и передаренный мне) айфон. Я надеялась сделать селфи в их гостиной — чтобы все в «Одноклассниках» поразились. Заслышав шаги, спряталась за портьерой.

— Марина, ты превращаешь семейное гнездо в странноприимный дом,— ласково увещевал жену Борис.— Даже Домострой это ни разу не одобрит. Спроси вот у своего батюшки, правильно ли ты поступаешь? Зачем тут эта твоя родственница? Когда она уже уедет?

Марина проигнорировала вопрос, молча переставляя посуду. Потом они с Борисом расселись по бокам маленького круглого столика, глядя на огонь.

— Ты сделала запрос брокеру на продажу акций,— устало сказал Борис, отхлёбывая кофе.

— Сделала,— самодовольно, с улыбкой кивнула Марина.

— Не будь дурой. Ты прекрасно знаешь, что не имеешь права без моего согласия выводить активы в кэш.

Они беседовали тихо, уважительно. Почти с любовью. Я даже не сразу поняла, что на самом деле это скандал, ядовитая семейная ругань в высшем обществе.

Я много видела ссор между мужем и женой. Однако то, что происходило между Борисом и Мариной, выглядело очень странно. Неестественно тихая стычка.

— Акции записаны на меня, они мои. Я делаю то, что считаю правильным,— очень спокойно, ответила Марина, бесшумно закручивая ложечкой в своей чашке воронку.

— Мы не будем сейчас обсуждать, насколько они твои. Они даже не вполне мои,— передернул плечами Борис, как будто группируясь перед прыжком.— Но специально для таких глупышек-тетенек, как ты, умные дяди сочинили Семейный кодекс. Слышала такое слово?

— Словосочетание,— поправила Марина.

— Что?

— Это не слово, это два слова — словосочетание,— усмехнулась сестра.

— Так вот про сочетание: ты не можешь ничего продавать без согласия супруга, понятно? Юридически. Не имеешь права.

— А как же ты продаешь без моего согласия то и это?

— У меня есть твое согласие на все,— произнес Борис и задержал над столом руку с ножом, которым намазывал джем на булочку.

Повисла нехорошая пауза. Нож все плавал и плавал над тарелками, с него сочились ягодные капли.

— Неужели? — Марина протянула руку и с небольшим усилием вынула нож из руки мужа.

— Ты подписала тонну чистых листов — помнишь? Ты своим куриным умишком не понимаешь, что делаешь. Продать без меня, конечно, ничего не получится. Но из-за твоей дурости произошла утечка информации, будто я скидываю акции, люди забеспокоились. Доверие ко мне пошатнулось. Цена компании упала. Это вредно. Так делать не надо. Поняла?

— Очень хорошо. Значит, именно это я и продолжу делать, — ледяным тоном отрезала Марина.

— Я предупредил, — чашка Бориса звякнула о блюдце, словно металлическая.

— Борис, это грязные деньги… — неожиданно жарко зашептала она. — Признайся, грязные?

— Если нужна стерильность, всегда можешь отправиться туда, где ее поддерживают, — фыркнул Борис. — Кстати, мне очень рекомендовали ВИП-отделение в клинике неврозов. Если ты опять намерена кликушествовать и вопить «покайся», то на сегодня наше общение закончено.

Послышались его удаляющиеся шаги. А следом — семенящие Маринины.

— Стой! — потребовала она.

— Я все сказал!

Борис тяжело поднимался по ступенькам, ведущим наверх, в его кабинет. Ее шажки застучали следом мелкой барабанной дробью — догоняя, обгоняя, как будто в лестнице, по которой бежала она, было раз в десять больше ступеней, чем на его пути.

— Как ты можешь жить в обмане? — прицепилась она. — Ладно, допустим, ты можешь. Я — не могу. Дай развод и отпусти с тем имуществом, что записано на меня. Хорошо, с половиной всего, что нам принадлежит, если на меня записано больше половины.

— Ни рубля. Ни копейки не достанется лицемерным ханжам, которые твоими руками лезут ко мне в карман, — отрезал Борис, дернул на себя дверь кабинета и быстро ее захлопнул.

Марина взбежала на верхнюю площадку. Темное лестничное окно отражало ее, словно черное зеркало. Я смотрела в него снизу, с первого этажа. Все было видно очень подробно и одновременно ирреально — словно смотришь на привидение. Сестра схватилась за ручку двери и потянула на себя. Дверь не поддавалась. Створка похлопывала — видимо, Борис не запер кабинет изнури, а держал ручку с другой стороны. Вид у сестры сделался потерянным, странно неряшливым.

Я замерла под лестницей и прислушивалась к этому тяни-толкаю. Хлоп, хлоп, хлоп… Перестук двери становился все более яростным, громким, ожесточенным.

«Открой! — пыхтела Марина. — Открыва-а-ай!»

Сестра изо всех сил уперлась в пол ногами. Изогнувшись бумерангом, она с силой тянула ручку двери на себя — будто висела над пропастью, ухватившись за латунную скобку, как за последнюю надежду. Внезапно Марина начала молиться. Я не знаю молитв, но, похоже, это были именно они.

«Горе вам, богатые, ибо вы уже получили свое утешение. Горе вам, смеющиеся ныне. Ибо восплачете и возрыдаете!»

На этих словах за дверью действительно раздался деланый, нарочитый, жуткий хохот Бориса. Голос Марины набирал силу, дверь продолжала хлопать, перетягиваемая двумя парами рук.

«Горе вам, пресыщенные ныне! Ибо взалчете».

Хлоп!

«Всякий, возвышающий сам себя, унижен будет!»

Бам!

«Блаженны плачущие ныне, ибо воссмеетесь!»

Бух!

«Отче, прости им, ибо не ведают, что творят!»

Внезапно дверь распахнулась — Борис резко отпустил ее. Марина коротко ахнула. Мне показалось, ее толкнула в грудь мощная невидимая рука. Тело, отброшенное незримой силой, полетело назад. И вниз, вниз, вниз — по ступенькам крутой изогнутой лестницы. Я нырнула за колонну под ней и зажмурилась.

А когда открыла глаза, увидела перед собой зеркало на противоположной стене. И в нем — известково-бледную, всклокоченную Марину в черном бархатном платье, вжавшуюся спиной в колонну. А рядом — неестественно выкрученное тело еще одной Марины. И склонившегося над ней Поленова, в ужасе зажавшего себе рот кулаком.

Он поднял голову и тяжело, как пьяный, осмотрелся по сторонам. Наши глаза встретились в мутном зазеркалье и замерли.

Поленов.
Несвятое семейство

Как устроено время? Почему его в наши дни рисуют стрелочкой, стремящейся слева направо? Ведь на самом деле оно ходит по кругу, как это и представлялось древним. Внутри тебя спрятан магнит, притягивающий все время одни и те же события. И они повторяются, повторяются и повторяются, как копия с оригинала, потом копия с копии, потом вариация на тему все той же копии. События могут измениться слегка, но по сути, в чем-то главном они остаются теми же самыми. Как будто ты пишешь на чистом листе, но он был подложен под предыдущие листы, и на нем остались оттиски написанного прежде. И эти надписи вновь проступают. Тест ESDA в чистом виде.

Новогодние каникулы Поленова были короткими, но ему они показались длинными, как полярная ночь. В комнатах постоянно горел электрический свет, телефон молчал, рядом бродили две ненавидящие и боящиеся его женщины и сонная собака. А сам он пытался обнаружить, где же, в каком месте его тела (или мозга? или дома?) спрятан тот самый магнит, притягивающий к нему одни и те же повторяющиеся события и сюжеты.

Вот он опять готовится стать отцом. Его женщина ждет ребенка. И в первые месяцы все выглядит хорошо, правильно и надежно. Как новый дом — добротный, каменный, выстроенный по всем правилам, пахнущий некрашеным деревом и недавним ремонтом. Но вдруг жизнь словно покрывается сетью мелких трещин, они разрастаются, в них начинают задувать холодные сквозняки, стены того и гляди рухнут. И вот уже в дом становится страшно входить.

Да, так уже было. Марина (та первая, настоящая Марина) ждала ребенка. Выстраданного, вымоленного, сотворенного при участии лучших врачей-репродуктологов, ювелирно зачатого с помощью ЭКО. Гарантированно это был мальчик без генетических отклонений, совершенное дитя. Беременность Марина переносила на удивление легко (а ведь ей было уже за сорок). Они переживали второй медовый месяц. Дела шли в гору, было ощущение, что Поленов ухватил бога за бороду. Деньги прибывали как паводок.

Сделка с землей под размещение «Школково», в которую его «вписали», принесла столько, что не потратить за всю жизнь. Марина, несмотря на беременность, со всем справлялась и участвовала во всей юридической канители — он как чиновник не мог владеть всем тем, что удалось добыть, и поэтому в бумагах значилось ее имя. Она имела право скупить земли колхозов за бесценок (о том, чтобы ей продали, позаботились), а потом, когда клочки и наделы были объединены в единое владение, перепродать их «Школково» — под будущий инновационный центр. (Конечно, она была ширмой, но очень дорогой.)

Первая трещина... Когда она возникла? Может, когда начались все эти пакостные заметки в интернете про то, что они отнимают землю шантажом и угрозами, не давая за нее настоящей цены? Или с пикетов около его офиса? Или когда возле медцентра на Марину выскочила какая-то размалеванная старуха в крупных фальшивых драгоценностях и шляпке (по виду настоящая ведьма) и начала на нее орать и слать проклятья? Марину тогда пришлось отпаивать валерьянкой.

А вот день, когда все начало по-настоящему рушиться, Поленов помнил четко: это был день подписания последнего пакета бумаг по передаче земли. Много очень важных людей должны были собраться за одним столом, окончательно все завершить и отпраздновать. Марина припасла очень стильный бирюзовый костюм к этому событию. Она ждала этого дня. Но с утра встала бледной, бессильной и вялой. Руки дрожали. Живот тянуло. Позвонила врачу, тот велел срочно ложиться на сохранение. Но как, не отменять же «сделку века»? Выпила но-шпу и поехала к партнерам. А уже из бизнес-центра — с кровотечением — в клинику. Оказалось, как раз но-шпу пить было нельзя — она усиливает раскрытие шейки. Вышла оттуда через два дня посеревшая, выхолощенная. Ребенка они потеряли.

С этого дня от дома остались руины, по которым гулял ветрище такой силы, что ни капли тепла не могло удержаться. Марина начала сходить с ума. Но он понял это не сразу: психологи говорили, что происходящее нормально. Что таков обычный сценарий проживания горя.

Вначале она часами рассматривала УЗИ-фотографии плода. Перебирала заранее купленные детские вещички и книжки. Перечитывала гороскоп ребенка, составленный загодя — по дате зачатия (а ее они знали с точностью до секунды). Гороскоп обещал, что мальчик родится золотой, избранный. Поленов потихоньку все эти «зацепки» выкидывал и «терял» — уничтожал следы прошлого. Марина притворялась, будто не понимает, что это делает он. Притворялась, будто верит, что вся вина на неделикатных горничных, которых то и дело увольняли. Поленов считал, что жена ему признательна — за то, что он оберегает ее, ограждает от всего, что растравляет душевную рану. Потом (сильно позже) выяснилось, что все происходило ровно наоборот: тогда-то в ней и начали копиться презрение и ненависть, жена пропитывалась ядом. Она стала прятать то, что прежде рассматривала открыто, — снимки с УЗИ он так и не смог найти, даже к сегодняшнему дню.

А внешне все наладилось. У Марины появилась отдушина — она перестала посещать психолога, вместо него по совету босса Поленова стала ездить к духовнику. Статусный священник, настоятель модного храма, духовный отец самых влиятельных людей в стране очаровал Марину. Жена снова начала улыбаться, только немного странной улыбкой, как у Жанны д'Арк в фильме Панфилова. Она расправила крылья и устремилась в мир православия с энтузиазмом неофита. Поленов с облегчением выдохнул, но ненадолго: внезапно Марина стала яростно сражаться за спасение его души.

Она принималась проповедовать всюду, куда бы ни пошла, часто смущая этим супруга. Она забрызгала святой водой весь дом и протирала ею мобильный телефон Бориса по несколько раз в неделю.

— Почему ты хотя бы не попробуешь исповедаться? — наседала она.— Тебе необходимо обратиться к Богу.

— Ты сама-то слышишь, как фальшиво сейчас звучит твой голос? — парировал он.

— Если ты не встанешь на путь истинный, не исповедуешься и не причастишься, будешь гореть в аду.

— Я в рай и не собираюсь,— отвечал Поленов.

Жена все чаще стала уезжать в монастырь и оставаться там неделями. В усадьбе то и дело появлялись подозрительные «святые люди», «старцы» и монахини. А Марина все убедительнее вживалась в роль непонятой жены и святой женщины. Он думал, что может со всем этим мириться. До тех пор, пока она не заявила, что намерена искупить все их грехи и избавиться от того, что навлекло на них проклятье — передать имущество, записанное на нее (а на нее было записано почти все), церкви. И начала подыскивать монастырь, в котором рассчитывала в обмен на свое приношение со временем получить статус игуменьи. Это уже нельзя было пускать на самотек.

Но конечно, он не собирался ее убивать. Даже мысли такой не было.

Сейчас, когда от него снова была беременна женщина, Поленов с ужасом видел, что по непонятной причине ребенок — даже еще не рожденный — опять начинает привносить в его жизнь хаос. Разрушать порядок, проверять на прочность. Он боялся этого ребенка и всего, что тот может с собой принести. Он смотрел на Флору и видел, как воин хаоса пинает изнутри ее живот — и расшатывает всю его жизнь. Поленов тщетно пытался выстроить защиту, не понимая, что делать, чтобы на этот раз его крепость устояла.

Часть V

2015.
И СНОВА ВЕСНА

Флора.
Объявление приговора

В марте, когда пришло время рожать, я занервничала. Просилась в роддом — знала немало историй об ужасных финалах «естественных» домашних родов. Но все мои мольбы и причитания оказались напрасными. Все, чего удалось добиться — чтобы, когда начались схватки, на пороге оказалась акушерка. Немногословная, даже суровая. Она мастерски делала вид, что я ее не интересую. Периодически заныривала мне между ног, смотрела раскрытие, шипела: «Потерпи еще, милая, рано». И уходила на кухню — читать книжку и пить чай. Я не могла поверить своим глазам: как она может спокойно перелистывать страницы, когда я тут лезу на стенку от боли и страха?!

Но все обошлось. Малыш родился, закричал и тут же обдал нас обеих фонтанчиком.

— Кто у вас, мамаша? — строго, но торжествующе спрашивала акушерка, тыча мне в лицо младенца.

— Мальчик. Сын…— прохрипела я и обняла ребенка.

Я смогла! Мы смогли. Вышли из этого дня целыми, невредимыми, живыми.

Акушерка проворно заштопала небольшие разрывы и засобиралась уходить.

— Как кормить, к груди прикладывать, пеленать, подмывать, знаешь? — обернулась она на пороге.

— Знаю,— беззаботно ответила я, предполагая, что мудрости, почерпнутой из серии книжек «Малыш родился» и «Вы стали мамой» более чем достаточно, чтобы справиться не то что с одним младенцем, а и с целой ордой.

Мы остались вдвоем. Потекли самые сладкие, тягучие часы. Мы засыпали и просыпались одновременно. Малыш сосал грудь, уделывал подгузники и таращился дымчатыми глазенками. Я уже прикидывала, в каком из незаметных и удаленных от главного входа уголков сада можно будет разбить детскую площадку — с песочницей, качелями, горкой и ручейком.

Ждала БМ, чтобы похвастаться: такие красивые, крепенькие и спокойные младенцы рождаются дай бог раз в десять лет. К тому же сын!

Но БМ не появлялся. От него принесли огромную корзину роз с лаконичной запиской «Поздравляю от всей души!». И все. Так что имя ребенку я выбрала сама — Георгий.

Через неделю нагрянула Марина. Она с ласковым сочувствием разглядывала меня и кроватку, увитую кружевами, подушечками, кармашками и игрушками, обшаривала взглядом дорогущий а-ля винтажный пеленальный столик, штабеля японских памперсов, бутылочки, пеленочки, бодики, пеленки, погремушки, мобили, качельки, шезлонг, кокон. Я щедрой рукой заказывала все, что находила примечательного в журналах и каталогах для мамаш.

— Да… Хорошо устроились.

— Должно же тут хоть кому-то быть хорошо,— ответила я и зачем-то решила ее подразнить.—Это еще не все. В плане заказов — качели, песочница, каруселька, кораблик, горка, настил из лиственничной доски, стена с покрытием под грифельную доску — все, что любят дети.

Марина как-то невероятно обидно рассмеялась.

— Ох, девочка, какая же ты смешная,— она даже потянулась к моей голове, чтобы типа погладить, но в последний момент отдернула руку и приложила ее к своей щеке, жалостливо покачивая головой.—Так не хочется тебя огорчать…

— В смысле? — ощетинилась я.

— Нет-нет, это не мое дело,— отрицательно покачала головой Марина.— Пусть он сам тебе все говорит, нечего сваливать на меня всякие неприятные поручения и прятаться за моей спиной.

— Говори уже! — велела я, быстро переключившись с крика на шепот.

— Пусть с этим разбирается тот, кто заварил кашу. Но ты слишком оптимистична. Можно понять, конечно: дофамин, окситоцин, вся эта эйфория…— она лениво потянулась и направилась к двери.— Поздравляю. Наслаждайся моментом. Только не забывай, чья это земля. Для кого это все вокруг,— и она повращала глазами, пытаясь, видимо, обрисовать перспективу от горизонта до горизонта.— Не для вас. Не ваша,— и аккуратно прикрыла за собою дверь.

У БМ все-таки хватило мужества самому рассказать мне, какую участь он приготовил для нашего сына. Он вспомнил о нас через месяц. План его был прост до чудовищности: примерно полгодика мне, так и быть, дадут побыть с сыном, покормить его грудью, а в сентябре ребенка отправят в специальный (очень хороший) интернат, потом в кадетский корпус, и я его больше не увижу. («Сама понимаешь, эта усадьба — не место для детей, тем более внебрачных.

Не положено от слова "совсем"»). Но поскольку он очень добрый и отзывчивый, то полгода — так и быть.

— То есть для собственного сына ты уготовил судьбу сироты при живых матери и отце? — переспросила я. Мне казалось, что БМ сам не до конца понимает, что за чушь он несет.

— Если он останется здесь, то никогда не выйдет за ворота,— ответил он.— Ни школы, ни друзей. Может работать твоим помощником, когда вырастет.

— То есть типа станет твоим рабом?

— Рабом? Разве ты чувствуешь себя рабыней? У тебя есть все, что захочешь. Похоже, женщины от природы лишены ума. Вы тут все делаете все, что вам взбредет в голову — рожаете, бухаете, цветочки разводите и спите до полудня, а я корячусь изо всех сил, чтобы сохранить хоть какой-то порядок, чтобы это все защитить. У вас есть покой, отдых и нет никакой ответственности. А я волоку это все на себе! Ради вас. Раб тут я!

Меня будто обожгло. Я давно смирилась со своим положением. Но то, что ты можешь позволить сделать с собой, ты не позволишь сделать со своим ребенком.

За все время я ни разу не подумала о том, что живу на положении наложницы.

Но когда речь зашла про будущее сына, сразу увидела, что фактически ему предлагается рабство. Удивительно, но та судьба, которую покорно и со смирением принимаешь для себя, даже находишь ее комфортной, по-своему правильной, а то и единственно возможной, вдруг становится совершенно неприемлемой, когда речь заходит о твоем ребенке. Даже думать больно, что он повторит твой путь.

— Тебе не надо заботиться о том, что ты будешь есть завтра, во что оденешься и кто тебя защитит. Думаю, многие люди там, за воротами усадьбы, охотно поменялись бы с тобой местами,— продолжил проповедь БМ.— Я не просил тебя о ребенке,— отрезал он.— И между прочим, у тебя есть выбор.

— Точно. У меня есть выбор,— кивнула я, а в голове топотом копыт застучало: полгода, полгода, полгода,— как будто табун лошадей уже уносил ребенка. У меня есть еще полгода, чтобы опрокинуть этот гадкий сценарий.

Сложнее всего было найти в себе силы: на поиски решения, на действия, просто на несогласие. За эти месяцы слова «я» и «сама» стерлись во мне начисто, как будто их и не было. И теперь я должна вдруг снова взбрыкнуть и пойти уверенной и самостоятельной походкой в будущее. «Давай же, мозг, любимый, включайся! Найди

выход!» — уговаривала я свое серое вещество.
Но оно уютно куталось в жирок и продолжало
спать.

Егор. Двери закрываются

Я вынул из шкафа свежую рубашку и брюки — в полиэтиленовых пакетах, на хлипких плечиках — вчера из химчистки. Классические, мать их, брюки! Из химчистки! А не вытащил из шкафа мятые джинсы и любимую футболку, как все последние годы. Когда оплатил чистку картой, кредитка ушла в еще более глубокий минус. Ладно, надеюсь, сегодняшнее собеседование не окажется напрасной тратой времени, как десяток предыдущих.

Я уже взялся за ручку стеклянной двери офиса, когда зазвонил мобильник.

— Егор Андреевич, здравствуйте? — звонила кадровичка из конторы, на пороге которой я стоял. В голосе — вопрос, как будто она сомневалась, стоит ли мне на самом деле здравствовать.

— Доброе утро.

— У нас произошли изменения. Собеседование отменяется. Работа по вакансии временно приостановлена.

— Получили документы из службы безопасности? — почти не удивившись, уточнил я.

— Ну да,— извинилась женщина.— Вы же сами понимаете.

Понимаю. Прекрасно понимаю. На минуту задержался у стеклянной двери, которую так и не успел открыть. Рассматривал себя в этом-то наряде. Кино про неудачливого клерка. Все мы так живем — внутри наших собственных фильмов. Разумеется, другие люди в этом кино тоже есть, но только мы — звезды наших собственных историй. И моя в последнее время чересчур забористая. В труху превращается все хорошее, надежное, стабильное и даже многообещающее. Как будто сценаристу моей жизни нужны неожиданные повороты. Он в этом очень хорош, но склонен перебарщивать. Отличные, отличные твисты, но как же так-то? Я не герой сериала, эй! Я обычный человек и от жизни хочу не так уж много. Неужели и этого нельзя? Вообще, да? Ну ок. (Нет, не ок, я протестую.)

Когда я все-таки решился идти наемником, а решался я на это долго, думал, что уже через пару недель меня прикуют цепями к галерам — подходящих вакансий было немало. Даже подбухивать начал — типа прощался со свободой, с «сам себе начальник», «последний раз гуляем». Но раз за разом мне давали отлуп — условная судимость пугает службу безопасности работодателей, словно я маньяк или Сноуден. Прогнулся, решил выглядеть «благонадежнее», достал костюм, начал носить в стирку рубашки. Хрен. Это не сработало. Снова открыть собственную компанию? Но на это не было ни денег, ни желания, ни возможности взять кредит. Оставались мелкие заказы, анонимно, «на подхвате», за которые платили негусто. Я заскучал.

Вадим уехал, и хороших новостей от него пока что не было. От нечего делать я сел писать аддон для Facebook, который сообщал бы, если кто-то из твоих друзей давно не был в социальной сети. Сколько должно пройти времени, чтобы раздался тревожный бип, каждый решает сам. Это, конечно, не поможет найти пропавшего человека, но сделает его отсутствие заметнее.

На самом деле я поражался, что могу всем этим заниматься — писать код, ходить на собеседования и покупать виски, когда у меня в телефоне лежала запись разговора с той женщиной. Я знал: это не подделка, не развод, а железное доказательство моих подозрений, казавшихся безумными. Флора заперта в усадьбе Поленова. Меня доводило до ярости то, что я не смог придумать, что надо сделать со всей этой информацией, чтобы Флора оказалась на свободе. Даже читал прессу и смотрел сериалы в тему, чтобы понять: как и кому надо передать эту информацию, чтобы ее освободили? По всей льющейся из медиа житейской логике, мне надо было пойти в полицию, и там тут же примутся за дело. Но нет. Нет! В полиции меня просто послали и посоветовали искать «должностное лицо», заинтересованное в компромате на Поленова. Добавить ему страничку в папку компромата — а когда придет момент, эту страничку используют. Когда придет момент — то есть когда им это станет полезно. На судьбу Флоры всем начхать. Она просто разменная карта в игре. Ладно. Есть еще собственно пресса. Во всех западных сериалах и фильмах всегда обретается журналист, рыщущий в поисках сенсации и «громкого дела». Я пошел в Forbes, «Новую газету» и Life. Эти казались мне самыми смелыми и жадными до скандалов и разоблачений.

— Ты идиот? — спросил меня журналист Forbes.— Как ты думаешь, с каких пирогов мы будем писать про эту историю? Вот зачем?

— Громкая тема. Скандал. Разоблачение,— опешив, ответил я. Мне казалось, что журналисты охотятся за такой информацией и даже сами готовы за нее заплатить.

— Смотри,— журналист начал листать журнал.— Просто я сегодня добрый. Видишь это?

Он раскрыл его на рекламной полосе. Там завлекали учебой по программе MBA в «Школково».

— Увидел? — журналист продолжил листать.— Разувай глаза дальше.

Он пролистал еще пару страниц и остановился на другом рекламном развороте. Здесь предлагали офисы в «Школково». Особые условия для инновационных компаний.

— Еще вопросы остались?

— Я, может, идиот…

— Это скорее всего,— согласился журналист.

— Ты хочешь сказать, что вы не копаете под рекламодателей? — уточнил я, предвидя ответ.

— Разумеется, Егор, разумеется. Ты вообще в курсе, что в стране экономический кризис? А в медиабизнесе этот кризис в десять раз жестче, чем во всех других отраслях. Принесешь ли ты нам рекламных бюджетов, если мы защитим твою бабу? — усмехнулся он.— Нет. Без обид, парень?

Какие уж тут обиды.

— Но ведь вы же еще и деньги за подписку берете? С читателей! Не должны ли вы им за это правду?

— Когда ты последний раз платил за подписку на газету, журнал или сайт? — огрызнулся вопросом он.

— Пожалуй, никогда со времен «Пионерской правды»,— помедлив, признался я.

— Ну и остальные так же. Никто не хочет платить, чтобы читать новости. Но деньги-то нужны! На наш офис, на мою зарплату, на этот компьютер, в конце концов. Заказчик — тот, кто платит. И это не ты. И не другие читатели.

— Но ведь вам же нужна аудитория, чтобы продавать ее этому самому заказчику? — почти безнадежно возразил я.— А для этого тебе нужен материал, который взволнует и привлечет эту самую аудиторию.

— Ха! — усмехнулся он мне в лицо.— Аудиторию гораздо больше взволнует новость с заголовком «От неандертальцев мы унаследовали шизофрению». И заметь, она не связана ни с какими рисками.

Я был обескуражен.

— Но ведь речь идет о судьбе человека, молодой женщины,— достал я последний, одновременно самый слабый и самый сильный аргумент.

— От исчезновения одной-единственной женщины в мире не изменится ничего,— парировал журналист, вставая и заканчивая разговор.

— Да,— согласился я.— Ничего, кроме жизни одного мужчины.

Флора.
Сад снова преображается

Безумие, глупость, детские фантазии... Так я вначале отмахнулась от странной затеи, на которую натолкнули меня ботанические атласы. Но потом подумала о ней еще разок. И еще. Жизнь идеи подобна прокладыванию тропы в густой высокой траве. Сначала тропы вовсе нет, но если несколько раз пройтись по одному и тому же месту, она появляется.

Детскую площадку на участке мне сделать, конечно, не позволили. Но в остальном никто особенно не интересовался, что же я там сажаю, пересаживаю, высеваю и выкорчевываю. Марина почти потеряла ко мне интерес. Только иногда приходила проведать, но, по-моему, скорее с естественно-научным интересом натуралиста: как, мол, себя чувствует эта бесстыжая девка, которая спит с моим мужем и у которой скоро отнимут ребенка?

Сын постоянно сидел либо в кенгурушке, либо в слинге. Я не убивалась в бесконечных рыданиях, прилепившись к младенцу, а очень активно взялась за сад — решительно и дерзко. Для начала в моем цветочном дневнике появился рисунок ладанника.

По моим указаниям все клумбы перекопали, готовя их для новых жильцов — песок, щебень, легкая почва. Беспощадно расправились с тенистыми уголками. Солнце! Пусть будет больше солнца! И ветра! Да здравствуют сквозняки.

В середине мая в усадьбу поехали контейнеры из Крыма и Средиземноморья. Много. В одних горшках ютились ничем не примечательные на вид курчавые зеленые кустики с морщинистыми листиками и пушистыми стеблями. В других — очень похожие на первые кусты, только с блестящими, липкими, заостренными листьями. Тоже весьма невзрачные. Но если бы кто-то заглянул в счета за эти «скромные» кустики, он бы раскрыл рот от изумления — нестандартный заказ стоил дороже, чем самые шикарные сортовые розы или даже крупномеры. Обычно никому и в голову не приходит высаживать в наших широтах ладанники — нет ни одного шанса, что они переживут здешнюю зиму. А мне вот пришло…

Мало кто может позволить себе завозить их сразу кустами, а не рассадой. Поленов мог…

Далеко на юге кто-то выкапывал по моему заказу на средиземноморских и черноморских побережьях и склонах гор эти невероятные цветы и усаживал в контейнеры. К счастью, растения, выросшие на щедром юге, как правило, легко пересаживаются, в отличие от расцветших на жалких северных почвах. Чтобы вытянуть из неласковой земли достаточно питания, северным кустикам приходится развивать такую мощную корневую систему и так глубоко прорастать в родные камни, что их уже нельзя пересадить, не повредив бесповоротно. Они слишком привязаны к своей земле и корням. Те же, кто вырос в тепле и довольстве, обходятся довольно скромной корневой системой и легко прощаются с родиной.

Поленов.
Секретная радость

Он ехал по Москве: такой новой, такой переделанной. Все старые дома превратились в новостройки. А ветхие дворы, заросшие крапивой и покрытые щербатым асфальтом, — в оазисы европейскости со стрижеными газонами и блестящей новенькой плиткой. Лучше ведь стало. Очевидно лучше. Наряднее. Но… чужое. Какое-то все не близкое, не из его юности. А ведь должны быть такие места, которые вызывают ощущение «хочется вернуться». Где все постоянно и неизменно. Где всегда настигает чувство, что большего тебе и не нужно. А значит, можно не суетиться, не думать о мелочах, а попытаться нащупать что-то главное. И вот навели лоск повсюду и уничтожили это ощущение «время не властно». Не к чему возвращаться. Все снесено, замощено и перестроено. И может заново быть перепаханным и перестроенным.

Нету смысла. Нету главного. Нельзя ничего полюбить, нельзя ни к чему прикипеть сердцем — все может быть изменено помимо твоей воли и заменено ненастоящим. Новое побеждает давно существующее. Новое может нравиться. И даже должно нравиться, поправил себя Поленов, положение обязывает,— как все «инновационное». Как все, на чем есть печать «драйв», «актуальность», «современность». Но это… нельзя полюбить. Хотелось укрыться от всего прогрессивного в своем, уютном, обжитом. Когда ворота усадьбы распахнулись перед автомобилем, он с облегчением открыл окно автомобиля и глубоко вдохнул. Наконец-то… Тут же, едва очутившись на своей территории, велел затормозить и вышел из машины. Дальше пошел пешком. Собака почувствовала возвращение хозяина и мчалась от крыльца. Длинная шерсть развевалась, уши трепетали на ветру. Кинулась к нему, подставляя бока, облизывая руки, которые тут же потянулись гладить. Добежала с ним до дома Флоры и сына. Сын лежал в детском шезлонге, сучил ручками и ножками. Самозабвенно расплывался в беззубой улыбке. Чему?

Дети и собаки — как они достигают такого упоения жизнью? Такой радости? Хотелось оставаться с ними, держать их возле себя и напитываться этой радостью.

Он ведь не хотел ребенка. «Точно не от нее и не сейчас. И вообще эта тема закрыта»,— так он себе говорил. Помнил, что беременность воспринял как проблему. Как угрозу его положению. И вот внезапно — счастье. Опасность и счастье оказались тесно сплетены. Счастье или свобода. К счастью идешь, отказываясь от свободы.

В последние недели он много думал об отце. О том, что окончательно воплотит что-то, заложенное им. Что больше не может смотреть на свою жизнь как на что-то изолированное. Что только теперь, сам став отцом, нашел своего отца, хотя тот был всегда рядом и воспитывал его в любви. Теперь, когда отца давно уже нет на свете, он вдруг во всей полноте ощутил, что папа всегда рядом. На каком-то другом уровне. И что истинная жизнь начинается с жертвы, даже если это будет последнее действие в этой самой жизни. Жертвуя безопасностью, свободой, покоем, ты получаешь самого себя, свою правду.

Что-то перевернулось в душе из-за ребенка.

Он вынул малыша из шезлонга, взял на руки. Приятная тяжесть, запах молока и детской какашки, глаженого белья. Флора тревожно взглянула — он не заметил. Закинул ребенка на плечо и, похлопывая по крошечной, хрупкой, словно щенячьей, спинке, пошел в сад. Целовал и гладил. Дул в носик и щекотал пятки. Крутил и качал. Нюхал макушку и гладил тонкие волосики.

Он даже не представлял, что в этот момент придумывает себе Флора, какие страшные картины рисует ее воображение. Если бы между ними еще сохранялась какая-то откровенность, то он бы узнал, что каждый раз, когда, едва кивнув ей, берет младенца на руки и уходит с ним в сад, в траву, в свой дом, сердце Флоры падает в пятки, и она леденеет от мысли, что ребенка у нее забрали навсегда. Что Поленов унес его, чтобы отдать уже в детдом, в интернат, на воспитание-усыновление, что он поторопился и исполнил свою угрозу раньше, чем обещал. И в те минуты, когда он вглядывается в дымчатые глазки и маленький розовый кулачок сжимает его палец, она обмирает от тревоги, что больше не увидит сына.

Он не заметил, что она стала прятать ребенка. Что все чаще к моменту его прихода малыш оказывался спящим: «Т-ш-ш-ш! Не трогай, не говори, не шуми, он спит!»

Если бы она могла читать его, как книгу, то… Нет, пожалуй, даже тогда она не проникла бы в его чувства и намерения. Потому что Поленов и сам для себя еще не облек это в слова. Это еще не стало намерением, оставаясь лишь смутным чувством: он начинал любить этого ребенка.

В тот день заскочил буквально на пару минут — времени на самом деле не было, внезапно обрушившиеся рабочие проблемы норовили затмить собой все, но слишком уж хотелось взглянуть на малыша. Младенец спал так мирно, что казалось, даже не дышит. Умиление и страх одновременно.

«Не буди»,— строго прошептала Флора.

Он потоптался рядом с кроваткой. Флора отошла в другой конец комнаты, как бы намекая, что и ему, Поленову, надо отойти и не тревожить ребенка. Но малыш вдруг проснулся. Не издал голодного недовольного писка, не зажмурился, не испугался, а улыбнулся. Беззубой, обезоруживающей, летучей улыбкой. Такой пронзительно-чистой и искренней, что Поленов понял — сам сейчас расплачется. Улыбка уже испарилась с лица младенца, он причмокнул и снова закрыл глаза.

Поленов молча развернулся и вышел. Закрывая за собой дверь (Флора не окликнула и ни о чем не спросила), он со всей ясностью вдруг почувствовал: ребенок здесь не лишний. Он сам не мог поверить, что еще пару месяцев назад говорил про неуместность детей в этой усадьбе, и что нужно его — сына! — куда-то отдать, спрятать, замаскировать.

Нет, он не лишний. Он, возможно, самый нужный здесь человек. Наследник.

Поленов бродил по кабинету, перелистывал бумаги, открывал и закрывал файлы. В дверь постучали. На пороге стояла Марина. Внезапно, как щелчок: вот кто! Вот кто по-настоящему лишний в этом доме. Лучше бы она исчезла. Встречаются людские души, к познанию которых нет ни малейшего интереса. Наоборот — хочется их развидеть и раззнать. Она — из них.

Марина не решалась зайти в кабинет, стояла на вершине лестницы и что-то говорила. Слова проходили мимо него, словно Марина разевала рот беззвучно, как пойманная рыба с рассеченной крючком дрожащей губой. И такое искушение вдруг охватило. Стереть ее. Оттолкнуть. Точнее — толкнуть. Туда, в глубину лестницы. Он буквально увидел, как она падает вниз по ступеням. Стало страшно. И одновременно легко.

«Искушение, какое искушение!» — думал он, поглубже засовывая стиснутые кулаки в карманы брюк, чтобы не сделать то самое, легкое прощальное движение. Захлопнул дверь, чтобы не… И тогда он понял, что именно должен сделать.

Часть VI

2015.
ПОСЛЕДНЕЕ ЛЕТО.
НОВАЯ ОСЕНЬ

Флора.
Приглашение к бегству

БМ заявился с корзинкой для пикника. Велел взять плед и ребенка. Мы вышли в сад. Расстелили, накрыли, расселись. Все выглядело так, словно сейчас нас будут снимать для рекламы на «семейную аудиторию» или для журнала «7 дней». Представление какое-то. Но фотографа не было. Это шоу было поставлено только для него самого, желающего воплотить свои фантазии в жизнь: как он со своей «семьей» наслаждается жизнью, богатством и беспечностью. Идеальный фасад. Самолюбование, подпитанное моим унижением и бессилием.

Я не могла не признаться себе, что картинка и впрямь получалась очень похожа на мои мечты об идеальном пикнике с любимым и ребенком. Но при всем совпадении картинки я ощущала только пустоту и желание, чтобы он исчез.

И еще... безумную жалость к этому мужчине, мучающему меня и ослепшему настолько, что он не видит ничего, кроме собственных иллюзий.

Сидя рядом со мной и сыном и отчаянно изображая идиллию, Поленов выглядел таким потерянным и одиноким, что на какие-то минуты я почти забыла, что мы с Гошей ему не семья и не несем ответственности за его счастье. Мне стало так жаль БМ, что я даже забеспокоилась, как бы он не заметил моего к нему отвращения.

В тот самый момент, когда я потянулась к сыну, чтобы устроить его на своих коленях, Поленов вдруг наклонился и тронул рукой мою руку.

— Выходи за меня. Давай поженимся,— сказал он.

Я отогнала вившуюся над едой осу. Пожала плечами. Усмехнулась:

— И что для меня изменится после этого? Мы просто поменяемся местами с Мариной?

— Все изменится. Мы уедем из страны. Я, ты и сын. Оставим это все за спиной. Начнем новую жизнь.

— Проблемы на работе? Происходит что-то, чего не показывают по телевизору?

— Так ты согласна?

— Когда мы сможем уехать?

Он посмотрел в небо и стал шарить взглядом по облакам и покачивать головой — будто искал где-то там, на небесах, ответ на этот вопрос.

— Скоро.

— Хорошо, но я готова уехать только после своего дня рождения. Хочу встретить его здесь,— сухо ответила я. Тут же спохватилась и добавила куда более ласково: — Мне все-таки удалось создать сад, из которого не хочется уходить. Помнишь?

Еще нужно улыбнуться. Наверно, даже обнять. Иди же сюда, придурок, буду обнимать. Продолжаем улыбаться.

Егор. Шансы

Кое-что хорошее благодаря Флоре в моей жизни все-таки случилось (а не только катастрофы и дестрой): команда Facebook узнала о моем адд-оне, сигналящем «ваш друг давно не был в социальной сети». Его решили купить и сделать стандартным сервисом. Их не смутило, что я из России, и даже моя условная судимость никак не помешала сделке. У меня появились деньги, и я тут же начал думать про новый стартап. Прослышав, что я при бабле, из Вильнюса прилетел Вадим — с голым задом и крупной надписью «облом» поперек лба. Но как всегда полный креатива. На этот раз он придумал делать инновационные детские песочницы: с интеллектуальной крышей, проецирующей на песок дополненную реальность.

— Кто это будет покупать? — хмыкнул я.

— Детские сады, у меня есть выход на нужного человека в образовании,— стремительно среагировал он и показал пальцами «ок», мол, все схвачено.— Получим крупный госконтракт.

— Все-таки государство? — поморщился я.— Мы же вроде хотели, чтобы оно от нас отвалило.

— Слушай, я тут был на тренинге, называется «Шесть шляп креативности»,— оживился Вадим.

— Ты все еще ходишь по тренингам?

— Дослушай сначала. Короче, там встает один чувак и говорит: мол, помогите решить дилемму, никак не могу определиться — вернуться мне на работу в большую корпорацию, где я «винтик», но зато получаю стабильность и хорошую зарплату, или продолжить заниматься своей компанией, в которой у меня не бывает выходных и свободных вечеров, гора ответственности, куча рисков и часто пустые карманы. На кого мне все-таки работать: на себя или на дядю? Ну и все стали говорить понятное: типа раздели листочек на две половинки, в одну выпиши плюсы и минусы работы на корпорацию, в другую — плюсы и минусы работы на себя. Посчитай плюсы и минусы, и прочая набившая оскомину фигня. И вдруг слово просит одна дамочка, экзальтированная такая, немножко ку-ку, ей досталась шляпа креативности.

— Шляпа креативности?

— Потом объясню. И она говорит: почему вы так узко понимаете своего работодателя? Разве ваш работодатель — корпорация, государство или вы сами? Может быть, ваш работодатель Бог? Или Земля? Или еще кто-то поважнее? И бонусы вы копите не на банковской карточке, а на счету у этого неочевидного работодателя. Чем вы займетесь в таком случае?

— Чувак, похоже, ты попал в секту.

— Но что-то ведь есть в ее словах?

Так мы вписались в тему с песочницами.

Следователь позвонил неожиданно, когда я уже совсем забыл про него и сбросил со счетов.

«Просто слушай и ничего не говори,— сказал он.— Газеты читаешь? Знаю, что нет. Так вот, посмотри сегодняшнюю колонку Лукина в "Известиях". По-моему, это тот, кто тебе нужен».

И тут же повесил трубку.

Когда я нашел заметку, сразу понял, что имел в виду следак: полковник из Следственного комитета наезжал на «Школково» и конкретно на Поленова по весьма занятному поводу. Оказывается, за те треш-лекции «менторов», с которых мы сбегали, как школьники с уроков, фонд платил поразительно щедрые суммы: семьдесят тысяч долларов стоило каждое часовое выступление Вани Дьяконова, типа видного IT-консультанта, который нес такую чушь, что у него должно было расплавиться лицо от стыда. Всего таких лекций было десять.

Наводка оказалась рабочей: помощник Лукина действительно оказался первым человеком, который выслушал меня очень внимательно. Записал каждое слово и пообещал поддержку. Вместе мы разработали целую спецоперацию. Так я и оказался в костюме мастера по обслуживанию кондиционеров в усадьбе Поленова.

Марина. Паника

Я научилась быть незаметной. Я не училась этому специально, все произошло само собой — люди перестали меня видеть. Смотрели насквозь. Когда я проходила мимо — они не оглядывались, не слышали моих шагов. Недавно я заходила к Борису, говорила с ним — но слова словно испарялись на лету, как облачка морозного пара. И просто до него не долетали. Словно я стала привидением.

А в тот день я гуляла. Слонялась по дорожкам. Шла и не узнавала сад — он был совсем не тот, что в прошлом году. И хотя повсюду что-то цвело и благоухало, в воздухе искрило беспокойство. Само благоухание было каким-то щемяще знакомым, напоминающим горение церковных свечей. Марине бы понравилось — ее любимый запах. Казалось, это какая-то ее потусторонняя ворожба. Потянуло невнятным беспокойным сквозняком.

И тут я увидела их. Точнее, сначала заметила коляску. Потом Бориса: он стоял рядом и держал на руках этого младенца. Меня они не замечали.

— Скажи «папа», «па-па», «па-па»,— с нежностью уговаривал он ребенка. Прижал к груди и, закрыв глаза, зарылся носом в его макушку с птенчиковым пушком. И тут я осознала — того, что он планировал (отдать ребенка в интернат, спрятать его, отказаться навсегда), не будет. И поняла, что это мои последние дни в усадьбе. Представшее видение настолько переворачивало душу, что я убежала. Закрылась в своей комнате. Заперлась. Хотя мне хотелось не просто закрыться на ключ, а забаррикадироваться — придвинуть к двери шкаф. Повесить ставни на окна и запереть их. Привинтить к полу скобы и за них схватиться. Приковать себя цепью. Меня обуревало ощущение непрочности, зыбкости мира — вот-вот все задрожит (с единственной целью — вытрясти отсюда меня) и разрушится. Что-то вокруг скреблось, трещало и падало. Постукивало. Но не очень громко.

Я лежала на диване, придавив себя огромной подушкой. И думала о ней. Флора похорошела. Она выглядела сейчас лет на десять моложе меня. «Что, думаешь, победила? — спрашивала я у нее.— Ты этого не знаешь, а ведь ты всего на пару лет меня младше. Думаешь на все пятнадцать? А вот и нет! Ты просто меня не знаешь. Даже не догадываешься, кто я на самом деле».

Кто-то стучал. Стук становился все настойчивее.

— Марина, открой,— позвал из-за двери Борис.— Надо поговорить.

Я выползла из-под подушки и стала нащупывать ногами туфли. Открыла.

Он сделал пару шагов в глубину комнаты и остановился. Осмотрелся — с брезгливостью, хотя у меня было чисто, ничего такого, из-за чего стоило бы морщить нос. Садиться не стал. Я тоже осталась стоять.

— Помнишь, ты хотела развода? — сразу, без увертюр, начал он.— Так вот, я готов тебе его дать. На моих условиях.

Хотела развода? Я? Никогда. Я хотела стать настоящей женой!

— Борис, ты меня путаешь — с той, прежней Мариной,— напомнила я.— Это она хотела от тебя уйти.

— Вот что конкретно я предлагаю: триста тысяч долларов и документы, в том числе загранпаспорт, визы уже будут проставлены. Ты можешь уехать. Если захочешь — за границу.

— Смешно. Значит, смерть Марины и мое молчание о ней ты оцениваешь в триста тысяч долларов?

Его лоб, шея и щеки пошли красными пятнами. Как быстро я его разозлила!

— Ты понимаешь, что вообще-то ты мне даже не жена? Ни в каком смысле не жена.

— Ха,— усмехнулась я.— И этой не жене ты предлагаешь развод? Я работаю твоей женой. И пока еще ничего за эту работу не получила. И мне это осточертело. Я с радостью уберусь отсюда.

— Собирай вещи,— с облегчением бросил он и поспешил к двери.— Я дам команду, чтобы документы подготовили.

— Подожди. Дослушай. У меня самой больше нет сил прозябать здесь. И притворяться.

— Разумно. Вот и молодец,— он уже взялся за ручку двери, мне пришлось догнать его и схватить за руку, чтобы договорить.

— Ты мной пренебрегаешь, ты запер меня в этой усадьбе. Я готова начать новую жизнь. Но из этой хочу унести соразмерный кусок. Я возьму половину твоего состояния.

— Откуда такая борзота? — он выпучил глаза.— Господь с тобой! Я назвал свою цену. Мы не на базаре.

— Тогда я отвечаю: нет.

— Совсем, что ли, дура?

Ровно так, спокойненько ответил. И тут мне страшно захотелось крикнуть, ударить, топнуть ногой — сделать хоть что-то, чтобы пробить панцирь его невозмутимости. До дрожи захотелось, вот как иной раз хочется сковырнуть болячку — и палец сам цепляет засохшую корочку, и рана открывается. Я выпалила:

— Борис, просто чтоб ты знал: есть видео, как ты убил Марину. Я все сняла на телефон.

Он вздрогнул и затравленно отшатнулся.

— Если что-то пойдет не так, оно всплывет,— я жадно всматривалась в то, как он прикусил плотно сжатые губы,— рот стал похож на затянувшийся шрам.

Видела, что поверил — я не блефую. С замешательством справился быстро:

— Оно здесь?

— За забором,— соврала я.

— У тебя умишка не хватило бы организовать такую страховку,— неверяще покачал головой, не глядя на меня.

— Надеюсь, у тебя хватит ума это не проверять.

Он ушел, и мне опять стало страшно. Ну вот, я выдала ему свою тайну про видео. Мне мучительно хотелось его пересмотреть. Но уже почти полтора года я не могла этого сделать. Снова вспомнила ночь, когда я заняла место Марины. Она как будто знала, что это произойдет (будущее, как всегда, влияло на настоящее) и еще накануне, постепенно, начала мне его уступать — сама. Словно готовила в преемницы. Вывалила на меня подробности их неловких отношений с Борисом — сдала его. Одела меня в свои платья — уподобила себе. Подарила свой старый айфон — правда, без симки и зарядного устройства. Я тут же включила дареный мобильник. Заряд был полный. Я распотрошила свой старенький LG, обстригла старомодную симку до нужного размера и вставила в новенький (для меня) телефон. В бархатном платье, с модным телефоном в руках, я чувствовала, что дорожаю на глазах. Это уже была не я. Не та, прежняя я. «Я лучше. Я новый человек», — всплыли в памяти недавно услышанные слова. «Это мои слова», — подумалось мне.

А тогда я посмотрела на себя в зеркало и увидела: я — новая Марина. Ходила по дому — делала селфи. Элегантная, достойная женщина в соответствующих интерьерах. Эти фото были даже слишком хороши, чтобы выставить их в «Одноклассниках». Ну а потом — тот их разговор. И тело у лестницы. Не помню, в какой момент я включила камеру на телефоне (или я ее вообще не выключала?). Но все оказалось снято.

Когда через пару дней в усадьбе началась зачистка и у всех потребовали сдать гаджеты, я отдала свой старый LG. С прежней своей симкой. А подаренный Мариной айфон остался у меня: без зарядного устройства и без симки, которые могли бы его оживить. Предупредили: если кто-то включит в усадьбе мобильник, его быстро засекут и тогда не поздоровится. Да я бы и не смогла его включить. Спрятала аппарат и не прикасалась. Даже искушения не было: я боялась взять его в руки. Но сейчас он звал меня: «Достань, возьми, иди, покажи всем». Куда идти?

Опять это дурацкое чувство: что у меня на руках сильный козырь, но я не умею им распорядиться, чтобы выиграть партию. Борис был прав, у меня не хватит умишка, чтобы выстроить комбинацию. Наитие и интуиция — вот что меня всегда вело. Но только не расчет.

Я сунула айфон в карман и вышла во двор. Вышла и встала в ожидании знака. Знаков не было. Только какой-то ремонтный рабочий в сопровождении охранника попался мне навстречу. Оба зашли в дом.

Флора. Гори, гори ясно

Чтобы мой план сработал, слишком многое должно было сойтись. Лето должно выдаться жарким. Невероятно жарким. Несколько дней должен стоять штиль. Полное безветрие, зной. А потом нужно, чтобы налетел ветер.

Как назло, лето пришло сырое и холодное. Даже в июне мы ходили в теплых куртках и включали в доме отопление. Впору было отчаяться, но я не унывала: почему-то была уверена в своем саде, в своей земле, в том, что они в этой битве выступят на моей стороне. Сад — мой. И он будет за меня.

Я молилась, но не словами церковных молитв. Мы уходили с сыном в глубь парка, и я, обращаясь к деревьям, просила помощи у самой земли. «Земля,— говорила я.— Цветущая, вечно обновляющаяся, неистощимая, полная сил, фантазии, покоя, вечно рождающая. Поделись со мной своей мощью и своим покоем. Помоги мне».

Ладанники тем временем принялись хорошо — такого тщательного ухода, как им, не доставалось еще ни одному растению в этом саду. В июле их цветки распустились, покрытые легким пушком листья источали ароматное эфирное масло. Невероятно умиротворяющий запах окутывал сад, земля благоухала, как храм. Потом кусты отцвели, и все вокруг усыпали белые, сиреневые, розовые и фиолетовые лепестки. Затем на землю осыпались семена.

Все было готово, оставалось только дождаться жары. Она нужна была прямо сейчас. Дожди и холода нас миновали, но температура стояла чуть выше двадцати пяти. По небу лениво скользили облачка, отбрасывающие мягкую тень и не дававшие земле раскалиться.

У меня уже не было сил ждать милости от природы, и я написала записку БМ. Попросила подарок к своему дню рождения — четыре дня яркого солнца. Пусть, пожалуйста, над нашей усадьбой разгонят облака — так же, как это обычно делают в центре Москвы на большие праздники — День Победы или День России. Это, конечно, дорогой подарок. Но это ведь первая моя впечатляющая просьба. «Подарите мне лето!» — написала я. Он согласился.

В мой день рождения сад охватила жара. В вышине над усадьбой жужжали самолетики, распыляющие на облака реагенты. Все дожди выливались на соседние деревни и поселки. А у нас жарило солнце. С самого утра я налила полную ванну воды и бросила в нее верблюжье одеяло. Старалась не уходить далеко от коттеджа. Напряженно всматривалась в сад. К обеду воздух в нем сделался дрожащим, запах фимиама усилился. Но в этот день градусник не дополз до нужных тридцати двух градусов, остановился на тридцати. Ничего не произошло и на второй день. На третий уже с утра было тридцать. «К обеду будет тридцать три, — поняла я. — Сегодня все случится». До полудня, пока зной не окутал сад, мы с сыном прошлись по нашему раю, который должен был скоро исчезнуть. Я прощалась с каждым деревом, с кустами и просила прощения у них и у самой земли.

Ближе к полудню уложила мокрое одеяло в большой пластиковый контейнер. Пора выходить. Я чувствовала странную отрешенность от этих стен, так и не ставших моим домом. Дверь закрыла, не запирая.

Мы с сыном переместились поближе к выходу из усадьбы и сели ждать. Я гремела погремушкой, Гоша сосал грудь, воздух раскалялся.

Егор. Он снова здесь

Казалось, я приехал не в Подмосковье, а на южную дачу: запах разогретой смолы, сухой горячий воздух, ароматы нездешних трав. Тело под плотным хлопковым костюмом покрылось испариной. Здесь было реально жарче, чем в городе (с его-то разогретым асфальтом).

Охранник показал комнаты, в которых кондиционеры охлаждали плохо. Я настоял, чтобы мы обошли все помещения и осмотрели все агрегаты. Хотя присматривался я не к ним, а к обстановке, но следов Флоры не увидел.

— Все просто,— поковырявшись в кондеях, объяснил я.— Сразу две проблемы: засорились фильтры и закончился фреон. Все исправимо, займет пару-тройку часов. Начнем с первого этажа.

Охранник вытащил из кармана допотопный тетрис и кивнул — мол, давай, шурши. Я принялся разбирать механизмы. Главное — усыпить бдительность. Свободно перемещался из одной комнаты в другую, как бы занимаясь сразу несколькими кондиционерами. Вид очень уверенный и слегка с ленцой. Охранник поначалу шатался следом, карауля каждый мой шаг (и параллельно распихивая падающие фигурки в тетрисе), но довольно быстро потерял интерес к моей возне. Устроившись в кресле, он полностью провалился в игру. Я негромко гремел инструментами и деталями.

Слез со стремянки, тихо понес ее в соседнюю комнату. Охранник даже не шелохнулся. Я установил лестницу и затих. Наблюдатель не появлялся. Тогда я открыл окно и перемахнул через подоконник в сад — с торцевой, скрытой за кустарниками стороны дома.

Домишки обслуги заприметил еще в первый свой визит. Туда и отправился. Не думал, как узнаю тот самый дом, но не сомневался — угадаю точно. Все коттеджи внутри и снаружи выглядели одинаковыми. Выделялся лишь один — рядом с ним стояла коляска и на траве были разбросаны режуще-яркие пластмассовые игрушки. Этот был последним. «Вряд ли»,— сказал я сам себе, но пошел к нему. Заглянул в окна: внутри никого. Детская кроватка, беспорядок (как будто после спешной эвакуации), горшки с цветами. Постучал в дверь и потянул ее на себя. Она открылась. Вошел внутрь. Ботанические атласы. Баночки с пустившими корни отростками. Скетч-буки и блокноты. Открыл. Букв в них почти не было, только рисунки и подписи к ним — округлым, небрежным, вьющимся, словно усы какого-то растения, почерком. Так ли выглядит почерк Флоры? Я этого не помнил. Со лба скатилась капля и упала на страницу. Я весь взмок. Оглянулся в поисках полотенца или салфетки и тут в окно увидел его — к дому приближался Поленов. Меня охватило безумное напряжение: что-то должно произойти.

«Флора, ты тут?» — постучал он в дверь.

Вот! Вот оно, наконец. Доказательство. Он сказал это. С собой у меня была миниатюрная видеокамера (в пуговице, как в кино, да), она работала все это время. Спецразработка от помощника Лукина — я таких раньше не видел. Я должен был найти Флору, узнать ее, а она — узнать меня и наговорить видео, которое я вынесу отсюда, а оно вынесет Поленова из «Школково», из усадьбы и, вероятно, даже из страны. Меня охватил жар, все казалось раскаленным, я весь горел. И тут понял, что горю не только я. И это не мой нервяк — земля за окном вспыхнула. Полыхали трава и цветы, все гудело.

Дверь открылась, и в комнату ворвался Поленов, а с ним — искры и дым. Я стоял оглушенный посреди комнаты, задыхаясь.

Флора. Началось

И вот наконец началось.

Сразу повсюду, по всему саду вдруг стали вспыхивать маленькие факелы — будто невидимые фанаты на рок-концерте одновременно, как по команде, чиркнули зажигалками. Огоньки оживали и прямо около меня, и вдалеке — на полянках, они окружили дом и заплясали вдоль забора. Вслед за ладанником занималось все — деревянные дорожки, сосны, кусты. Все вокруг было пропитано горючими эфирными маслами, все высохло и разогрелось за эти несколько дней, чтобы дружно подхватить горение, начатое растением-фениксом. Пламя охватило сад, будто дракон пролетел над усадьбой и горячо дохнул на нее. Огонь перебрался на стволы и взвился на кроны, заискрился в небе. Буквально через несколько секунд мы с малышом стояли, окруженные огнем.

Надо было действовать, но у меня перехватило дыхание. Ноги будто засасывало в парализующий песок. С усилием я вырвала себя из паники. Вытащила мокрое одеяло из контейнера, укутала нас сырой и тяжелой верблюжьей шерстью. Из будки у ворот высыпали ошарашенные охранники. А из большого дома выбежала прислуга с огнетушителями. Но что может сделать десяток огнетушителей, когда сама земля горит под ногами? Люди в панике заскакивали обратно в дом, в караульную будку, захлопывали двери и окна, пытаясь укрыться от пекла. Ворота усадьбы начали открываться, чтобы впустить еще не подъехавшие пожарные машины.

Я с сыном шла прямо через огонь, защищенная от жара мокрым одеялом. Глаза слезились, дыхание перехватывало от обжигающего дыма. Пламя кусало за ноги. В ушах стоял гул. Я крепко прижимала к себе Гошу и плотнее укутывала нас защитным покровом. Никто не высунулся, чтобы нас остановить. В общей панике и суматохе на нас даже не обратили внимания.

У самых ворот металась Марина. Она топталась около них, будто не могла переступить невидимую черту.

— Уходи, — прокричала я ей. — Если ты хочешь отсюда выбраться — сейчас самый момент.

Она подскочила ко мне:

— Это ты устроила? Наверняка, ты. Ты умная и настырная. И безжалостная.

— Иди за мной,— предложила я.

— Ты на самом деле хочешь уйти от него? Навсегда? — искренне удивилась она.

— Горю желанием, да,— кивнула я.

— Держи,— она вдруг полезла в карман и вытащила оттуда старый выключенный айфон.— Ты придумаешь, что с этим сделать, чтобы защитить себя.

К усадьбе с завыванием приближались сразу три пожарные машины. Нужно было торопиться. Я взяла телефон и выскочила за ворота. А там сбросила одеяло и, не замечая тяжести ребенка, побежала с ним вдоль шоссе.

На бегу оглянулась — Марина вернулась назад в усадьбу. Ну и черт с ней!

Я все еще не могла поверить, что нам это удалось. Мы на свободе.

Спасибо тебе, ладанник, спасибо, самоубийца. Хоть ты и выглядишь простенько, совсем не героически, ради своих детей готов погибнуть. Сбросив семена, ты сжигаешь себя — чтобы потомки взросли на зачищенной пожаром и свободной от конкурентов земле, удобренной золой.

Так выживает не только ладанник. Еще есть деревья — секвойя, сосна растопыренная,— которые разрастаются только после пожара. Когда все погибло и вокруг выжженная земля, они наконец могут дать плоды — иначе их потомству не пробиться сквозь ковер других растений, не урвать себе солнца. У их отпрысков нет другого шанса вырасти, кроме как если родители смогут спалить все вокруг.

Поленов. Земляника

Иные события готовишь и предвкушаешь так долго, что перестаешь верить, что они когда-нибудь произойдут. Уехать насовсем за границу Поленов и Марина (еще та, первая и настоящая) задумали так давно, что сейчас он даже не мог вспомнить — что заставило их мечтать о другой стране? Ведь у них и здесь все было так хорошо, как вряд ли где еще сложится.

В первый свой приезд в Майами они бесшабашно выпивали и дурачились. После московских официальных костюмов, протокольных встреч, необходимости следить за речью и ходить с охраной оказалось ошеломительно приятно ни о чем таком не думать. Гуляли вдвоем по бесконечному пляжу, с разгона забегали в холодные волны и вопили как сумасшедшие, объявляя всему миру, что свободны,— пока хватало воздуха в легких. И это в самом деле была свобода. Свобода читать не документы, а романы. Свобода воображать, каково это — быть американцем. Голливудской звездой… Гангстером… Бездумно любоваться кварталом граффити, высотками у моря, круизными судами, ламантинами — славными пузатыми морскими коровами. Их заворожила причудливая пристань у сада старого и давно умершего миллионера вилла Вискайя. Тогда прозвучало: вот бы когда-нибудь пожить тут… Но все эти обсуждения не всерьез. Они вернулись в Москву. Его не отпускала мысль, что у всех ребят «покруче» за границей есть второй дом. Что это нормально — иметь недвижимость «там». Даже не просто нормально, это признак «здравости», «состоятельности», «дальновидности». Это то, к чему все стремятся, и то, о чем все мечтают,— отправить детей учиться на Запад как пионеров-первопроходцев, а затем и самим когда-нибудь обосноваться рядом с ними.

В следующую поездку уже присматривались. И присмотрели-таки. Так у них появился дом за океаном, дом «когда-нибудь мы сбежим сюда от всех». И вот теперь пришло время на самом деле бежать.

Поленов сам до конца не верил своим словам, которые выпалил на том пикнике с Флорой и сыном, мол, уедем за границу. Казалось, все еще разрулится, разрешится, окажется ошибкой. Но вчера, когда следователи из СК с утра вломились в переговорку прямо во время встречи с иностранцами, поставили их чуть ли не к стенке и начали задавать вопросы, он понял: не рассосется. Не надо дожидаться, пока все станет еще хуже. Его подставили. Специально дали команду переводить деньги «революционным» прощелыгам, чтобы потом «слить» эту информацию, использовали как разменную фигуру. Оппозиционеров таким образом вымазали в говнеце: посмотрите, те, кто кричат, что хотят спасать Россию от коррупции, сами при случае гребут бабло, не особенно принюхиваясь, чем оно пахнет. Ну и его, Поленова, сейчас заодно с доски смахнут. Кресло понадобилось для более «своего» человека. Но он не пешка. И у него есть убежище.

Документы на визу в США для Флоры и сына были уже поданы по спецканалам, но на собеседование в визовый центр ей все равно предстояло явиться лично.

Поленов шел к дому садовницы, предвкушая ее изумление и радость, когда он сообщит Новость. Это такой шанс, о котором она, наверное, даже не смела и мечтать. И вот он — на блюдечке с каемочкой. Видно, что для нее здесь все уже стало повседневной рутиной — сад будто высох, пахнет горечью, изнывает и томится, листья с шелестом рассыпаются прямо на ветках, земля трескается, как старая эмаль. Она права, ей больше невозможно сидеть тут взаперти. Нужны перемены, обновление...

До порога оставалось несколько шагов, когда он сошел с пыльной раскаленной тропинки — решил срезать по траве. Здесь земля тоже была такой разгоряченной, будто идешь по вулкану. Он опустил взгляд к ногам и не поверил своим глазам: прямо под кроссовками вспыхнули искры, вырвались крохотные, словно нарисованные, язычки пламени. Он будто наступил в потухший костер, и тот проснулся, разбуженный шагами. Поленов зажмурился и провел по глазам рукой: стереть эту реалистичную галлюцинацию, смахнуть выступившие от дыма слезы. Но отведя ладони от лица, быстро побежал к дому Флоры. Рванул незапертую дверь, влетел в комнату и замер. В центре стоял мужчина в рабочем костюме. Симпатичный и растерянный. Он смотрел на Поленова, а Поленов смотрел на него.

— Где Флора? — спросил Борис, узнав парня.— На этот раз ты реально сядешь.

Он оглянулся, ища что-то глазами, и быстро нашел: красную кнопку в стене, скрытую под стеклом. Ударом кулака разбил стекло и вдавил кнопку, не замечая глубокого пореза. Взвыла сирена. Кровь хлынула, словно только и ждала, когда ей откроют дорогу.

— Это все… твоего ребенка? — спросил наглец в комбинезоне, взглядом указывая на кроватку и игрушки.

Поленов привалился к двери. В висках билась одна мысль: задержать, удержать этого до прибытия охраны. Сирена голосила, вливаясь в панический хор других сигнализаций, сработавших по всей усадьбе. Казалось, они всверливаются через уши прямо в мозг, причиняя боль. Поленов потянулся к кухонному столу за полотенцем, чтобы перевязать кисть. Это движение послужило сигналом Егору: он оттолкнул Поленова от двери, выскочил из домика и побежал. Поленов рванул за ним, ухватил за лямку синего комбинезона, сбил с ног. Тот быстро вскочил и сам швырнул преследователя на землю. Не глядя, куда бьет, он работал кулаками. Удар, удар, еще удар. Хватит. Пора. Он бросил последний взгляд на Поленова, скрючившегося на боку, поджавшего ноги и прикрывшего голову руками. Помчался к воротам.

Поленова словно придавило к земле, неприятно обжигающей и пахучей. Перед глазами все плыло, веки отяжелели и закрывались. Но две сочные багровые капли, висящие на травинке прямо перед глазами, в двух шагах, удерживали взгляд и не давали провалиться в горячую тьму, засасывавшую его. Он прищурился, стараясь рассмотреть эти манкие пятна. Земляника? Дикая земляника. Ягоды такие крупные, сочные, жгуче-красные. Нестерпимо захотелось дотянуться и сорвать, ощутить их вкус — так сильно, словно в них было спасение от всего. Он со стоном подтянулся на руках и пополз к ним. Глаза уже слипались, когда он протянул руку и ухватил одну. Поднес к губам. У земляники оказался вкус крови… Борис с замирающим вздохом уронил голову. Это было, конечно, не сожаление, но смирение перед неизбежным: еще несколько минут назад горизонт озаряла надежда, а теперь все померкло. В этом вздохе слышалось: «Ну вот!»

Флора. Дорога домой

Я шла по шоссе. Сын весил килограммов семь, но я была так измочалена, что мне казалось, будто тащу слоненка. Впереди показалась автозаправка. Мы ввалились туда. Тесное помещение, пропахшее автомобильными ароматизаторами и растворимым кофе, с нашим появлением наполнилось запахом пожара. Но никто не обратил на нас внимания (или сделали вид, что не заметили). Я зашла в туалет, умылась.

Дождалась, когда к колонке подъехало такси.

— Мне нужно домой, но у меня нет денег,— обратилась я к таксисту.— Отвезите меня, пожалуйста.

— Далеко ехать? — с сомнением поинтересовался он.

Я назвала адрес и добавила, что у меня есть золотые серьги — вынула их из ушей. Еще у меня было с собой жемчужное ожерелье, подаренное Поленовым на Новый год, но эта вещь была слишком дорогой, чтобы предлагать ее за поездку в такси. Продав ее, я рассчитывала прожить как минимум полгода, даже если не удастся найти работу.

— Нет, серьги не нужны.

Таксист захлопнул дверь. Охранник заправки в синем комбинезоне уже подозрительно присматривался ко мне, решив, похоже, что я попрошайничаю или что-то вроде этого. Он сделал пару шагов в нашу сторону. Черт побери, если меня выставят с заправки, ловить такси на дороге придется слишком долго — дольше, чем я смогу продержаться сейчас. Я нащупала в кармане старый айфон, который мне в последний момент пихнула Марина.

— Есть еще телефон. Он рабочий, только разряжен,— прокричала я, стуча в закрытое окно.

Таксист с сомнением опустил стекло. Я протянула мобильник. Он повертел его в руках.

— Краденый? — устало спросил он.

— Подарили.

— Ну садись,— ответил водитель и бросил аппарат в бардачок.

Мы поехали.

К счастью, когда у меня отобрали телефон и ноутбук (полтора года назад!), ключи от квартиры не забрали. Я боялась, что с домом могло что-нибудь случиться, что квартира уже опечатана (я же не платила коммуналку), что замки поменяли, а меня выселили через суд. Но ключ легко юркнул в замочную скважину, и дверь открылась. Я вошла, села на пол и заревела. Когда-то психолог сравнила мои слезы с дождем. Так вот, если в те дни мои слезы лились ливнем, то сейчас это был ураган, вселенский потоп. Тряслись руки, челюсть, коленки, я ими захлебывалась. Напуганный Гоша рыдал вместе со мной.

Егор. Кино продолжается

Выскочив из охваченной огнем усадьбы, я сел за руль и помчался в сторону Москвы. В голове крутились вопросы: что же все-таки произошло? Как мог пожар вспыхнуть так внезапно и сразу везде, будто весь участок полили керосином? Я что, на самом деле избил Поленова? И, черт побери, где же все-таки Флора? Чтобы перевести дух, я зарулил на заправку. И уже выйдя из кассы, увидел ее. Узнал сразу, несмотря на все эти годы, что мы не виделись. Держа на руках ребенка, она говорила с таксистом, очевидно, упрашивая отвезти. Я быстро пошел — почти побежал — к ним. Но она уже торопливо забралась с малышом на заднее сиденье и автомобиль резко стартовал. Я метнулся за руль и пустился следом. Рулил уверенно, цепко, лихо, но внутри внезапно прокатилась холодная оторопь, словно снежная лавина сошла. Лавина сомнений.

«Что я творю? Джеймс Бонд какой-то недоделанный! — твердил я. — Не лучше ли поехать сейчас домой, а потом отправить ей сообщение? Спросить, хочет ли она увидеться. Может, я вообще ей не уперся? И еще у нее ребенок. От Поленова?.. Я точно хочу иметь со всем этим дело?»

Автомобили остановились на светофоре. Такси собиралось ехать прямо. Дорога направо вела к моему дому. Я включил поворотник.

Мне ясно привиделось, как невидимый оператор кинокамеры, которая продолжала меня снимать, недоверчиво и укоризненно качает головой: как же так, чувак? Ты чо? Это ведь ради нее ты свалился с неба в чужой сад, получил «условник», потерял разработки, избил Поленова. И что — сейчас откажешься от такой возможности и тихо свалишь домой? Даже не попытаешься?

Я решил не вступать с голосом в переговоры. Он молчал очень громко, я чувствовал его присутствие.

«Сначала надо все обдумать. Я не поеду за ней сейчас. Не поеду», — сказал я ему.

«Про тех, кто не поехал, кино не снимают», — презрительно произнес голос.

«Ну и не надо», — рявкнул я.

В ответ — тишина. И я вдруг понял, что голос не «выразительно замолчал», а исчез. Он на самом деле отключился.

Ну и черт с ним!

Я выключил поворотник и поехал прямо.

Они припарковались чуть раньше меня. Флора уже шла от машины к подъезду. Я посигналил, но она даже не оглянулась, спеша в дом. Я побежал следом, размахивая руками, словно пытаясь ухватить невидимые нити, тянущиеся от Флоры ко мне. Тщетно. Дверь захлопнулась прямо перед моим носом. Я замер. Через пару минут кто-то вышел, дав мне возможность проскользнуть внутрь. Моментально просканировав глазами почтовые ящики, я увидел тот, что был под завязку забит письмами и счетами. Срисовал номер квартиры и побежал по лестнице.

Второй этаж.

Третий…

Пятый…

Я занес руку, чтобы постучать, и — замер. Снова сомнения. Оно мне точно надо? Вот я войду сейчас — и что? Что говорить? Что делать? И главное, что потом? Вся эта история — точно ли она моя?

«Про тех, кто не постучал, кино не снимают», — ласково и чуть насмешливо сказал я себе сам.

Поленов. Чужие берега

Когда-то давно Поленов вычитал правило: «Не пугай сильного — вдруг это удастся тебе? Не пугай равного — это ненадежно. Не пугай слабого — паника неуправляема». И вот, разговаривая с Мариной о разводе, он забыл его. Теперь, когда видео, которым она пригрозила, на самом деле всплыло, эта фраза сразу зазвучала в голове. Не надо, не надо было ее пугать. Но черт возьми, кто мог представить, что она не блефует? Что это видео действительно существует? Еще более невероятным казалось, что она сумеет выложить его в Сеть. И вот, пожалуйста.

На следующее утро после пожара, когда Поленов лежал в больнице с ожогами, синяками и ушибами, в палату, несмотря на протесты медсестры, вошел помощник.

— Плохо дело,— сказал Виталик.

— Да, похоже, недели две тут проваляюсь,— ответил Борис Максимович.— Но врачи считают, жить буду.

— Вот что выложено сразу на нескольких компроматных сайтах, и по телику готовят сюжет,— ответил помощник и протянул телефон.

Морщась от боли, Поленов взял мобильник. Нажал значок play. Медленно, подтормаживая, словно в рапиде, на экране запустилось видео. Он увидел гостиную собственного дома. И в ней Лену в платье из Марининого гардероба, снимающую себя через зеркало. Да, тогда она еще была Леной, двоюродной сестрой Марины, бедной приживалкой, бессемейной гримершей провинциального театра, приехавшей поживиться чем-нибудь с барского плеча, пользуясь тем, что его жена по-православному сходила с ума и норовила обогреть всех убогих. Видео между тем крутилось дальше. За кадром слышался голос Марины. Даже не так: слышался ее крик. И хлопанье двери. Камера разворачивается и летит к лестнице. Она снимает Марину, рвущуюся к нему в кабинет. Та кликушествует и все тянет и тянет на себя дверь. А затем кувыркается назад, словно ее с силой толкнули в грудь, и грузно скатывается по лестнице. Следом бежит он, Поленов, злой и бледный. Склоняется над телом.

— Следователь уже приходил, но вы были в медикаментозном сне,— предупредил Виталик, забирая телефон.

— Документы на выезд, которые я заказывал неделю назад, готовы?

Виталик кивнул и протянул папку с бумагами.

— Вы уже в списке невыездных,— сказал он.

— Вызови медицинское такси, полечу через Минск. Флора пусть приезжает, когда будет готова ее виза.

— Она сбежала во время пожара.

Поленов хотел выругаться, но только стиснул зубы. Силы сейчас следовало экономить. Он рывком, со стоном поднялся с кровати. Виталик протянул ему сумку с одеждой.

Дорога до Минска показалась бесконечной. Машина мчалась с максимальной скоростью и все равно слишком медленно. Из-за мертвого кондиционированного воздуха бил озноб, но стоило выключить кондей — горло перехватывала духота. Хотелось отвлечься от всех мыслей и воспоминаний, но под рукой не было ни спасительного телефона, ни собеседника. Мобильник пришлось выбросить сразу. Горстями закидывал в рот болеутоляющие. Иногда удавалось провалиться в сон, но и он не приносил облегчения: в полузабытьи его обступало пламя, а земля манила обманными сочными ягодами земляники, которые в пальцах тут же превращались в капли крови. «Так сладок мед, что наконец он горек»,— всплыла откуда-то и прицепилась фраза.

Он почти не запомнил полета. В голове удержался только мандраж, напавший у паспортного контроля: что если не выпустят? Выпустили. И тут же охватило такое облегчение, словно там, за желтой линией в черную полоску, на самом деле осталось все его прошлое. Пусть даже вместе с плохим пришлось покинуть и хорошее, но сейчас было не жалко. Не жаль никого и ничего. Главное — он сам. На свободе. Летит к месту «когда-нибудь мы сбежим сюда от всех».

Оказалось, правильно сделал, что уехал. Его не стали преследовать, просто предупредили: возвращаться не стоит. Должность в «Школково» быстро занял другой человек, на чьих плечах еще сохранились следы погон.

Он отдал все, что попросили — смешно, но то, с чем пришлось расстаться, почти полностью еще два года назад хотела забрать Марина и пожертвовать церкви. Словно эта собственность сама не хотела принадлежать Поленову, будто у нее была собственная воля. Компрометирующее видео по телевизору так и не показали, а на то, что выкладывают в интернете, уже давно никто всерьез не обращает внимания. Главное — дело о непреднамеренном убийстве не возбудили, историю замяли. Он нанял специальное агентство, которое занялось зачисткой интернета и удалением роликов из Сети. Работали ребята дорого, но эффективно, соплей не жевали. Нанял еще кое-кого, чтобы Марину — настоящую, жену — наконец отпели и похоронили на кладбище. Казалось, что это важно.

Словом, все сложилось удачно.

Пришлось вызвать в Майами Лену-Марину, чтобы уже здесь, контролируя ее, не торопясь разобраться с имуществом и деньгами, записанными на фальшь-жену. Она вышла из самолета в широкополой шляпе, с намотанным на шею тонким шарфом, солнечные очки в пол-лица, все руки увешаны браслетами, туфли на шпильке. Смешная — уржаться, особенно на фоне других женщин — в джинсах и футболках, с небрежными хвостиками и легкой походкой. Но Лена-Марина была довольна собой: она расцвела.

— Я знала, что ты выберешь меня,— сказала она в такси через голову устроившейся между ними собаки, ошалевшей от многочасового перелета и долгожданной встречи с хозяином.— Ведь это я нашла тебя обожженного и без сознания. Я позвала врачей. Не бросила тебя, не убежала, как… сам знаешь кто.

— И слила видео.

— Это не я,— ответила Марина, вытаскивая из сумочки пакет с собачьим кормом.— Честно.

Ожоги заживали больше трех месяцев. Поначалу Поленову приходилось сидеть дома и выходить наружу только после заката: солнечные лучи причиняли боль даже через рубашку. В середине октября врачи разрешили физические нагрузки. Он помнил, как еще в первый приезд его заворожил вид людей, бегущих вдоль кромки океана. В их движениях были мощь, необузданность и величие. Хотелось бежать так же. Сам этот бег казался символом обновления, безграничных сил. Все дни, проведенные в четырех стенах, он мечтал, как выйдет на пляж, расправит плечи, сбросит с них остатки груза прошлого и побежит. И вот наконец распакованы новые кроссовки. Солнце садится, обрисовывая силуэты небоскребов. Он идет к пляжу.

Ускоряет шаг, пытается бежать. Но ноги вязнут во влажном месиве, ступни подворачиваются в незаметных ямках, песчинки пробираются в носки, дыхание сбивается. Он обещает себе попытаться завтра, но дома, выйдя из душа, открывает ноутбук и заказывает беговую дорожку. «Не врать себе, хотя бы этому-то я научился после всего случившегося»,— думает он. Дорожку привозят уже на следующий день. Устанавливают в гостиной, напротив раздвижных панорамных окон, смотрящих на ровный зеленый газон, из которого торчит хвост пальмы.

Поленов встает на резиновое покрытие и наугад нажимает кнопки. Так, топчась на пятачке из синтетического полотна, он не бегал уже очень давно. Все последние годы — только по собственному лесу. Дорожка начинает медленно ползти. Поленов идет размеренно, неторопливо разогреваясь, в наушниках — вдохновенная инструментальная музыка (Sunrise, Piano and Cello — бежит надпись на мониторе дорожки). Слишком медленно. Слишком лирично. Слишком пронзительно. Он тянется к экрану, чтобы найти что-то попроще и поэнергичнее. Нажимает кнопки торопливо, раздраженно и зло. Дорожка мстит — она внезапно приходит в бешенство и начинает нестись, словно Поленова столкнули с крутой, почти отвесной горы, конца которой нет. Он судорожно хватается за поручни, отчаянно перебирая ногами: «Врешь, не сбросишь».

Он бежал так, словно от этого зависело его спасение. Убегал от холодной, скудной земли, где поля засеяны тоской и страхом. Мчался к рассвету на побережье, к прибою и солнцу. Если бы только эта дорога не рвалась так стремительно из-под ног. Она гнала его, уворачивалась, и вдруг — Поленов мог бы поклясться, что так и было,— взбрыкнула, подбросила его и швырнула лицом в монитор, потом подхватила, поволокла, впечатав лицом в резиновую ленту и, собравшись с силами, столкнула с себя, напоследок ударив металлической рамой в темя.

Беговая дорожка продолжала шуршать. Поленов лежал подле с окровавленным затылком. Он еще дышал и надеялся на помощь. Но через три часа, когда в комнату заглянула Лена-Марина, было уже поздно. Дыхание остановилось в скорой помощи, по пути в больницу.

Флора. И снова бомбы

Я сильно изменилась за эти пятнадцать месяцев. Но и мир, в который вернулась, тоже не был тем, который я покинула. Однако это не означало, что все испорчено и непоправимо.

Внезапно всплывшее в Сети видео, на котором Поленов сталкивает с лестницы свою настоящую жену, избавило меня от необходимости рассказывать кому-либо собственную историю, чтобы от него защититься. Этой записи оказалось достаточно, чтобы БМ сбежал из страны, моментально забыв обо мне и сыне, спасая собственную шкуру. Я вздохнула с облегчением, когда узнала из новостей о его отъезде: мне до смерти не хотелось делиться всем пережитым с праздными зрителями на ток-шоу, журналистами и дознавателями. Камень упал с души еще и потому, что на видео было ясно видно: убийство произошло по неосторожности. Это, конечно, тоже не фиалки, но не тот ужас, который представлялся мне в последние месяцы, когда я предполагала, что мужчина, которому принадлежала моя жизнь, отец моего ребенка — хладнокровный убийца.

Егор знает обо всем, что со мной произошло. Он настаивал на том, чтобы я дала показания, выступила в СМИ, обличала и мстила.

— Почему? Зачем ты покрываешь Поленова? — спрашивал он, в голосе — недоумение и даже, пожалуй, брезгливость.

Сам вопрос казался мне таким абсурдным, что я только улыбалась.

— Давай жить так, как будто ничего этого не было. Пусть даже все это правда,— попросила я.

Мне казалось, что, заявив на Поленова в полицию, я только переверну с ног на голову преступление, совершенное им. Сначала он запер меня, а теперь, если к моим словам прислушаются, запрут его. И что это даст? Зло мира не сократится, а только удвоится.

Есть и вторая причина моего молчания: я не хочу, чтобы мое имя и имя БМ стояли рядом. Не хочу, чтобы моя личность сжалась в глазах других до нуждающейся в помощи, сломленной девчонки, неспособной постоять за себя и полтора года просидевшей в клетке. Это та роль, с которой я не смирилась в самые черные дни, и я не хочу соглашаться на нее и в будущем.

Я отказалась осудить Поленова, как ожидал от меня Егор. Он не хочет слышать, что нет абсолютного зла и существует не только белое и черное. Да, у меня украли почти два года жизни, лишили свободы, и в этом нет ни-че-го хорошего. И все-таки это было важное для меня время. В конце концов, я впервые самостоятельно придумала сад и поняла, что я это могу. Родила ребенка. В те месяцы, что мы были рядом с БМ, он был единственным близким мне человеком. Вырвавшись на свободу, я не только избавилась от мучителя, но и потеряла человека, в силу обстоятельств ставшего мне родным.

Я не стала жертвой. Я перелистнула эту страницу, может быть чуть торопливо, не давая себе шанса зациклиться на вопросах «Что же я сделала не так? Почему это со мною случилось? За что же мне это все?» Это зацикленность безумия. Правильного ответа не существует. Только человек, ждущий смерти, постоянно думает о прошлом, выискивая, где он ошибся и когда именно «повернул не туда». Я умирать не собиралась, напротив — яростно хотела жить, а не сидеть в углу несчастной сироткой, мусоля свои «травмы».

Все, что я испытала, придало мне сил. И я точно знаю, что на свободе смогу правильно распорядиться своей жизнью и «возродиться из пепла».

За окном висело низкое сентябрьское небо, но сквозь неплотные облака пробивались снопы солнечных лучей. В комнату, приглушенный тюлевой занавеской, струился золотой осенний свет. Я перемешивала в огромном тазу семена многолетников, глину, биогумус и воду. Лепила из них шарики, похожие на шоколадные конфеты. Сын ползал под столом.

— Что это? — спросил Егор.

— Семенные бомбочки.

— И что ты собираешься ими забрасывать? — удивленно пожал он плечами.— Ты не заметила, что пока тебя не было, весь город превратили в Версаль? Повсюду такой ядреный ландшафтный дизайн устроили, что садовым партизанам не осталось ни клочка для самовыражения. Похоже, бюджет всего государства закопали в московские клумбы и тротуары.

— Заметила,— улыбнулась я.

Город действительно преобразился: каждый пятачок земли стал оазисом, повсюду высадили цветы, кустарники, живые изгороди, газоны, разнотравье, завезли деревья из немецких питомников. Москву было не узнать. Какое-то отрадное чудо.

— Ну?! И куда же ты собираешься забрасывать эти семена, если все уже настолько окультурили?

— Не все. Между прочим, ты давно обещал прокатить меня тандемом на своем парамоторе.

Егор разложил крыло на выкошенном, колючем лугу. Проверил, хорошо ли застегнут мой шлем. «Ничего не бойся, ты пристегнута, и я с тобой»,— сказал он.

Мотор затарахтел. Разбег. Прыжок. Ощущение невесомости и свободы. Страх тут же растворился в небесах. Голова закружилась. Я раскинула руки и почувствовала себя птицей. Не могла говорить — просто не было слов, так красива оказалась земля под нами. Лес представлялся густой шерстью на спине исполинского зверя. Ветер гнал по луговой траве желтые волны. А горизонт раскинулся как никогда широко.

Забор поместья, с земли кажущийся таким неприступным, с высоты выглядел словно игрушечный. Мы кружили над выгоревшей усадьбой, но она уже не выглядела пепелищем — подернулась травой.

Земля всегда возрождается. Даже если на ней все выгорело и, кажется, не осталось ничего живого, уже в следующем году ветер и птицы засевают пустошь семенами самых разных растений.

Первыми разрастутся злаки и иван-чай, потом появятся молоденькие кустарники. Пройдет еще три-четыре года, и опаленная огнем земля вновь станет зеленой.

Я разбрасывала над усадьбой бомбы. Семенные бомбы. Мак, люпин, примула, колокольчик — все они будут спать под снегом до весны, а с теплом проснутся, чтобы принести в этот мир красоту и надежду. Всё это взойдет.

КОНЕЦ

Благодарности

Хочу сердечно поблагодарить всех, кто помог мне, однажды начав роман, не бросить и довести дело до конца.

Низкий поклон за наставничество, советы и поддержку писательнице Ольге Александровне Славниковой. Без вас бы я далеко не ушла.

Огромная благодарность ландшафтному дизайнеру Галине Фёдоровой за неоценимую помощь в работе над книгой. Вы избавили меня от будущих конфузов, а все оставшиеся садоводческие неточности и ляпы, разумеется, на моей совести.

Спасибо моему мужу Стасу — без тебя у меня просто не было бы времени для написания книги.

Спасибо издательству «Планж», которое поверило в роман и помогло ему увидеть свет.

Об авторе

Анна БАБЯШКИНА — автор книг «Пусто: Пусто», «Разница во времени», «Мне тебя надо», «Прежде чем сдохнуть». Лауреат премии «Дебют», входила в лонг-листы премий им. Белкина и «Нацбест». Публиковалась в Snob. Переводчик на русский язык романа «Разговоры с друзьями» Салли Руни.

Оглавление

Анна Бабяшкина
И ЭТО ВЗОЙДЁТ
Усадебный роман
Литературно-художественное издание

Ответственный редактор Татьяна Тимакова
Литературный редактор Алёна Самсонова
Дизайн обложки Анастасии Ивановой
Вёрстка Светланы Зорькиной
Корректор Екатерина Хохлова